A FILHA DAS FLORES

A marca FSC® é a garantia de que a madeira utilizada na fabricação do papel deste livro provém de florestas que foram gerenciadas de maneira ambientalmente correta, socialmente justa e economicamente viável, além de outras fontes de origem controlada.

VANESSA DA MATA

A filha das flores

Companhia das Letras

Copyright © 2013 by Vanessa da Mata
Publicado mediante acordo com a Literarische Agentur Mertin Inh.
Nicole Witt e. K., Frankfurt am Main, Alemanha.

*Grafia atualizada segundo o Acordo Ortográfico da Língua Portuguesa
de 1990, que entrou em vigor no Brasil em 2009.*

Capa
Alceu Chiesorin Nunes

Imagem de capa
Summertime, de Marcia de Moraes, 2011, grafite e lápis de cor sobre papel,
150 x 100 cm. Coleção particular. Reprodução de Renan Rêgo.

Preparação
Silvia Massimini Felix

Revisão
Huendel Viana
Thaís Totino Richter

*Os personagens e as situações desta obra são reais apenas no universo da ficção;
não se referem a pessoas e fatos concretos, e não emitem opinião sobre eles.*

Dados Internacionais de Catalogação na Publicação (CIP)
(Câmara Brasileira do Livro, SP, Brasil)

Mata, Vanessa da
   A filha das flores / Vanessa da Mata. — 1ª ed. —
São Paulo : Companhia das Letras, 2013.

   ISBN 978-85-359-2342-1

   1. Ficção brasileira I. Título.

13-10078   CDD-869.93

Índice para catálogo sistemático:
1. Ficção : Literatura brasileira 869.93

[2013]
Todos os direitos desta edição reservados à
EDITORA SCHWARCZ S.A.
Rua Bandeira Paulista, 702, cj. 32
04532-002 — São Paulo — SP
Telefone: (11) 3707-3500
Fax: (11) 3707-3501
www.companhiadasletras.com.br
www.blogdacompanhia.com.br

A FILHA DAS FLORES

1. A manga de Eva

Uma BR comprida e sinuosa corta a cidade ao meio, leva aonde os olhos não veem. Ela liga e desliga a parte sul do pedaço norte do país, ativa as suas diferenças e saudades. No meio do nada, à deriva, a cidade se debate contra o esquecimento e o tédio. Nos quintais e nas ruas estão os velhos. Os sons dos gritos das crianças enchem os ares. O meu rosto se vira para o passado que, instantaneamente, me traz os dias que moraram em mim, como se eles ainda tocassem o presente.

Todos os anos, neste período, o céu é mexido pela revoada das araras de peito vermelho e amarelo. Dezenas e dezenas, que mergulham nas cores derramadas no horizonte. Somos levados pelo reboliço que elas causam. Nós, os mamoeiros, as mangueiras, as mangabeiras, os abacateiros e tudo aquilo que é colorido e vive.

De alguma forma, dá vontade de partir com elas, as araras. Muitas não aparecem mais, estão quase extintas. A gente se entristece, e deveríamos nos entristecer por todos os outros seres não vistosos. E se fossem tatupebas? Vespas? Gambás ou hienas?

A humanidade só se importa com o que enfeita, que se danem as hienas com o seu gargalhar detestável, irônico, malcheiroso. Nesses dias, sinceramente, eu me meteria por entre as araras e voaria no fundo do céu, até me faltar o ar.

Me lembrei de mim, pequenina, com oito anos, e de titia Florinda, já com doze. De nós duas seguindo o trieirinho das lava-pés, aquelas formigas davam a volta ao hemisfério. Éramos três ou quatro engrossando uma turminha por conta delas, o diabo em inseto, devoravam o jardim de roseiras. Abraçadas às folhas, avançavam com gostura e ignorância. Nós, mergulhados na noite, atrás das vermelhas cabeçudas, de lanternas em punho e com a atenção voltada para o trieirinho. As folhas das roseiras mordidas, sangrando no lombo das bichas bundudas e sem coração, apenas com fome. O corpinho não desgrudava da tarefa conquistada até o ponto de muitas horas de sacrifício. Se as puxássemos pelo tronco, na intenção de separá-las das folhas, bem podiam perder a cabeça, e muitas perdiam, mas jamais as folhas, as folhas elas não soltavam.

Passava uma vida, e nada de chegar à boca do formigueiro, nunca chegamos de fato ao mais antigo, ao pai de todos. Era um grande mistério. As formigas faziam acontecer o sigilo. Tinham uma grandiosa estrada de um vaivém intenso, interestadual, internacional — talvez mais importante do que a nossa BR. O cheiro da noite, o seu sereno, deitava na nossa testa, como que flutuando sobre nós.

Titia Florinda era vestida de olhos para aquilo, uma onça vigiando a coleção de presas. Era inteira no movimento delas. Às vezes corria veloz, atenciosa, para não pisar na estrada descamisada, despelada pelas bichinhas, desgastada e levemente afundada com o passeio do fluxo. Tão difícil quanto descobrir como começou uma fofoca — e o seu grande estrago — era encontrar o seu ponto central. Formigas não entregam segredos, a sua organização é intransponível e a sua casa, um santuário. Gastávamos dias e noites inteiras na procura, começando sempre de onde havíamos parado na noite anterior. Para não nos perdermos, fincávamos bandeirinhas vermelhas no ponto onde terminávamos — um esforço danado, acumulado e admirado. Quando descobríamos um dos seus refúgios, o direito de fazer o que quiséssemos antes do veneno terminal era nosso, mas nunca encontramos a esperada matriz, jamais o esconderijo da rainha. Para nosso gosto e deleite, a nossa titia lançava sugestões de quando e como seria o fim da batalha. A descoberta seria marcada por um filete de querosene ou, para começar, um traque; havia ainda o álcool — uma enorme explosão, provocada por uma bombinha caseira de médio porte — e pronto! Estava traçada uma verdadeira guerra que jogaria os corpos das cabeçudas para todos os lados. Era o começo de um fim. Voltávamos para casa saltitando e respirando o ar dos vencedores: fino e puro. Fresco.

O nosso jardim era agitado: rosas para a sacristia da igreja, flores para o consultório do médico, para a secretaria da escola, para os funerais que aconteciam de vez em nunca — mas que quando vinham mais pareciam uma enxurrada, "acumulados de sete em setecentos", como diziam os mais velhos. Naquela quantidade de pessoas, como não havia maior natalidade, a mortandade também não mudava, e o que era visto pelos velhos com medo e exagero dos zeros era, na verdade, o ciclo normal da vida... e da morte. Os altares privativos das casas incrustadas nas ruelas também ganhavam flores. O nosso jardim dava para todos, inclusive para os mais de vinte trieiros de lava-pés que desmantelávamos todos os meses. A sua área ocupava dois alqueires, mais ou menos oito quarteirões — o que, para nós, equivalia a uns doze, aumentando a cidade e tornando-a mais charmosa.

Naquela época, eu achava que era chato aquele trabalho duro, dar de comer às plantas. Com um saco de adubo nas costas e sempre suja de terra, folhas e tocos, arranhada pelos severos espinhos. Conforme fui crescendo, passei a olhar para o significado de cada rosa, para o serviço que elas prestam, o alento que trazem, os romances que refazem e o encantamento que produzem. A beleza das espécies. Não se pode olhar uma flor sem o coração, geralmente é ele quem as vê. Se tivesse compreendido isso antes, não me importaria muito de ter colhido todas elas, com os seus caules troncudos, e decepado as suas pétalas doentes.

Ao entardecer, titia Margarida, irmã mais velha de Florinda, sempre nos esperava do lado de fora da nossa casa, sentada na sua cadeira de bunda amaciada pelo tempo, com todo o formato dela, rindo da caça às feras, chacoalhando a voz dos pés à cabeça, e sempre repetindo: "É no que dá a falta do que fazer dia sim, dia não, né? Amanhã entrego uma enxada para cada uma, para carpirem o quintal de seu Tenório, que está cheio de ervas daninhas e carrapichos. Isso vocês não querem, né?".

Já titia Florinda, sempre retrucante, dizia que nos ver fazendo aquilo a divertia, que o nosso brinquedo era o dela. Uma vida entediada e parada, gangorrando na emoção de outras.

Margarida havia cumprido os seus dezoito anos, estava em idade de primeiro e último namoro. Os costumes da cidade grande, modernos e mais soltos, afrouxam os compromissos e nem sempre chegam a lugares como o nosso. Muitas cidades ainda moram nas décadas de quando surgiram, nas suas formações arrumadas, onde podem prender as anarquias dos malandros e controlar as assanhadas. Imóveis, se arrastam pelos anos sem se desenvolver, continuando nas suas pequenices e intrigas, adorando o fato de serem ilhas, cuidando da aparência de todos.

Se preparando para o casamento, que já se emoldurava no

desejo, a minha titia também cuidava da aparência. "Um moço promissor da cidade", ela dizia, "com tudo o que uma mulher pode querer de um homem." Enumerava as suas qualidades, se exaltando. Eram elas a beleza, para acordar e dormir com bom humor; a simpatia e o carinho, para sentir saudade; a aparente fidelidade, para perdoar a primeira traição e acreditar que será difícil uma segunda; a inteligência, para, pelo menos, ele esconder as outras depois daquela primeira traição; um bom papo, para se relevar também as outras coisinhas chatas, só sabidas com a convivência; a boa voz, que é beleza mais vista e atrativa para a mulher, para haver sedução ao telefone, ao pé do ouvido, como os locutores de rádio; e, finalmente, a vontade de trabalhar com um ofício que traga admiração, em muito a responsável pela continuidade de amor na vida de um casal. Isso sim era macho de respeito! Tudo regado a uma situação de viver em interior, onde as línguas das senhoras trabalham muito e fazem acontecer, compensando assim o que desacontece.

Diziam os vingativos que as tais fofoqueiras teriam todos os traumas causados por elas revelados nos seus enterros, escritos nas suas línguas, que se estenderiam como pergaminhos, contando os seus males. Nas suas mortes, as línguas das fofoqueiras se rebelariam e sairiam dos seus corpos. Iriam ao lado do caixão, em caçambas, carroças, carrocerias, dependendo do tamanho da fofoca e da destruição causada por elas. Cheirariam tão mal que ninguém mais, nem os seus poucos entes queridos, as acompanharia até o túmulo. Elas, as senhoras donas das suas línguas, quando ouviam tais pragas, paravam por algum tempo a sua compulsão, rezavam dezenas de novenas… mas logo caíam no vício novamente. "A sua língua será enterrada em uma carreta, fedendo como ovo podre", gritava um e outro, depois de qualquer fofoca descoberta.

Titia Margarida achava que estava certa nas suas escolhas,

os seus seios e pernas permaneciam firmes e esticados, arrebatadores e nocauteadores. E as suas coxas não podiam ser mostradas em qualquer dos cantos da cidade. Ela obedecia de pronto à picuinha da fofoca antes de ela começar, assim evitava qualquer mote. O invejador ditava as regras, e titia não as testava. Talvez estivesse realmente na maturidade do relacionamento formador de família, que não permite caçar formigas nem pular horas, se encontrando com o nada. Poderia dormir com os filhos nas ideias, enquanto nós, muitas vezes, dormíamos em cima de um ingazeiro velho, olhando os seus frutos que se assemelhavam a cobras, cada um com o seu galho largo e aprazível servindo de abraço. De madrugada, ele se balançava, e o barulho das folhas era sombrio, deslanchava lendas que contávamos baixinho como um remédio de brincar que produzia arrepios, mas que era também acalentador. Batia no íntimo fantasmagórico dos pântanos e no ninar da tarde da criança mais tranquila. Cheirava a sombra e ao que era escondido, nunca claro o bastante. As estrelas relaxadas e exibidas. Na luz de agosto, no pôr do sol, tons de laranja coloriam a todos e a tudo. O amarelo dourado ferrugem, quando chegava, era como se fritasse o final da tarde.

Durante o pôr do sol, era possível ver o outro lado do mundo logo ali, até o cheiro podíamos sentir: cheiro de palavras deixadas de molho e saídas estufadas — raçudas — esperadas em frente ao forno de tantas horas. A molecadinha juntava teorias: que a noite tinha assassinado o dia, ou que as cores que nos invadiam eram dos estágios da briga e da morte dele. Contavam os detalhes.

Em cima do ingazeiro, narrando como um homem de circo, titia Florinda fazia as honras: o amarelo era o começo do inflamado, o início da grande luta; o roxo, a primeira punhalada, seguida da facada mortal; o vermelho, o seu sangue derramado no horizonte; e, por último, a penumbra da escuridão: a noite retirando o corpo do dia, jogando-o no precipício do outro lado do mundo e tomando o seu lugar de uma vez. Para matar o dia, a noite usava um punhal especial, cravejado de brilhantes que, depois do feito, se distribuíam em espécimes conhecidas como estrelas.

O céu dali é mais bonito, mais largo e profundo do que em qualquer outro lugar. Enquanto um contava a saga da luta entre os dois seres gigantes — a noite e o dia —, vez por outra eu contava a minha versão:

"Nossa Senhora borda o maior céu para nós, em um tecido que não se anuncia em acabar. É como se existisse um céu para cada noite e para cada lugar, para nos fazer companhia. Nossa Senhora nos deu este. O dia não morre, ela apenas o tapa para dormirmos num tecido grosso e milenar. Os furinhos no pano velho fazem com que a luz o atravesse e não nos deixe totalmente no breu."

Titia Florinda ria dessa história e fazia questão de contá-la a todos os vizinhos, junto com a resposta dela, claro: "Nossa Senhora tem mais o que fazer do que ficar bordando, bordando". Eu caía do sonho sempre que ela dizia isso.

Quando acordava, os tempos eram cheios. O dia não se adiantava nem atrasava, tudo era visto com o espanto de quem descobre coisas novas a todo instante. Era cheirado e sentido honestamente, demoradamente. As coisas em tamanhos enormes, da casa às frutas. Acho que, com os anos, as nossas energias de observação diminuem, junto com o olfato, o tato, a visão e a energia vital, e a nossa percepção vai se apagando na distração e nos afazeres. Perdemos a amplitude da infância, que nos faz perceber os detalhes puros e a enormidade das coisas.

Num lado afastado do grande quintal, que se emendava com o jardim, havia mangueiras centenárias. Na época dos seus frutos, o chão se pintava de mangas e cheiros: coquinho, espada, bourbon, sabina, boi e abelhas de todos os tipos. Besouros, uns bichos do mato e, no alto das suas copas frondosas, araras e outros pássaros que conseguiam driblar as suas onipresenças. Todas com os seus pares, casadas para sempre, monogâmicas até a morte, e depois dela também. As senhoras frondosas, que chamávamos de baianas, eram generosas com todas as espécies e bichos de diferentes tamanhos, dos grandes aos rastejantes — até com as vacas do nosso vizinho Tenório, que dependuravam os pescoços nas cercas para alcançar algum fruto, e muitas vezes só faltavam pedir "por favor" ou "pelo amor a Deus". A cada mugido aprendiam a ganhar mangas. Era uma verdadeira luxúria. Quando alguma manga pequena, morta antes do tempo, caía, fincávamos uma varinha entre ela e uma manga maior e, nesta, quatro varetas imitando as pernas.

O fruto proibido era uma maçã?!

Só se Eva não conhecia a manga!

Lambuzávamos do rosto às bochechas, das mãos aos braços, e as ideias não eram mais as mesmas.

Tínhamos deliciosas alternativas para sermos felizes. Não dependíamos de luxos ou de outros instrumentos mais dificultosos do que as nossas danuras. Enquanto os meninos de cidades grandes brincavam com legos, nós tínhamos as formigas, o dia recomeçando, tudo de novo e de novo, e era tão bom. Os carinhos da vida paravam lá. Era como um represar de acontecimentos maravilhosos. Não que as coisas maléficas não nos atingissem, não é isso, mas elas não se demoravam, apenas passavam, como o vento do norte ou as araras. Não nos pertenciam.

Titia Florinda era a caçula de duas irmãs de uma grande família fêmea por excelência e natureza. Era a única que ainda não tinha vestido o tal sapatinho de moça, em cuja frente bordavam umas pedrinhas faiscantes de brilhantinhos falsos ou reais, dependendo do poder aquisitivo da madrinha que o presenteava. O tal sapatinho com que as meninas sonhavam quando a puberdade chegava. "Esse é para ver Deus, nada de usá-lo à toa, de sujar o seu saltinho no barreal — apenas quando tiver a festa de noivado", dizia a sua madrinha quando lhe deu, aos seus doze anos, a "cesta imaculada", cheia de diversos presentes: pulseiras, fitas aveludadas, prendedores de cabelo, perfume — verdadeiros mantimentos de guerra para sedução que, se usados antes do tempo, poderiam provocar o caos.

Florinda mal começava a ouvir essas recomendações de casamento e bom marido e logo fingia ir ao banheiro, escapulindo pela janela através da buganvília que dava para o seu quarto — fugindo daquilo que para ela era uma tortura. Cansada dos papos e conselhos que trazia da missa dos domingos, de beijar a mão peluda do padre, de se sentar assim e comer assado, ela pensava longe dali, parecia que desejava alguma coisa que a pusesse na rota da br e a levasse embora, ou pelo menos para longe do trivial. Sempre deixava os sapatinhos para um dia do próximo ano que viria, e corria para a estrada do cemitério que ia dar em algumas fazendas e lugares proibidos. Foi crescendo para os quinze anos, para os dezesseis, e sempre preferindo o cavalo, saltitando e deixando os cabelos ao vento, os seios adiantados e soltos, harmoniosamente firmes, sacolejando com os saltos. Ela apertava e afrouxava as coxas até estremecer, debruçando o peso nelas, se roçando na coluna do cavalo, que massageava o seu clitóris. De vestido de seda, com as devidas transparências, se deitando para trás e para a frente, esfregando a sua boca das pernas entre um nó e o outro da coluna do animal. Respirava um súbito ar de amêndoas, daquelas deitadas no fogo, com mel e chocolate. Deitava sobre o cavalo como se ele fosse um amante, e ela um vento desgovernado. O delírio era de todos os que viam. Existia uma estranheza excitante e constrangedora, água que brotava na boca sem explicação, sem a gente saber como aquela sensação começava ou como poderia passar. O cavalo, relinchando, retorcia o pescoço para trás e lambia furtivamente o seu tornozelo. Não havia temperatura que apaziguasse o calor de todos os testemunhos. Era preciso um banho de rio, gritos, correrias e risadas nervosas de todos nós para aliviar os novos sentimentos. Titia Florinda pertencia à turma que passava a meia-noite no cemitério, que gostava de ver a lua cheia e fantasiar monstros nela, de projetos de sair pelo mundo com os ciganos, de fugir com o circo — ela era mais do que minha amiga, era minha confidente.

2. Desvio do acaso

Era dia de aniversário de dezessete anos de titia Florinda. Eu, quatro anos a menos, estava a alguns dias de completar os meus treze. Havia um excesso de compostura naquela manhãzinha. Uma interrogação tensa qualquer que não deixava o corpo respirar por completo até o fundo. O sol esquentava ainda mais o tampo do cocuruto, incomodava por qualquer porção que antes, no ar fresco, passava despercebida.

Não se arriscava naquela casa um bom-dia em alto e bom-tom. As titias haviam discutido a portas fechadas com o advogado da família — tudo por causa de uns papéis deixados pelo vovô, pensei. Documentos que não me foram revelados por causa da idade, eu ainda era a caçula da família — o que era, nessas horas, uma terrível agravante. Uma pessoa mal crescida que não havia chegado nas arestas da altura, não fazia tocar o peito com o peito. Nem peitos, nem os mesmos direitos ou respeito. Figura pequena que evocava um qualquer ser, um tipo que ainda não é ou que está por vir. Fui ficando para escanteio conforme me distanciava do tamanho que eu tinha perto delas, ou que elas adquiriam. Também não era bom nem prudente me educar dando controle de qualquer sabedora arma oral. Aqueles segredos sazonais que em boca de criança podem ser uma bomba eterna, um estrondo de palavras urticárias, ferroando venenoso a quem estivesse nelas. Mas não me importou o gosto diferente do café. As rosas sopravam para um lagarto cochichos escondidos daquele dia, e as formigas guerreando com as rosas enfraquecidas.

O bilhete enviado para uma das titias.

Florinda estava vermelha e era a mais tensa das duas. O bilhete foi o responsável pelo arranca-rabo entre elas na saleta de casa. Percebi onde o haviam guardado e o copiei. Não consegui entender bem o seu conteúdo, que mais parecia um código. Eram gracejos de um homem, com um jeito estranho de falar dela — na época eu não tinha a malícia necessária para entender. Ele o mandou junto ao ramalhete comprado no nosso jardim, um presente de aniversário atrevido.

Na verdade, eu andava de um lado para o outro buscando o pássaro mais perfeito, apenas para tentar conter a minha ansiedade. Nessa manhã, me lembro de que tinha muitos planos para mim e a minha titia Florinda. Mesmo estranha, ela não desistiu de irmos à igreja entregar as rosas brancas a padre Carlos e, depois, de ir à sorveteria — tudo o que eu queria na vida. Esses eram os maiores motivos da minha alegria: sorvete e Nestor, o sorveteiro.

Padre Carlos era um homem de firmes ideais. A paróquia e a sua comunidade, espalhada por uma rodela de casas e coisas, eram uma prosaica riqueza arrecadada com uma bonança de ouro da região. Um homem alto, de feições doces mas firmes, voz pulsante e a desenvoltura intelectual de um líder. Olhos pretos sem vestígio de nenhuma outra cor, boca emborcada e, o mais inesperado de tudo, uns pés que saltavam aos olhos dos mais distraídos. Me impressionavam! Na cabeça de criança, ficava imaginando que se ele um dia precisasse atravessar um rio, não careceria de barco ou jangada — os sapatos lhe serviriam de canoa, ajudando na travessia. Eram como caiaques, troncos! Como alguém podia ter pés tão grandes? Certa vez, titia Margarida, vendo a obsessão dos meus olhos, me revelou que padre Carlos já fora apenas Carlos, e que tinha como ofício fazer transbordar o sorriso nas pessoas, fora palhaço. Um dos maiores! O famoso Palhaço Cáca. Desde que soube disso, cresceu em mim uma fome pela sua antiga profissão. Uma carência dela, um amor por alguém morto. Amor póstumo. Os sapatos do palhaço ainda estavam debaixo da sua batina, e apontavam de vez em quando, não parando mais de aparecer, me incomodando durante as missas, como se um menino atrás do padre ficasse futucando pedaços de madeira para me desconcentrar. Ele deixou a sua máscara de risadas no fundo da igreja e vestiu a outra de homem de Deus, a de doutor da fé, das mazelas da alma, da cura das mágoas. Deixou a alegria como uma profissão de putas que se libertam, em que não se menciona o passado, não se insinua — aumentando o comprimento das saias e mudando a maneira como se acaricia os próprios cabelos. Entrou na igreja se escondendo na fé e falando sério. Talvez por medo de voltar à saliência descontrolada da sua pessoa, da chacota, dos instintos animais adormecidos. Ele atuava com a disciplina do equilíbrio, para ser um homem dentro de uma alegria controlada, sem relinchamentos. Não gritava jamais, sempre com uma calma e serenidade de um semblante imaculado, um ser desprovido de rompantes desumanos, de reações desfortunadas. Alguém que não ingere carnes, e não é corrompido por elas, não leva delas a paixão nos gestos explosivos e, principalmente, não é atraído por elas.

Na profissão de agora, padre Carlos era um ser cercado, solicitado, solidário e solitário. Tentava manobrar as suas faltas ao ter perto de si o povo, dissolvendo as suas carências, as palavras de amorosidade e confissões de extrema entrega. Eu ficava curiosa com a capacidade de ele se satisfazer com a pretensão de que estava fazendo o melhor por aquelas pessoas, e que a sua vaidade o complementava pelo fato de haver por ele uma admiração terna, mas não gratuita. O padre se punha dentro da turma de Deus, no poder de ser um homem d'Ele. Eu, nos meus poucos problemas e afazeres de uma criança-adolescente bem-aventurada, enquanto alguns pediam perdão pelas culpas ou clemência pelos entes queridos, sentada no lugar onde a fauna era contida e aparentemente domesticada, eu pensava e pedia ao bom Deus que nos aliviasse o entediante domingo e desse corda ao velho palhaço adormecido. Aí sim, o automático de repetidas frases, não entendidas na época, e as solicitações de levanta-e-senta acabariam, e a entediante missa se animaria. Um filho da alegria, de livre espírito, desamarrando as abotoaduras das nossas costelas, deixaria qualquer ser, crianças e adultos, em um contato não suposto, mas em um telefonema direto com Deus, o Deus da alegria. Sempre que o via, depois que soube do seu passado, ficava com esperança de que isso acontecesse. Ele esqueceu de tirar os sapatos da antiga obra, e eu esqueci de tirar a maquiagem e as roupas da imagem que criei para ele no instante em que esta informação simpática me foi dada por titia. Ela coube aconchegante, bem dentro dos meus ouvidos, decifrando a charada dos sapatos de vida própria.

Depois de entregarmos a encomenda ao padre, fomos à sorveteria com os sabores mais gostosos da cidade. A entrada era por uma portinha pequena, sem muito charme, e da decoração faziam parte apenas um congelador e algumas vasilhas de plástico grandes e coloridas, duas mesinhas, e acabou. Durante dias e dias eu havia sonhado quilos com o sorvete. Titia Florinda também, e escolheu apenas um pouco dele como presente de aniversário, eu a acompanhei como a sua fiel escudeira. O sorvete era similar a uma carícia, ou melhor, a um dengo muito desejado. Descia pelo meu corpo quase adulto como uma coçadinha que aliviava qualquer incômodo. Era a minha vontade exagerada de poucos prazeres conhecidos até então. O doce gelinho, coçando o calor penoso de um ano esquecido no fim do mundo e no sol. O cheiroso sorvete de seu Nestor derretia na boca, gostoso como nenhum outro havia. Eu queria mais do que duas bolas de sorvete de chocolate, como era de bom-tom pedir, no meu caso até podiam ser de chocolate, mas não me bastavam apenas duas. O desejo aumentava a cada centímetro avançado com a língua, e eu não poderia deixar de pedir mais até sucumbir aos meus instintos de criança, já que era tratada como uma — as minhas manhas, pirraças, artimanhas, qualquer arma que eu pudesse usar para ser apaziguada por mais um pouco de sorvete. Uma chantagem tramada durante dias e noites: conseguir mais do que duas, três, quatro bolas. O sabor do sorvete era intenso, cremoso, leitoso e crocante. Recheado com pedaços de chocolate puro e com castanhas de caju torradas. Cheguei a pensar em casamento inúmeras vezes com aquele homem, o sorveteiro.

Nestor era de baixa estatura e de feições lúgubres, roupas funestas e olhos que não se fixavam em lugar algum. Não pisava nada, arrastava uma pisada de chumbo austero e preguiçoso de um corpo que acumulava muitas cervejas e carnes, um brilho de suor frio de quem vai embora logo. Com poucos fiapos de cabelo e uma voz que quase nunca se ouvia, mas que quando espirrada para fora da boca era confundida com a da sua mãe, dona Luísa; e uma cara que, apesar de doce, sempre representava o tom enfezado de quem não descarregava os seus exageros nas primeiras horas do dia, nem nas últimas chances, antes de se deitar.

Havia uma vontade e ela me bastava: queria tomar baldes de todos os sabores, encher uma banheira deles e me deitar sobre ela com a cara mergulhada de boca aberta e de corpo nu. Eu lamberia os pés, as mãos, os joelhos se preciso fosse, para apaziguar a minha coceirinha. O homem me enchia de esperanças como ninguém. Para mim, ele era mais importante do que um prefeito, mais forte do que um super-herói e mais inevitável do que o destino. Nestor era incrivelmente lindo!

Era uma tarde de poucas horas e o dia estava no começo da briga com a noite. Eu me concentrava nas duas únicas taças que conseguira arrancar, quando o sorveteiro comentou o quanto eu estava me tornando uma linda mocinha. Gostei. Agradeci com um sorriso abundante, o elogio servia de trampolim de passagem para me igualar com as minhas titias. Um encontro de igual para igual com elas na vida adulta. Me apaixonei pelo sorveteiro mais querido da cidade. Não poderia comer tantos sorvetes, visto que me tornara aos olhos dele uma moça educada. Na verdade, pouco importava, a família dele não parecia se incomodar com banhas. Poderia adquiri-las com o tempo. Era como casar com um milionário. Nada mais seria sem graça, dias desperdiçados em pequenas farras. Ali, de repente, me tornei uma mocinha, elegante nos gestos, como convinha aos olhos fugitivos dele.

Para o meu pesar, em poucos minutos fomos embora para casa, morria o dia. Eu me sentia como se houvesse saído da puberdade, como se os peitos, apesar de não nascidos, se dependurassem em mim com muito volume e balanço.

Pela rua direita, depois da avenida principal, havia uma outra na qual se alinhavam dezenas de casarões antigos, avarandados e de pés-direitos luxuosos, com tetos de gesso decorados com uvas e brasões, mas de arquitetura meio ordinária. Vitrais substituíam janelas, todos eram iguais, e a pintura variava de cores dentro delas, umas quatro no máximo, já cansadas, deixando uma súplica no ar, um olhar piado, piscando.

A moda começou com o primeiro morador, o doutor da cidade. Imitada cor por cor, detalhe por detalhe, sem tentar disfarçar nem o tom das maçanetas das portas, com o mesmo entalhe da madeira, o mesmo verde das janelas e o branco das paredes — coisa de uma cidade com apenas uma loja e poucos produtos à disposição. Sempre voltando aos que mais vendiam, imitando os de maior influência. Umas árvores grandes sombreavam a frente das casas e o asfalto que as detinha era cheio de pedras de todos os tamanhos nas bordas, todo furado, um buraco em cima do outro, na época das chuvas era possível criar peixes dentro deles. Para mim, aquilo era um jogo com várias fases e obstáculos. Os buracos eram os reis da rua Tiradentes, agora já sem os dentes, é claro — deveria se chamar Tirados-os-dentes. Talvez o nome a tivesse convencido e se apropriado dela. O forte da avenida era a pomposidade tradicional dos seus donos e donas, afamados pela sua benfeitoria. A região era conhecida pelos antigos bailes e epopeias da época dourada, promovidos quando o ouro brotava do solo igual à mina d'água, que sujava com lama a barra das saias das senhoras e recheava a ferradura dos cavalos mangas-largas, trazidos das cidades grandes. Os velhos falavam com os olhos e bocas acesos pelos prazeres daqueles anos ricos. Andando por essa rua, se viam as provas dos de mais idade: as antigas mansões avarandadas e, no interior delas, os seus guardados caros.

Dentro da mais vistosa e mais antiga, estava o cachorro do dr. Heitor — Alfredo. O cachorro era a alma mais gêmea que ele poderia conseguir. Se pareciam até fisicamente, com aquele andar meio manco, capengando da perna esquerda, entortando e piorando com o passo. Ambos bonachões, de sorriso igual e com a mesma facilidade em adormecer em qualquer lugar, bastava se sentarem. Ele era o médico mais dedicado e respeitado da cidade. Talvez o fosse porque errara pouco, ou nada, na profissão — ou pelo sorriso que enchia de luz qualquer casa escura. Doutor de corpo e de alma — Heitor.

Eu fincava os olhos para dentro, tentando esticá-los como borracha de estilingues, querendo ver as fotos antigas com todas as mulheres que foram dele. Sim, porque era notória a fama de bico-doce do doutor, e estava tudo documentado em foto. Também procurava pela sua face jovem, corpo robusto e rosto de se perder os seios, os cabelos e a virgindade mantida a porretes pelos pais das meninas, mais valiosos ou quites com o valor do próprio ouro que pegavam. Às vezes, um pagava o outro com o tal dote, e por aí tudo era resolvido. Ele, o doutor, era mais rico desse outro ouro. Muitos se perderam pelo complicado motivo apenas da sua existência, e para as mulheres era a própria perdição. Elas mudavam os seus caminhos sem pestanejar, sem que ele sequer falasse qualquer coisa. À medida que o doutor se aproximava, se perdiam do futuro traçado outrora. Desviar do seu corpo, ou trombar com ele, continha um doce perigo que levava a entender que era assim que Deus se manifestava: o desvio do acaso. Os homens se perdiam também, claro, pela simples maneira com que as suas mulheres, ou futuras mulheres, com os olhos, os deixavam a eles e acompanhavam o doutor. Fácil como o voar de uma pluma, como ver uma delas e não querer soprá-la. Irresistível.

Ele era convidativo ao romance somente pelo seu porte e rosto de fotonovelas, rosto de quem levava o amor de presente. Era como alguém se deparar com um banquete quando perto da fome. O rosto do marketing do amor, do enorme impacto que as pessoas esperam quando chega uma paixão. Ninguém melhor do que ele.

Me estiquei e dei saltos ridículos, tentando olhar para trás e cuidando para que o meu amado Nestor, por coincidência terrível passando por ali, não me visse bisbilhotar. À medida que nos aproximávamos da casa, ouvíamos uma música que parecia muito antiga, cuja introdução, de tamanho indolente, não acabava nunca mais. A julgar pela voz de mulher e vibrato que gangorrava saltos de uma oitava, aquilo era de uma época que não sucedia à década de 30. Existem pessoas, e para cada uma delas existe o seu tempo. No caso do doutor, ele sempre esteve na década do seu maior primor, da sua maior vitalidade. Será que assim sucede com todos? Ele ainda estava na estação das minas, das pepitas que jorravam nuas e das máximas de grandes fortunas, morava no coração daqueles anos e sentia o seu rufar. O espelho em que mergulhava dentro da sua vaidade o mostrava ainda moço, lindo, de tez firme e olhos de criança — deve existir qualquer síndrome que explique isso —, ele era o possuidor mais rico da região, nem tanto de dinheiro, e sim mais de acreditamentos fantasilúdicos. Tinha uma frieza desgraçada. Abria e costurava um cara mortinho-da-silva-ferreira cantando músicas de duplo sentido. Com a sua pele de pêssego e o seu ofício de Deus, podia fazer qualquer coisa: pôr o baço no lugar do coração de quem lhe apetecesse ou dar um peteleco na orelha do defunto e vesti-lo de mulher, com direito a batom e peruca, chamando depois padre Carlos para a extrema-unção, ou para celebrar um casamento de última hora. O velho Cáca quase morria de susto ao ver que o defunto estava vestido para um casamento. O doutor tinha a segurança de que o "presunto" não apareceria para ele, apenas por respeito. Encantava a quem desejasse, até os que tinham partido dessa para pior.

Conservado pela memória, à beira dos anos onde estraçalhava os corações e os costurava em seguida — condoído —, ainda vivia dentro de um rastro de nobre beleza, mesmo que falsa. A "tal" tinha ido embora havia muitos namoros anteriores, se sentia traída já naquela época antiga, e ele não percebera. O charme eterno e paralisado no canto do lábio, três fiapos de cabelo na frente, com umas mechas maiores nas laterais — heróis de resistência —, permaneciam intactos para cima do capô lustroso, o "aeroporto de mosquito", "ponto de referência", "tobogã de lagarta", "pouca telha", "afiador de vento" etc. Quando enxergava uma pretendente ficava de um lado para o outro, acompanhando os gestos ativos do corpo de um jovem pronto para dar um salto mortal, arreganhando as penas coloridas e afiando o bico, inchando o corpo, como na dança do acasalamento, apontada para uma sua predestinada. Para um homem que se deixara criar e provar dentro da beleza e juventude, não havia mais nada a fazer senão continuar nela. Seria doloroso demais observar que a fé naquele Deus fora à toa, inclusive seria perigoso, tendo em vista que o preceito da vida era só a beleza e juventude, todo o resto era extremamente descartável. Mesmo o doutorado, feito em uma ótima universidade, e a notória competência eram apenas complemento da sua vaidade.

A minha titia dialogava dentro de si com um sorriso suspeitoso, talvez pensando no bilhete assanhado de logo cedo. Nos aproximávamos em passos de passarinho, sempre nos desviando dos buracos, como em uma amarelinha. Quase chegando em frente à casa do doutor, na grande avenida "Tirados-os-dentes", vi uma fresta de onde saía a luz da sua sala, deixada pela janela entreaberta, onde o cachorro enfiava o focinho. Quem sabe, pensava, através desta janela eu conseguiria ver algo mais marcante do que as histórias que o povo contava. Fui chegando, me aproximando vagarosamente, mas uma árvore me atrapalhou a curiosidade, e só depois de deixar as suas folhas e tronco para trás é que pude restabelecer a esperança de olhar para o escondido. A casa estava dois metros para a frente, mas aí, parecendo combinada com a árvore, apareceu uma cortina! Por sorte, e para o meu alívio, ela logo se vestiu de vento, como uma vela de barco, e jorrou o seu tecido para fora da janela, me atiçando. Pé ante pé, com a janela se aproximando, os meus olhos iam chegando, mais um passo e ela estaria revelando os seus segredos. Quando pensei que o meu olhar captaria detalhes de uma época, tropecei em um daqueles buracos de barriga para cima.

Cai-não-cai...

Vai-não-vai...

Me equilibrei!

Mas em seguida, não preparada para um outro buraco, agora de barriga para baixo, me esborrachei feito jaca podre, com direito a caldinho e tudo. Caí em um buraco dos infernos, maior do que eu, aquilo era mais um caldeirão de bruxa, uma menção às frases das titias: "A curiosidade, muitas vezes, pode matar". Castigo?

Sentei no chão, suja de lama, enquanto titia Florinda se desfazia em risadas. Acabada e desmontada pela surpresa, olhei para os lados e não procurei por mais ninguém sem ser por Nestor, ele não poderia estar ali. Mas antes que a vergonha me tomasse, veio o sangue, jorrando do nariz, como se ele não servisse para mais nada a não ser para um tipo qualquer de corredor hidráulico. Titia Florinda parou de rir e se pôs do meu lado, perguntando se doía. Levei a mão ao nariz, que se pintou rapidamente de vermelho carne — não me lembro de ter me ferido com tamanha fartura de sangue antes disso, a não ser um raladinho nos joelhos ou uma quedinha boba. Descobri que dentro de mim existia um interior que não era apenas pensamento.

Na infância, existiam em mim uns desejos estranhos de atenção, estava disposta a tudo: quebrar o braço, as pernas, ou mesmo ficar doente por um tempo. Naquele momento, pensei que fosse uma satisfação tardia aos meus pedidos antigos. Finalmente seria mimada e olhada por todos como alguém que merece abraços e beijos, uma dedicação um pouco maior do que havia recebido.

Titia Florinda tocou no meu nariz com desaviso e eu senti uma dor capaz de retirar todos os meus pedidos de infância carente. Gritei, arregaçando com o silêncio daquela noite, abrindo um buraco em todos os sossegos, maior do que o buraco que me remoeu no chão, chorei sem a menor vergonha. A dor continuava e os gritos também. Na verdade, ela pulsava cada vez mais. Quando abri os olhos, percebi que estava dentro da sala do doutor, com ele próprio à minha frente, me perguntando coisas, enquanto o choro intercalava com o ar entrando nos meus pulmões. Parei imediatamente. Mas os soluços ficaram. A minha distração da dor aconteceu porque passeei pelas inúmeras fotografias da estante, impossíveis de ser reparadas em detalhe por pouco tempo.

Ele tinha os olhos acinzentados e os cabelos restantes, acima da testa, eram finos, como três companheiros, também eles velhos. Se agarrando à cabeça, altamente obedientes, e fixados de modo a esconder o êxodo dos restantes. Disfarçava a sua pobreza capilar deixando o corpo banhado de perfume, que se misturava ao cheiro de tabaco, acreditando que assim traria às narinas a abundância que os olhos não tiveram na capa da cabeça. Caminhava em um final de sessenta anos e, de perto, depois de já passada a linha limite, aquela que divide normalmente dois corpos, entre uma divisa do "seu" e "meu", cheirava a cigarro misturado a naftalina. Esse era o cheiro mais íntimo da pessoa dele, o cheiro impregnado pelos muitos anos ligado ao velho cigarro — companheiro de consolo e solidão — e a naftalina, sempre agarrada à velhice. O tabaco, contra o qual lutara durante os últimos anos com muito afinco, trazia a lembrança dos pais, sempre com cigarros entre os dedos. O fumo dos cigarros era o fio que ligava todos eles. Até nos sonhos mais intrigantes devia aparecer dentro da sua mais íntima e violenta vaidade, deitado no colo do seu próximo objeto de sedução, e o cigarro estava lá presente, ajudando no charme. Mesmo acordado, antes de se entregar totalmente àquele diabo para se acalmar, punha entre os dedos indicador e médio uma caneta; um indicador de doutor sabido, e um médio de mediador, de base, de equilibrista. O cigarro assegurava, ao corpo meio torto, retidão nos momentos mais difíceis. Um dia desistiu. Se apegou ao companheiro, e a toda a destruição que aquele lhe oferecia, como a um amigo de crimes, e desceu, assumindo o mergulho.

É claro que aquilo tudo que sucedera fez diminuir o meu choro e as minhas feições de susto. Me tomei rapidamente de razão e comecei a reparar, investigando como uma profissional os despudores deixados à vista de quem quisesse. Notei que havia dezenas de fotos, e em todas estavam ele e... uma mulher. Morenas, loiras, mulatas e ruivas. As paisagens: China, Paris, Manaus. Na sua companhia, pacientes em vários estágios, da fase primeira à terminal. Em todas as fotos havia um sorriso no canto da sua boca, uma pose simulada com mãos nos bolsos do casaco, calça de corte impecável e um olhar de olhos alargados, fazendo crescer as suas íris cinza-esverdeadas.

Enquanto ele me apalpava, senti um formigamento nervoso e dormente crescendo como água derramada em solo seco. Primeiro corria e depois, muito calmamente, descia — alardeava em dor aguda e profunda na parte do nariz em que antes parecia que se fincava uma faca sem dó, pulsada insuportavelmente. Depois de limpo com um algodão e um remédio arroxeado muito suspeito, com cheiro de cânfora, o médico veio e pôs uma gaze e esparadrapos. A minha titia Florinda, toda vestida de dia, roupas leves para o calor, notou pelos olhos do doutor que os seus seios se assanhavam dentro da roupa clara e transparente, sem nenhuma discrição. Praticamente se comunicavam em voz alta, atacando as vistas do pobre homem. Eu e o meu nariz fomos postos de lado imediatamente, como a um carro velho que é substituído por outro de último modelo. O meu nariz não era mais nada perto da vantagem daqueles peitos que se encaixavam perfeitos na palma de grandes mãos, com os quais se podia brincar de muitas maneiras. Em segundos percebi uma arapuca montada naquela calça, uma barraca. Um estratagema se erguia como uma grande cobra que se estica e se desenrola para pegar uma paca, a postura se refez ereta e se pôs reclinada para ela. Um velho de um metro e cinquenta a receber um espírito teimoso de um e noventa. O rosto se enrijou com o sorriso no canto da boca e as sobrancelhas se arquearam. As mãos dele foram para os bolsos, se revezando com gestos firmes que o ajudavam no objetivo de entreter os olhos e os ouvidos de titia. O timbre da sua voz, recolocado, se desenhou de veludo substancioso e gravidade dura. As palavras raras, poucas ou nenhuma vez antes ouvidas por simples preguiça, indiferença ou subestimação, brotaram em retóricas organizadas uma em uma, como se agora merecêssemos o tom lorde da sofisticação, e um tantinho de amostra do seu lado erudito. No começo gangorravam, mas depois permaneceram e fizeram, acompanhadas com os gestos malabarísticos, olhos arreganhados e boca bicuda, um verdadeiro balé.

A minha vontade era científica, experimental. A minha titia jamais deixaria aquele centopeico se rimar dentro dos seus ouvidos. Aquilo era um jogo muito claro, até para uma criança, odiei. Mas ela não! Fez uma postura estranha e falou umas palavras baixinho, sorrindo com os olhos, passou levemente a mão na saia, levantando-a sobre os joelhos e deixando à mostra a sua pele de pêssego, a fartura de coxas. Entrou no jogo hipnótico dele como se não houvesse mais jeito, apostando em uma dança de dois e fazendo parecer que seria dele até o fim, aceitando o convite. Pior! Pegando-o como se ele não tivesse mais como sair: ela era o indiano tocando flauta para a pobre e velha cobra, enfeitiçada e ereta. A dança do acasalamento havia começado.

Eu, muito impressionada com aquele *pipipipopopó*, com as conversas arrastadas e egoístas, abri o berreiro, me lembrando do nariz e ele de mim. Eu tinha um álibi e uma dor, e ele era concreto, o nariz ainda chorava lágrimas de sangue. Gritei chorosa. Era o meu nariz que sangrava! Um alarme esquecido na cabeça do velho, onde se guardavam todas as poses e forças. Quando abri a boca a chorar, um troço qualquer tocou e desmontou o corpo seguro do velho pela força da irritabilidade. O choro pode ser realmente uma arma. Ele, em tom afetado, se esquecendo de toda a montagem inflada que armara durante aquele tempo, despencando num corcunda malfeito e com uma voz anavalhada, resmungou:

— Hmm, você não se acha pequena demais de tamanho para gestos tão geniosos? Aguente a dor, vai durar algumas horas, é normal. Quebrou o nariz!

O homem acabou comigo. Com uma simples frase destruiu a minha autoestima. Senti um corte de lâmina no coração e tive duas certezas: primeira, ele pusera aqueles buracos para morarem ali, ele os criava como ao cachorro, os instalara em frente à sua casa; e a segunda: ele era o próprio diabo.

Titia caiu em si:

— Ela quebrou o nariz, mas como? A batida no chão foi tão boba.

— É isso, minha querida. Ela tem um osso quebrado na parte frontal superior do nariz, venha cá, eu te mostro, Florzinha. Ponha aqui a sua mãozinha para sentir o osso solto da base. Venha…

Não acertava nem o nome dela! Pior, não queria nem saber, achava que ela não notaria se ele errasse. O objetivo final não era mesmo acertar o nome. Se virou para titia Florinda e, querendo usar os seus conhecimentos para o amor, esqueceu outra vez de mim. Ora, falar que os meus ossos estavam soltos era já um filme de horror, convidá-la ainda para balançá-los com os dedos, como se fosse um parquinho de diversões, me parecia oferta demais — uma experiência! Ele me oferecia como se eu fosse uma criatura pequena, cheia de vazios.

— Titia Florinda, eu quero ir embora já. Imediatamente! — impus a minha vontade de doente.

— Se acalme, menina, quebrar um nariz não é assim tão dramático. É mais comum do que pensa!

O velho era um insensível. Queria vê-lo quebrando o dele, sangrando. Caminhei na direção da porta com passos decididos, cheios de raiva, e pus a mão na maçaneta. Enquanto a bicha velha rangia, senti um roçar nas pernas. Fechei os olhos em pânico, achando ser o velho. Rastejante? É o diabo mesmo! Olhei depois, devagar e trêmula, e vi o cachorro, mancando do passo esquerdo e sorrindo de canto de boca. Era tanto o peso pendente do lado esquerdo que eu não sei como eles, cachorro e médico, não se desequilibravam e caíam juntos. Estava visto que eu, mesmo com duas pernas de proporcionalidade acertada, era a única que deixava a retidão do osso do nariz nos buracos!

— Alfredo! Cachorro do cão, que susto! — Eu o recebi com tanta alegria de alívio que o cachorro mancudo se sentou satisfeito.

— Nao é Alfredo, menina! É "Alfred". Não sei por que as crianças teimam em renomear um nome que é estabelecido e batizado.

O velho era caduco mesmo, e cachorro se batiza? Regressou o tom ríspido, duro e corcunda de dr. Heitor, antes aceitando a minha saída e da minha titia, mas de novo se recompondo, com o seu espírito teimoso e barraca inflada nas calças. Os dois atrás de nós. O cachorro se deitou com a barriga para cima, pedindo explosivamente pelo meu consolo, mas o meu nariz quebrado me fez esquecer de como se acaricia um bicho manco, deitado no chão. Nem o nome dele eu conseguia mais falar: "Al-fred", assistente do diabo, mascote do carrancudo. Impossível! Era muito sangue ainda em dúvida e uma dor pulsante, a descida do corpo ameaçava um catucar ainda maior. Eu queria era ir embora, refazer os meus sonhos, quebrados pelo velho — e o meu nariz, quebrado pelos buracos do velho. Queria mais era passar a noite inteira em sonhos com Nestor, entrar tão dentro da noite e do sono que seria chato e dificultoso acordar. Mas o bicho ainda pedia, implorava, gemia, ciscava, dava coices na minha perna esquerda. Comecei a acreditar que a qualquer momento ele diria — em inglês, claro — "por favor", "por favor". O velho o ensaiou bem no fingimento, e os truques eram para prender as mulheres na sua casa. Mais, comecei a crer que aquela brincadeira de acoicear só a perna esquerda da gente era uma coisa íntima dos dois. Um fazia no outro sem cessar, daí serem os dois mancos da mesma perna.

— Vamos, titia, quero ir embora daqui, não aguento mais. A minha fome é maior que eu.

O cachorro apelava nos últimos momentos com uma cara que parecia fazer uma chantagem assustadora, ameaças a estranheza maior, até rosnamentos ele ousou. Passei a mão ligeiro pela sua orelha e dei uma esfregadinha para ele sossegar. Daí titia veio, e o velho também, rosnando.

— Posso acompanhá-las até em casa, já se faz tarde e o sereno da noite esconde os bichos atrás das sombras.

Morri de medo daquela frase de longo alcance, até desenhei uns bichos nas sombras e podia jurar que, ao sair, já teria um a abocanhar o meu nariz, que devia cheirar a carne fresca e moída, com o sangue apontando para fora dele.

— Não precisa! — disse eu, quase me arrependendo e pensando que podíamos usar o velho, e o seu espírito teimoso, por um pouquinho, só até chegarmos em casa, entrar e deixá-lo de fora com o espírito. Mas, pensando bem, ele devia ser o bicho mais perigoso da redondeza. — O cachorro vai, cachorro é para isso. O cachorro inclusive anda mais rápido do que o senhor, tem rosnados, pode até correr, latir e morder. Bicho com bicho se entende! O senhor fala um palavreado muito difícil, não sabe lidar com a corrida ou com os instintos, vai é nos atrapalhar. O bicho nem vai ter paciência para tentar entendê-lo.

Ao mesmo tempo, talvez fosse melhor levar o velho: no caso de o bicho querer comer alguém, ele seria uma presa fácil, ficaria para trás e, enquanto o bicho o devorava, nós correríamos. Continuei:

— O senhor seria uma presa fácil para um bicho sem paciência para chatos. Seria mais perigoso com o senhor. Vamos, titia...

Titia sorriu sem graça e me interrompeu tossindo, uma tosse a me lembrar da educação. Eu a aceitei e entendi.

— Me desculpe, doutor.

— Isso, Giza, agradeça ao dr. Heitor. Não precisa nos levar até em casa não. Foi muito gentil e cavalheiro conosco. Volte à sua hora preguiçosa. Estaremos bem, não há maníacos na cidade faz muitos anos. Obrigada e boa noite.

Ele tinha sido um cavalheiro com ela, sim, mas comigo fora o próprio cavalo. Cada vez que ela dizia "dr. Heitor", o homem adquiria uma plumagem na parte destelhada da cabeça.

— O senhor já fez muito por nós. Nos desculpe por espantar o seu tempo na hora da preguiçosa. Realmente lhe peço desculpas.

— Não há de quê, Florzinha, foi um prazer. Mas espere, como vai o jardim? Preciso mesmo fazer uma encomenda de um buquê para uma linda jovem.

Olhou para a minha titia com um olhar de peixe morto. Os dois começariam outra vez se eu não fizesse qualquer coisa. Abri a porta como se o gato, aliás o cachorro, não existisse mais. Levei a mão ao nariz para me certificar de que o doutor não o tinha roubado e percebi que, pelo tamanho dele, já renderia o triplo do normal.

— Valha minha Nossa Senhora, nasceu um cotovelo no meu nariz! Que droga! — gritei de raiva.

Mesmo assim, fui saindo sem perder tempo, uma mão no nariz de forma a não deixá-lo para o velho e para o seu cachorro, e outra arrastando titia pelo braço, pelo mesmo motivo. Velho terrível.

— Não é preciso que eu as acompanhe mesmo, Florzinha? É que já é tarde…

— Até logo, dr. Heitor, não se preocupe. Até logo. Vamos, Giza.

Titia sempre me chamou assim: Giza, de Adalgiza. Ela, ainda montada na voz e na bunda, arrebitada para ele, foi indo embora. Um pé na frente e um de lado, olhando o dito-cujo por cima dos ombros, indo em direção de casa e sumindo na escuridão, até tropeçar em um buraco e perceber a ponta do perigo da velha rua Tiradentes, que quase tirou o meu ossinho do meio, virando-o para a direita.

Quando chegamos finalmente a casa, sentamos lá fora, na mesa que marcava o começo da plantação de flores. A cor das rosas, desde a nossa frente até o horizonte, emendava o céu. Fizemos um chá de hibiscos e sentimos o cheiro das angélicas quando entram em contato com as senhorias da noite.

Cochilei no sereno. Ali, quase poderia esquecer para sempre o quebrado do nariz, se ele não se lembrasse, outra vez, de mim.

3. A filha das flores

Cresci, mas não da maneira como se faz normalmente. Completei os meus dezesseis anos quase como se ainda tivesse os meus doze, cresci apenas dentro da minha observação, dos meus desejos. Olhando para o corpo das minhas titias, me desejava como elas, fazendo força, palmo a palmo, para que o meu corpo se integrasse e se gostasse como os delas, tão desejados, que se correspondesse e pertencesse a eles pelo menos em sangue.

As minhas titias eram suculentas, mulheres de pecado e milagres, de comer com os olhos e com os dedos, de fazerem desejos saltar, pipocar do corpo por entre os orifícios tolos, desesperando quaisquer nervos pifados. Dava gosto à boca só de tê-las nos olhos, eram cheias de belas posições. Corpo de mulher, sem deixar dúvida. Com todos os contornos precisos, arredondadas curvas de não parar o vento, aerodinâmicas. Eram sinuosidades de avacalhar o juízo dos arrumadinhos, de acanhar os loucos, atiçar os tímidos e arregaçar com os nervosos.

O meu não era assim. Era um corpo reacionário e preguiçoso, estagnado no passado dos anos, minguado, medroso e raquítico. Fiapo de mato verde que qualquer vento, ao tocá-lo, fazia com que balançasse constrangidamente. Continuava deitada em miúdas massas e muitos ossos, um pouco de quase nada, umas misérias de carnes. Em mim apenas restavam uns sulcos de coragem, tutanos nos ossos e boas ideias ligadas no cérebro. Os meus seios mais pareciam dois pequenos limões filhotes, não salientavam tecido o bastante para erguê-lo e a cintura era da mesma grossura e feiura das pernas, que mais se pareciam com dois talos de varetas de mandioca. Os braços não serviam para qualquer outra coisa senão escrever, se o corpo caísse eles não o segurariam. Como o velho doutor, eu também era pobre de cabelos, tinha-os faltados e cínicos, caindo sempre aos montes. Não serviam para segurar uma presilha pequena de bebê, uma gama de grampos ou uns piolhos. Quanto mais para segurar qualquer homem! A serventia deles começava e acabava no ralo, no seu entupimento.

Ficaria presa à infância para jamais ser uma mulher? Uma dona com as suas farturas e os seus poderes que, quando em frente a um pobre homem, o torna ainda mais precisado por se encontrar diante de uma rainha? Os homens comigo continuariam fortes, passariam por mim a todo instante sem me notar — a menos que eu lhes fosse ser útil, como uma simples atendente de loja, ou mesmo como uma enfermeira em um grande hospital. Mesmo assim seria perigoso, pois se houvesse outra enfermeira de corpo mais maternal, de seios mais acolchoados, eles correriam para o seu socorro, e eu perderia a minha função, apenas serviria para o nada vezes nada. Pura distração. As minhas carnes eram mirradas perto do tamanho do meu ser interior. Este sim, crescera como ninguém, desacompanhado e desencontrado, era enorme e cheio de fome.

Titia Margarida era a mais branca de nós, com olhos grandes e amendoados, nos mesmos tons de amarelo e caramelo dos do avô, a quem eu chamava de bisavô. Era uma covarde lindeza. Quando ela nasceu, o meu avô, de nome Crispiniano Rosa, ouvindo vovó Ana dizendo que, ao nascer, aquela sua filha já era a cara e o focinho escritos e escarrados do sogro dela, Adamastor, fez escapar da boca uma frase de espanto e revolta.

— Aquele desgraçado daquele um! O maldito saiu da cova para fazer um filho na minha mulher! Até hoje este meu pai não foi embora de vez!

Crispiniano, indignado, gritava sem respeito diante da semelhança brutal inegável. Por mais que não fosse, essa menina era filha do seu pai.

— Filho duma égua, carnicento! Nunca mais volte. Vou mandá-lo para o inferno duas vezes, para não haver engano nem regresso, desgraçado!

Esta foi a letra da primeira música que Margarida ouviu da boca do pai. E talvez por isso, titia Margarida ria sempre que vovô gritava, achando toda a graça ao desgomar de ódio de Crispiniano. Mas apenas ela ria. Só dela vovô aceitava o riso. Florinda, diante do tom atroveado de final de mundo do pai, se fazia presa em braços e pernas.

Inúmeras vezes me sentei no chão a ouvir as histórias que elas contavam sobre esse homem. Às vezes, o choro era automático, eu não resistia — era impossível resistir às saudades de conhecer alguém que eu sentia que, existindo, me faria ter uma visão mais paciente do mundo. Apesar da aparência rude e da caixa torácica larga que servia de casa para a força da sua voz grave, ele era também um ser cheiroso e cheio de generosidade dentro da sua personalidade, sempre entre amores e carinhos para com a sua renca de mulheres e amigos pobretões. Morreu numa sexta-feira, depois de receber notícias da morte de um amigo infinito. Em consideração, fora junto com ele, para lhe fazer companhia, levando a alegria de vovó Ana — e ela própria, uns poucos meses depois.

Eu seria filha de vovó? Quem sabe. Mas como? Se chamava as minhas irmãs de titias? Talvez não fosse filha de vovó nem de uma das titias. Fui descobrindo, com os anos vindos, que eu não devia ser filha de ninguém — eu era o fruto do amor daquela família, havia nascido de uma gravidez de todos eles. Me fiz de vida como nascem as plantas, dentro de uma plantação de vento. As titias nunca me diziam nada, e eu jamais perguntaria. Tinha medo de que o meu corpo não viesse delas e que a minha desconfiança, de que ele não mais quisesse crescer, fosse de vez confirmada. Talvez eu viesse de um ser adolescente. Mantive as minhas perguntas em segredo, e assim segurava as minhas esperanças, podendo ser filha de quem eu bem entendesse. A filha das flores.

4. Malmequer, bem-me-quer

Aconteceu o tão esperado casamento de titia Margarida. Fui com o meu vestido de fitas, com a sua cor laranja encarnado, acompanhado pelo verde das rendas. Me preparei, decorando frases maravilhosas de poetas sensíveis. Tentei me adequar ao meu físico inexistente, a melhorá-lo. Ninguém do meu convívio e idade conheciam o armamento de palavras que eu tinha. Estávamos enterrados numa cidadisca, distantes do requinte, e eu estava montada nas vivências dos homens e mulheres das minhas fantasias, não em roupas e chapéus elegantes. Mesmo assim, pensava: "Se não for de luz, ninguém reluz no escuro o bastante para ser percebido".

Titia Margarida estava ensolarada, eram muitos anos de preparo para o casamento. Ela era uma rainha, trajando o seu vestido branco de calda longa, feita de seda pura, alternando com rendas francesas. Foi um presente da sua madrinha, trazido de uma das capitais. Os cabelos pretos e fortes, levemente cacheados, como os da minha titia Florinda, corpo saliente. Fazia pena de se casar com um homem só. Era corpo de abelha rainha, corpo para todos os soldados, para uma comunidade inteira. Corpo de doação e serviços comunitários, de salvar vidas e criá-las. Com os olhos claros e dengosos, cutucando todos os seres, dos donos da praça aos pardais, enfiados nos cantos da sacristia.

Quando chegou, deixou mudo, por uns imensos segundos, todo o povo que a aguardava. Logo em seguida, impossíveis de segurar, dispararam aplausos fanáticos dos homens. Já os das mulheres, além de tardios, eram raivosos. Nesse dia, ninguém ouviu o padre dizer alguma vez que na igreja não se aplaude.

Padre Carlos nos deu boas e longas frases em uma cerimônia que, em especial, se demorou — como quem não quer acabar com a beleza à sua frente. A igreja estava perfeita: as rosas brancas dependuradas pelo teto, galhos ordenados e deitados até o chão; orquídeas sobre o corredor e camélias sobre os cabelos de titia, que desciam da frente do rosto até abaixo das orelhas.

Escolhida pelo noivo, a música era um tanto de mau gosto. Era um homem sem língua e sem elegância. Era meio grilo, meio barulho, meio tampo, meio rude, era meio pombo.

Estávamos no canto esquerdo da capela pequenina, instalada na parte baixa da rua, subitamente sinuosa. Uma capelinha dependurada nos troncos da cidade, toda branca.

Foi um casamento inesquecível.

Padre Carlos estudou sobre o amor e entrou no assunto sem medo de se perder ou de se encantar por ele. Diante da plateia, falou do conhecimento e da coragem de Margarida. Titia Florinda também estava feliz, não menos sorridente que a noiva, quase como se fosse ela.

Na cerimônia, todos pareciam muito bem. As senhoras adorando os seus chapéus e as meninas, os seus vestidos — bebendo o carmim do ar grosso e cintilante emprestado pela noiva. Todas elas, solteiras ou casadas, estavam leves, aliviadas pela união de uma mulher da estirpe de titia. Os homens a admiravam e não pareciam se comover com o que o matrimônio restringia. Havia apenas um homem que não estava junto dos outros nos sentidos.

Chegou sem silêncio, corpo derramando álcool pelos poros, de botas largadas, como ele. Arrebentou o pé em um dos bancos antigos e brutos da paróquia e se sentou desequilibradamente. O rosto amarrado em uma estranha prisão de nervos, uma pitada de colisão, um anúncio de desespero, apenas controlado por um felpo de consciência, em um corpo curvado de dor. Era uma dor de mau agouro e de sofreguidão. Ele ficou sentado, acompanhado de uma ríspida renúncia e ódio a Deus. Os olhos estatelados, parados em titia Margarida, apenas se movimentando com o libertar de sons de apreensão e incômodo em todos os amigos e convidados dela, como quando um gavião chega perto dos filhotes de uma galinha, ou quando um urubu se aproxima e ameaça a única centelha de vida de um moribundo sem proteção.

Todos os assistentes se contorciam no final da cerimônia, entre olhar o dono da desrazão ou a noiva impávida, instalada confortavelmente no branco do imaculado vestido, exposta ao perigo. Ao menor movimento dele, ao mais baixo som que gemia, os convidados reagiam como os gansos, desconfiados de um movimento e do chacoalhar de uma possível dança de cobra em um tufo de mato. Soltavam os seus gritinhos piados, as suas vermelhas caras espremidas, antevendo o escândalo.

A tensão durou o tempo do além, até que, na resposta do "sim" de titia, o homem explodiu e gritou um gigante e alto "não!". Caiu em cima do bonito azulejo antigo da igreja, xingando e babando umas palavras catingudas e sem corpo. Se contorceu e tossiu e gritou, como querendo sair do corpo entristecido, que mais parecia um copo de aguardente ruim. Chorou e se espremeu, prendendo a respiração para depois rasgar a voz em grave estremecer, esbravejando o seu rastro de dificuldade em viver sem a esperança, como se em vez de um casamento ele estivesse em um funeral. Como se ela estivesse sendo enterrada a sete palmos do chão!

— Você não pode! Não pensa nos pobres olhos dos vizinhos? Nos corações dos sonhadores? Margarida, não tem pena de mim? Você é a mulher mais desalmada e impiedosa que esta cidade já fez nascer e existir, é a mais dura e gélida, a mais inocente e doce — ele se levantou e caiu outra vez, a chorar e a bater os pulsos fechados na cerâmica da igreja. — Você é a mais assassina das viúvas-negras, dentro do seu disfarce de suavidade de beija-flor, é manipulação. Você é a provocadora de todos os meus problemas, sem exceção, desde a morte do meu pai ao riso do meu inimigo. Você não presta! Foi um resto de vida me dado por Deus, me tirado sem tempo nem sombra de piedade. Eu preciso te deitar, eu preciso, eu preciso. Margarida, eu preciso... — ele falava, em tom acusatório e com o dedo em riste, mesmo que traçando círculos.

O sujeito tomou todo o frasco da loucura do mundo! Sem deixar uma gota para servir de remédio para os covardes, o homem lambeu os dedos e sentiu o avanço do estado com prazer, como quando um desesperado que está se afogando na correnteza de um rio impiedoso e na agonia da morte agarra uma cobra achando que é um cipó. Pobre homem, era como uma caixa cheia de gritos.

Foi levado imediatamente para a rua por um bolo de outros homens, uns dez ou cinquenta, puxando as suas pernas e braços — mas não os olhos, que continuavam nela —, os gritos e agonias também eram continuados para ela, e conseguiam alcançá-la.

Titia Margarida amassou o vestido com as mãos, e o lábio inferior foi mordido pelos seus dentes muitas dezessete vezes. As suas feições emudecendo, empalidecendo. Ela empalhada.

O homem apodrecia, encerrado nos fétidos sentimentos que o acompanhavam — arrastado pelo chão, deixando um rastro feito pelo corpo puxado pelos outros homens. Rastro das suas costas, da sua roupa e do seu suor, que desapareceu dentro dos minutos eternos de infernos em que se encontrava.

Apesar do choque, titia ecoava altiva e perfumada. Depois do homem sujo, de palavras desesperadas, nada mais restava para todos os outros para além da beleza de titia. A vida é mesmo uma rajada de tapas, há que se achar os beijos, mas no nosso caso, meu e desse pobre homem, eles estão debaixo de humilhações e calos.

A festa continuou.

As titias dançavam e os homens as cercavam, querendo, na cabeça deles talvez, fazer fom-fom nos seus seios lindos e presos nos vestidos apertados, que deixavam sentir os seus pedidos por socorro e liberdade. Para a interpretação e pequeno deleite satisfatório das fantasias dos olhudos, titia Florinda quase se afogava em um brigadeiro, devorando-o com a fome de outras delícias. Eu estudava os detalhes dos vestidos das senhoras e o teto do salão — um pouco esquecido e pálido, comparando com as histórias de Cristo bordadas nas cortinas aveludadas — e olhava para mim, pensava em mim. Ninguém mais o fazia.

O calor musculoso me espremia a cabeça e o corpo espinhudo, parecendo trazer para fora dele a única água que me fazia algum volume. Abarrotado de gente, o lugar não recebia um fiapo de brisa. As janelas pequenas, e as pessoas junto a elas, não deixavam nada entrar.

Ao final da festa, as pessoas levavam consigo um ramo de flores oferecido pela nossa família. Enfeitariam as suas casas, e de dentro do presente emanaria uma familiaridade que reconstruiria a beleza do lar agraciado pelas flores, pelo menos por uns dias, o ramo iria refazer a saúde de alguns outros casamentos adoentados, devotando figuras de bons pensamentos e romance ao novo casal. A sua construção sã e salva, conforme o poder das flores e os planos da noiva, do casal.

Fim de festa.

Umas nuvens estranhas tapavam o céu no verão, o inverno era pouco forte — muita água caía e cortava o chão, abrindo novos caminhos. Eu não podia deitar na grama por culpa da chuva que despencaria e molharia tudo em meia hora, me sentia cansada. Estava preparada, assim como toda aquela natureza, para tomar um bom banho e estar nova para o dia seguinte. Fui me aprontar para o café da tarde, com o bolo de laranja que sempre era feito nas segundas-feiras. Por cima, era regado com uma calda de suco de laranja com água de rosas e, dentro dele, grãos de erva-doce e uma casquinha crocante polvilhada de canela. A pedido das titias, o café era coado no pano e a mesa posta nos fundos da casa, ao ar livre. Mesmo com os trovões a reclamar das suas indigestões, Odézia, a nossa quituteira e empregada, teimava e não obedecia aos seus avisos. Tínhamos uma mesa com oito cadeiras, de ferro trançado, formando desenhos majestosos em art déco, de assentos almofadados. Vovó as adquirira em uma viagem, anos atrás. A mobília tinha como companhia um vaso branco com pequenas marias-sem-vergonha vermelhas e brancas, misturadas a cravos lilases e rosas, sempre viçosos.

Sentadas nessa mesa, depois do trabalho, eu e as rosas víamos muitas vezes o pôr do sol, do começo ao fim, se enroscando na serra. Daquele lado do horizonte acontece o pôr do sol mais bonito que conheci, e conto isso com a certeza dos meus dias que vieram e daqueles que virão. Era o mais denso e dramático, vinha do fundo dos rosais, que pareciam cantar a despedida daquele dia. Um espetáculo de profusão, resumo de descrição da natureza, dava até medo de Deus. Um som de romaria, de vozes de todos os homens, contando segredos. Eram os cantos da minha mãe, não revelada, ninando o meu sono comprido, ou de acordo com os poemas que eu lia. Sempre arrastava o meu corpo até ele, sorvia-o em um estado de esplendor, eu me fazia espécie dele, sublimada em ser pequeno. A função única e exclusiva de vislumbrá-lo, repetindo as suas cores no meu rosto, como um velho bicho que se camufla conforme a sua pisada na colorida relva, meia boca avermelhada, meia amarela. Fitava--o em um estado hipnotizado de girassol, sem músculos meus, sem datas nem horas, sem querer nem ter uma vontade minha ou outro desejo, apenas o momento eterno. Acho que, durante muitos momentos enormes dos meus dias, eu estive e permaneci por lá, um bicho se vestindo de sol.

5. Dançando falsas verdades

Era assim que tudo acontecia: eu enfiava o pé no acelerador, trocava uns engates e ele ia de arranco, ordenado pela banguela, primeira marcha, depois segunda, terceira, quarta, e ia deixando o carrinho seguir sozinho. O fusca da entrega corria a cidade inteira em menos de dez minutos. Éramos dez minutos de gente, uns carros, alguns cachorros vira-latas soltos pela cidade e árvores se esparramando no céu. Mas havia um outro montinho, um ninhozinho de casas afastado, onde nunca pus os pés. Acho que não era apenas eu, mas toda a gente de cá. Lá era a tal vila das damas da noite, flores de pétalas grandes, bonitas, de perfume cheio e doce, onde os mais tradicionais diziam ser o rabo feio amputado do corpo, abandonado no meio do caminho.

Era dia do nosso aniversário, meu e da cidade, da cidade do lado de cá. Ela fazia cento e cinquenta anos e eu completava dezoito. Haveria uma festa daquelas que fazia com que a cidade ressuscitasse, o tédio a fazia morta na maior parte do tempo, a ela e a nós — mas sempre se teima, se acredita. Eram muitos meses de produção e curiosidades para o assunto de todos.

Um corpo precisa de acontecimentos, dos seus hormônios, afetos e desafetos, de paqueras e atrações — qualquer coisa. Ficar apenas ouvindo o barulho das moscas não abastecia de argumentos nenhum nutrir de vida. As sensações precisam se exercitar.

A cidade estava um fiapo — como nós —, sem comida e sem paixão, todos a abandonavam havia anos. Os seus hormônios se moviam muitas vezes rasqueando, insultando e tragando ela própria em maldade, cochichos e fofocas desesperadas. Havia dois anos que nada acontecia, além de uns velórios de defuntos sem importância e das fofocas sem peso. Como a data coincidia com os meus anos, isso talvez tocasse em um lugar um pouco melancólico de mim. Eu queria mesmo era uma reunião com alguns poucos amigos inexistentes de escola, as minhas titias, os funcionários do jardim, algumas rosas brancas, acompanhadas das angélicas que possuíam o meu perfume predileto, a minha madrinha que estava longe, o meu sapatinho de moça, a noite cheia de sombras fantasiosas, e ponto — mas que fosse "o meu" aniversário, de assuntos virados para mim.

Competir os meus dezoito anos com os cento e cinquenta da cidade era impossível, e injusto para nós duas. Os cento e cinquenta dela eram enormes, e os meus dezoito também. Mas se comparássemos o tamanho da diaba comigo eu virava uma vírgula dentro da sua história inteira. Mal sabia eu que, anos depois, informada de mim mesma, eu passaria a ser o seu maior assunto, as suas tripas, o seu desastre e a sua paixão encarnada — nós duas nos fundiríamos muitas vezes, como se uma sem a outra não tivesse nenhuma importância. Pensei, pensei muito. Tentei ser generosa com a cidade, me doando um pouco a ela, que nunca tinha me dado nada além do que as minhas pernas andavam.

Então troquei a minha idade pela de todos, fazendo de conta que aquela festa era oferecida por mim. Assim seria mais aceitável. Devo dizer que nunca me senti tão bem em relação à idade. Dezoito é o número da liberdade e, em vez de assustar, ele me acolhia, rompia uma parede que me proibia e que me arrastava confundida por uma infância que já não era — desnorteava entre a inocência e a maturidade. Representava o começo da diversão. A ideia de que ela me daria experiências ainda não vividas me animava muito. A ida para a liberdade, mesmo que se tratasse de uma lenda, antecipava uma viagem de muitas planícies ou montanhas impensáveis, me dava a sensação de aventura, eu tinha devoramento na alma. Tal como a cidade, eu precisava de acontecimentos, caso contrário, dentro dos meus sonhos frustrados, o meu corpo poderia se curvar e gastar por dentro, se rasgando como ela, comendo as suas pétalas como as formigas. Queria experimentar de todas as formas e comer tudo aquilo que cabia no estômago.

Faltavam dois dias e nenhuma noite. Eu mal podia dormir de ansiosa, eram dias em carne viva. À noite, flutuava nas minhas ideias, a cabeça era teimosa, resmungava e me desordenava. Estava revoltada com o destino. Seria justo? Talvez o maior mesquinho seja aquele ser que, diante da felicidade, não consegue enxergá-la. E eu tinha receio de a estar desprezando ou, pior, de ser inapta a ela.

Chegou o dia. Alguns dois ramalhetes de flores e um par de sapatinhos de cristal simples — dado pela minha madrinha. Eram muito bonitinhos e estavam guardados para a ocasião havia muito tempo. Tarde de chuva, de chá e beijos carinhosos e exagerados nas minhas bochechas, dados pela empregada. Nenhum presente das titias, apenas um leve acarinhar nos cabelos e um frio "feliz aniversário". Fui disposta, mas não muito bem vestida: me esqueci das roupas que deveriam simbolizar aqueles anos e fui para o baile como se fosse me encontrar crescida e preparada para me gostar em maior idade. Ainda não sentia os meus dezoito anos, ia recebê-los na entrada do tal lugar. Eles e a sedução que neles há, a mocidade no viço do rosto. Deixei as fitas e usei um curioso comprimento de saias, eram curtas e rodadas como as de uma criança, um palmo acima dos joelhos, e isso me dava uma certa graça, um balançandinho babado, batendo no meu bumbum, acompanhando-me os passos como em um balé. Me enrolei um pouco, titubeei e estremeci ao pensar nas pessoas dentro da festa. Quem sabia e quem não sabia do meu aniversário? Será que eu seria ignorada? Ou será que, na companhia inexistente do corpo da cidade, as pessoas se voltariam para mim?

As titias logo me levaram pelo braço, não me autorizando uma demora a mais. Margarida, com o marido, dava passos de gigante, enquanto eu tentava alcançá-los. Aquela parte da cidade era muito curiosa, no dia anterior tinha passeado por lá: os seus calcanhares abrigavam a parte paroquial com o salão, a matriz e o caminho para o cemitério, tudo cercado de uma escuridão bem preta carvoenta durante a noite, especialmente nas de lua minguante e nova. Eu sempre olhava a lua antes de passar. Em frente à igreja da matriz, estava plantada uma praça minúscula que servia de moradia a apenas uma árvore, um ipê roxo da mesma idade que ela, que ainda arriscava uma copa frondosa e tufos de flores em forma de sininhos. Bem-te-vis, sabiás, às vezes saguis, bagunçavam o roxo forte. No tronco, tão junto como as nuances diferentes dele, misturava-se ao ipê um casal de namorados, apoiando-se nele e o fazendo de cúmplice, como um terceiro amante. Por um instante longo, desejei ser o ipê, pelo menos eu teria um corpo e uma gravidade, teria raízes. Estaria tranquila — sem muito esforço —, apoiando um romance, respirando as suas delícias e suspirando o inflar, cheia de histórias. Pensava na festa e andava em automático. A música seria conduzida por uma orquestrinha de câmara famosa, vinda da capital. Os músicos faziam muito sucesso antes mesmo de chegarem, no boca a boca se falava mais dos quitutes físicos deles que dos dotes musicais. Na verdade, o toque musical em cada mulher dentre nós se fazia pelos olhos. O menu foi feito por uma senhora de comida desejada por toda a redondeza da capital, também enervava as discussões a respeito da festa que, a julgar pela empolgação, prometia ser uma das melhores. Mas como sempre dizem isso, fiquei quieta, um pouco medrosa, acreditando que, de certa forma, a festa também era minha. Quem sabe as titias não haviam preparado alguma surpresa para mim? Um feliz aniversário tocado pela banda, ou qualquer homenagem dessas. O medo e o desejo sempre andam juntos.

Avistando o salão paroquial percebi que mesmo fora dele, nas escadarias, a festa já havia começado. Subi confusa, não olhando muito acima do meu orgulho, com as titias Margarida e Florinda do meu lado. Ajeitei novamente os cabelos e perguntei sobre os olhos, se não estavam sujos pela pouca maquiagem, e sobre o vestido, se estava bom.

Engraçado como senti a idade, de um momento para o outro me senti maior. Subi a escadaria do salão com pés de chumbo, mas quando passei da porta do lugar adentrei na minha idade, suspeitando que havia uma situação de travessia e quase parei, pensei em voltar, olhei para trás e percebi que eu tinha perdido o tempo no caminho e que estava pesada, que era tarde. Continuei, devagar, talvez acreditando realmente que aquela festa fosse minha. Arrastei o outro pé e comecei a avançar passo a passo para dentro do salão repleto de gente — senti a nossa idade, à cidade também pesavam os seus deveres. Chegando à porta do salão, se percebia um caracol de casais rodando ao centro, em sentido anti-horário, ao som dos profissionais. Dançarinos e roupas bordadas, os seus brilhos e plumas. A animação era visível. Olhei tudo com um certo ânimo e, ao mesmo tempo, com desconfiança, achando que os dezoito poderiam ser como os dezesseis e nada de novo me trariam, a não ser tempo a mais esgotado em cima das pálpebras. Bastou pensar isso e logo algo novo apareceu: titia Florinda cochichando nos ouvidos de um homem alto, de cabelos cor de mel e olhos ameaçadores. Ele me fitava e tinha um sorriso malicioso na curva da boca, dizia alguma coisa a titia, que lhe deu as costas. Ele vinha na minha direção. Tive uma espécie de morte e quis voltar aos dezessete, mas já os tinha deixado à porta. Ele se aproximou mais um pouco; larguei o meu lugar sozinho e corri ao toalete, onde molhei as têmporas, respirei e tomei coragem para voltar. O homem sumiu por umas dezenas de minutos. Peguei uma champanhe e me sentei feito adulta, traguei goles grandes, percebendo o seu passar em todos os cantinhos da boca. Achei o álcool um pouco forte, mas as bolhas eram muito sedutoras e traquinavam rapidamente com o meu juízo. Abri os olhos e na frente deles estava o homem que falara com titia Florinda. Voltou a sensação de que o meu corpo correria dali sem que eu ordenasse, mesmo que fosse em desmaio. E insistiu, escurecendo as minhas vistas por uns longos instantes — suei os bigodes invisíveis e molhei o vestido pelo avesso no suor. Parecia que o meu corpinho, perdendo as águas, tentava desaparecer. Os meus olhos viraram para baixo sem coragem alguma de entender o que estava acontecendo, os ouvidos também fugiram e não entenderam o que o homem falava, apenas ouviam a confusão do meu corpo. Quando pensei em olhar para o homem, ele se apresentou algumas vezes e me chamou de "pequena", só então o ouvi nitidamente. Ele me convidou para dançar e involuntariamente o meu corpo se levantou e foi com ele, como se já soubesse ou tivesse dançado algumas vezes na vida.

Eu não sabia mexer os quadris, nem sabia que eles existiam, os reconheci ali pela primeira vez. Percebi que não se quebrariam se eu os arredondasse para os dois lados, para me misturar com o homem eles deveriam mesmo se mexer, é de praxe que se movam com a dança. Mas estavam duros como pedra, segurando as minhas pernas com muito ranço e timidez. Percebi também que o vestido, por ter sido usado apenas uma vez, e muitos anos atrás, estava demasiadamente curto e apertado para qualquer movimento. Parei de respirar, me esquecia do ar, e quando me lembrava inspirava com susto, e por susto recomeçava. Mas dancei! Os meus pés, tentando como podiam, acompanharam os dele até o fim da música. Tinha que acontecer logo com aquele homem grande e de pés treinados para fazer bonito? Soube que se chamava Tito, cavalheiro que estava lá para passar as férias. Quando chegava, permanecia geralmente na casa da sua avó. Por onde passava, ele fazia acontecer uma espécie de assanhamento nas meninas, como uma cobra avistada por uma turma de galinhas. Distribuíam gritinhos desgrenhados, reprimidos em seguida, dentro do possível comportamento que pedia uma virgem ou uma mulher que não usa a libido por um tempo prolongado. Ele era conhecido de titia Florinda, da época em que estudavam juntos nos anos primários. Gostei dele, talvez porque ele tinha compreendido o meu tamanho e nele achava simpatia. A palavra "pequena", do jeito que ele a usou, era carregada de alguma coisa terna, e a sua entonação veio com uma pitada de dedicação romântica. Titia Florinda tomava conta de nós, olhando-me de longe, eu que dançava pela primeira vez na vida. Com certeza que os cochichos dela para ele deviam ser sobre um pedido a um amigo para dançar a valsa de aniversário com a sua sobrinha. Isso, ele estaria dançando comigo a pedido dela.

Fiquei muito desordenada, descoordenada da música, mas me orgulhei de ir até o fim com Tito, como se fôssemos os melhores dançarinos do salão. Conversamos e ele contou sobre a vida na cidade grande; perguntou de mim também e arrisquei responder.

Acabou rápido, o tempo se esvai quando tentamos prendê-lo. Ele me agradeceu e me deixou na mesa com titia Florinda, beijou a minha mão e foi pegar uma bebida. Passei a procurá-lo depois disso com o pé da barriga estranho, pulsando um coraçãozinho próprio, até então desconhecido. Não o vi mais dentro do salão.

Titia Margarida e o seu galo seco dançavam mais do que todos os outros, eram o casal animado que puxava a festa. Ele por causa dela, claro. Dessas coisas que um embeleza o outro e não há troca nem motivo aparente para qualquer junção. Os dois formavam um casal cujo plural era ela. Ele ganhara muito com aquele casamento, e ela talvez tenha ganho com a instituição. O casamento em si trazia à titia maturidade e segurança, uma liberdade por ser respeitada na cidade, podendo ir e vir por lugares em que antes ela arriscava menos, como a dança de salão. Nela parecia não existir o medo daquela situação terminal de ser só dele e de mais ninguém. Margarida não parecia assustada, pelo contrário, gostava da ideia de estar aposentada tão jovem. Aposentou as fantasias de outros homens e deitou tudo nele, fechando o círculo. Experimentava apenas o marido, sem crise alguma. Observei titia Margarida e me distraí de Florinda, que saiu de perto de mim sem dizer para onde ia. Não a via em nenhum canto do salão e a procurei pela festa, cansada de ficar só. Quando estava quase desistindo, me lembrei dos fundos da casa, onde muitos meninos e meninas brincavam na minha infância de pique-esconde pelos cantos escuros, fui lá, me aproximando devagar e verificando todos os cantos que ficavam cada vez mais aos fundos. Entre o escuro, olhando sem enxergar, vi duas cabeças coladas uma na outra, ligadas pelas bocas gulosas e inquietas. Não sei por quê, elas me chamaram a atenção, talvez pela falta de cuidado ou pela demonstração desse descuido em uma cidade onde tudo se fazia em torno de cuidados. Não eram familiares e estava muito escuro para reconhecê-las, cheguei cada vez mais perto e vi, desenhado na sombra da escuridão, Tito! Quase caí. Estremeci e solucei para dentro do corpo um choro fechado, desiludido, que secou todas as minhas lindas imagens, quando reconheci titia Florinda.

6. Origamis de seda

Como fui parar na minha cama? E como amanheci com um ferimento na perna que sangrou, fazendo uma pequenina poça de sangue no lençol? Lembrava de poucas coisas, apenas da rapidez com que saí daquele lugar. Traída e cega de raiva.

Levantei e lavei o ferimento e o lençol, não tive coragem de me defrontar comigo mesma, com o meu reconhecimento e com os meus dezoito anos acontecidos e reveladores, mas principalmente com titia. Estava atormentada pela decepção. Fiquei achando que talvez esse dia não passasse jamais, o dia do desmentido, que ficasse guardado em algum canto, aparecendo sempre, como um fantasma medonho. Com os anos, fui percebendo que neste tipo de fato muitos sentimentos se aglutinam em algum lugar antes de nós, por trás da abóboda que há por fora ou acima da cabeça, contidos em uma poeira que está longe e é quase impossível limpar, que envenena quando se derrama — o derrame de ódio.

— Bom dia, Giza.

— Bom.

— Dormiu bem?

— É.

— Fiquei preocupada com você, não vimos quando foi embora e não entendemos o motivo de ter ido sem nos dar ao menos um sinal qualquer, um adeus — titia Florinda falou baixo mas forte. Cínica.

— Comecei a ter dormência nas mãos depois de beber um leite de onça muito forte no álcool, já depois de uma champanhe, e resolvi dormir para amanhecer logo.

— Sei.

Titia lia uma revista qualquer e pegava um pedaço de bolo. Não me olhava nos olhos e continuou tentando arrancar respostas da minha boca, me dizendo coisas que deveriam ser importantes e que, através dos olhos, seria mais fácil saber.

Olhei em volta para ter certeza de que ninguém estava por perto da mesa de café e pudesse nos escutar.

— E Tito? — perguntei.

— O que tem ele? — respondeu ela se fatigando e se lançando para trás, tentando um disfarce, sem baixar a revista do rosto.

— Ele foi logo embora?

Ela não parou o braço que levava o bolo à boca nem a revista esticada nos olhos. Mas depois de eu insistir na pergunta sobre ele, me olhou com olhos esbugalhados, deu um solavanco de susto e uma entonação suspeita.

— Vi o dr. Heitor, você o viu? Estava sentado nas escadarias do salão, com o seu cachorro Alfred! Brincando um com o outro de jogar e buscar paus, bem companheiros, bonitinho até.

Ela fez uma brincadeira com o assunto do cão, como se ele, o cão, também jogasse para o médico os paus. Titia Florinda pegou emprestado a brincadeira que eu costumava fazer. Tentou disfarçar, trazendo uma maneira minha de falar do médico e do cachorro, quis que eu entrasse na nova história e saísse daquela que a incomodava.

— Você viu Tito? — insisti.

Ela levantou a cabeça e me olhou fundo, muito além dos meus olhos, para dentro da minha cabeça, onde se encontrava o assunto, decidida a deslocá-lo de vez. Cravou o olhar bem dentro da minha coragem e do meu ego, me lembrando de quem era ela e de quem não era eu.

— Não menina, eu não o vi. E você, o viu?

— Sim, mas rapidamente. Beijava uma senhora na escuridão dos fundos do salão.

— Ah é... Sei — ela retomou a revista. — E o que você fazia lá, nos fundos do salão, o vigiava? — ela perguntou, fria.

— Não, fui tomar uma brisa, olhar como eram os fundos que eu nunca mais vira desde a minha infância, te procurar.

Ela continuou no mesmo lugar, com os olhos enfiados na revista e a revista enfiada nela, em um controle absoluto de si mesma que me fez gelar de susto, pronta a dissimular qualquer tipo de história. Tive medo de titia.

Naquele momento percebi que eu não conhecia as suas faces mais embrulhadas. Tive medo do que ela seria capaz, do que eu criara nela. Pior, medo de que ela não me mostrasse a sinceridade de uma verdadeira amiga e tia que eu pensava que era, que dentro de todos os meus anos e convivência eu agora tinha a certeza de que havia submundos guardados com a minha inocência, e que apesar de eu nunca tê-los visto eles eram reais. Só poderia entender tudo aquilo a partir da minha maturidade chegada, já não sabia quem era ela, nunca soube. Perdi a minha titia querida, sobrava uma mulher obscura e um pouco de mim mesma. Se ela não era quem era antes, então eu também estava em um lugar que eu não conhecia, onde eu também me desconhecia.

Não voltei mais àquele assunto, mas o lugar onde sempre ficávamos se perdeu. Forjei um esquecimento e o dependurei longe, de vez em quando ele me cutucava com uma raiva represada com a ideia de que ela tinha me traído, não por roubar Tito dos meus olhos, que era a única parte que o meu corpo possuía dele, mas pela falta de confiança com que ela me tratou, pela falsidade que insistiu em continuar me oferecendo e de tudo o mais que vem dentro do pacote da mentira. Parecia que eu começava a viver naquele momento. Eu, uma estranha, e ela ainda mais. Um outro nascimento se daria nos meus dezoito anos.

Saí da mesa de café, virada para o jardim, e comecei a tratar dos assuntos da minha responsabilidade: as rosas para entregar, as formigas para matar, as begônias para adubar, as colheitas para administrar, eu para organizar dentro de nós todas. Vi que na lixeira que usávamos para jogar o material de amarrar as flores havia um bilhete pronto, amassado e molhado, provavelmente enfiado às pressas, quem sabe. Nele, estava escrito em letra caprichada:

Você é realmente a mulher mais exuberante e maiúscula que já visitei. Estou tonto e sem qualquer sentido obediente. Sinto o seu cheiro em todas as coisas. No andor da casa, no mamoeiro e nos frutos dele também.

A terra da sua cor me chama, como se o seu corpo continuasse. Qualquer curva no horizonte deitado é sua... Pena que o ofício é maior do que eu. Sinto que tudo isso vá com ele outra vez, mas a vida tem os seus limites.

"Você é a mulher mais maiúscula que já visitei"? Que coisa era essa? De quem? Visitou onde? Na sua casa? Quando? Tive uma suspeita. Eram tantas as perguntas viradas para o nada: aquele bilhete sem nome, o assunto de ontem sem resposta, sem encaixe, tudo só com começo e nada com final. Estava cercada por muitos mistérios e comecei a desconfiar de tudo e de todos. O bilhete não parecia ser para alguém de fora da nossa casa, não vinha escrito em um cartão de flores e estava jogado onde não o perceberiam. Nem a quituteira Odézia era menos suspeita. Com aqueles seios de outra época, ela bem que poderia fazer jorrar sentimentos e despertar em algum outro o tal desejo maiúsculo. E por que não? Além do mais, ela era bastante solta nas risadas, sem um casamento naquela idade e sem situação que a prendesse ou a satisfizesse, um nome ou uma família por perto, estava livre para a distribuição. Por que não? Mas percebi que não havia nada que a ligasse àquele bilhete quando me lembrei dos pudores e da simplicidade dela. Vi que tinha me enganado na minha primeira suspeita.

Retirei o peso maior da desconfiança dela e fui, sem querer, direto a titia Florinda. A minha cabeça seguiu uma estrada óbvia.

— A titia sabe quem escreveu, e para quem foi escrito, este bilhete?

— Que bilhete?

— Este!

Titia Florinda levou a mão em direção ao papel e o olhou com atenção, mas antes de segurá-lo voltou atrás com o seu braço, como se se arrependesse, e me olhou com olhos que eu jamais tinha visto.

— Não tenho a menor ideia, e acho que você não deve se meter nesse assunto, temos uma ética com o nosso trabalho. Você precisa ser discreta com ele, este cartão não te diz respeito, diz?

Como? Titia não estava admitindo que o cartão fora destinado a ela? Continuou insistindo que era um bilhete de rosas.

— Nós não precisamos saber, ou pelo menos nos lembrar, dos segredos desta cidade, isso não é ético.

Engoli a seco o tom da voz dela me expulsando outra vez da sua intimidade. Eu ainda estava dentro do conto mal resolvido da noite anterior e agora este. Lembrava ainda do rosto dela pregado ao rosto do lindo Tito, e do meu estômago se esfarinhando dentro do meu corpo frio. Ela sim parecia ser a responsável por aquelas palavras de desnorteio, não eram para Odézia. Esta era uma pobre coitada, não poderia sequer entender aquele bilhete, quanto mais se corresponder com um tipo que escreve em código. "Exuberante", "maiúscula", "sentido obediente", "sinto o seu cheiro nas coisas", "terra"? Credo! Naquela época, nem eu havia entendido totalmente o que diziam as entrelinhas, mas percebia que um encantamento estava entre elas, e o deitar fazia parte do conteúdo, isso ficou claro.

Ela tirou o bilhete das minhas mãos e o jogou na lixeira da cozinha. O meu olhar a seguiu de longe. Tirei o bilhete do lixo e o levei comigo, tratei de secá-lo entre jornais e depois o escondi em um pequeno baú — junto com outros que, um dia, achei necessário guardar, apenas pela beleza ou curiosidade de cada um deles.

Tentava achar a inocência de titia, a sua direção reta, os seus valores ensinados a mim com toda a exatidão de vovó, mas agora ela se esgueirava e se comprimia, se assemelhando a uma cobra, se enrolava presa em um espaço mínimo, arrastando a barriga prolongada pelo chão, sem deixar perceber onde era o início do rabo, o umbigo, ou onde começava o pescoço. Percebi que seria difícil entender em que parte do seu corpo saltitava o pequenino e pontuado coração, e que talvez a sua função fosse somente a de uma válvula, bombeando em ritmo frio.

Havia duas buganvílias entrelaçadas que cruzavam a casa, foram plantadas de modo a agradar a vista das titias. Cada uma de uma cor, ordenadas desde filhotes a passar de um lado ao outro e acima das janelas dos quartos, eram de copas cheias e, quando floriam, pintavam a casa inteira de pequeninas formas. Infinitos pontos avermelhados e alaranjados causando nos olhos um furta-cor, como se fossem flores de papel — o começo de uma no final da outra, origamis de seda que se misturavam.

Percebi então, com os rasgos da parte nova da minha maioridade que quebrou, o que eu nunca quis tornar consciente: jamais tive um grama da atenção delas. Antes achando que era pelo motivo da ignorância da infância, mas depois, crescida, vendo que era porque o que elas podiam me dar era, somente ou o bastante, um comportamento educado. Nada de dar beijo suado, exagerado e abraço demorado. Conversar o desnecessário ou chorar perto delas — isso era coisa de fracos, de impulsivos, mas entre elas havia o insuportável, elas estavam dispostas a essas manifestações humanas dentro de ambientes fechados, cuidadosamente controláveis.

Fui tomada por uma dor no peito que nem na época em que os meus seios irromperam sobre as costelas eu havia sentido, jamais achei que existia algum problema físico sério — a não ser a morte, é claro — que trouxesse uma dor tão insuportável. Pensei que poderia com todas elas, que era maior, e as dominaria se fosse necessário, mas entendi que aquela era a dor mais imponente, impiedosa, severa, indigesta e impossível de lidar para mim. Desnorteou toda a minha base, deixando descomandado o meu pensamento, desmantelado o resto do meu corpo. A dor que eu sentia não dava trégua, era permanente e me tomava da fronte aos pés, me envolvendo em um manto de chumbo de todos os sem-rumo e trazendo à tona os tristes e as tristezas do mundo inteiro. Tudo deitado em mim, como se ser adulto fosse isso: se encontrar, dentro de um feioso caixão, com a perda da infância e com o disparate da sua morte. A decepção é mesmo senhora do demônio, ainda mais quando o demônio está do nosso lado e se revela dissimulado durante tantos anos, dentro de um vestido bordado de bondade e amizade. Era muito tempo me construindo dentro de uma casa onde eu me inventava amada e querida e tudo se desmoronava, eu não me tinha mais. Me mastigava compulsivamente e, mesmo assim, não sentia um ínfimo gosto agradável depois de todas as unhas arruinadas, restava apenas o fel no fundo do paladar.

Era possível ser de alguém, não sendo?

A raiva trouxe como companheira a insônia, que secou e cortejou os meus olhos durante várias noites. Foi por sua causa que ouvi passos miúdos trepando na buganvília que dava acesso às janelas dos quartos principais. Um arrepio escalou em mim, percorrendo a minha espinha sem autorização. Um ladrão? Um fantasma? Dentro do meu susto e torpor, de olhos arregalados, pensei também que poderia ser um animal pesado subindo pelos contornos dos galhos. Mas qual seria pior? A minha respiração era ofegante e atrapalhava os ouvidos, rezei a Deus e pedi para que fosse um criminoso. Fazia tempo que não falava com Deus mas, tal como todo filho disperso que liga para o pai apenas por alguma emergência, pensei que ele me entenderia. Pedi por um humano, pois por mais desumano que fosse, ainda assim seria possível dialogar com ele — e em português —, mesmo sendo um fantasma, mesmo tendo conhecido a morte, ele teria ouvidos. Bicho não fala português, e se falasse seria três vezes pior do que um fantasma. Imagine um bicho falando! Acho que preferiria um fantasma, pelo menos ele era humano agorinha mesmo antes da morte.

Ouvi os passos de aproximação cada vez mais aumentados, mas como uma tempestade tropical, da mesma forma que surgiram, impavidamente desapareceram. Bruscamente!

7. Onde vive o Carnaval

Comecei a ter curiosidade em saber por onde aquela BR passaria, o que aconteceria para além do jardim e como eu seria sem me misturar às rosas.

— Titia Margarida, sabe aonde leva esta BR?

— A todos os pontos deste país, Adalgiza. Ela liga o norte ao sul, o oeste ao leste, e continua. Vai costurando a América Latina e se ramificando pela Central e pela do Norte, não para. Através dela é possível conhecer todos os pontos deste continente, se houver tempo, claro.

O tempo fugia de mim e eu precisava gastá-lo folha por folha, ir atrás dele, fazer com ele alguma coisa que me valesse, que me alegrasse, eu precisava descobrir prazeres que me tirassem do momento estático em que vivia. Queria outras vegetações, outros cheiros e línguas, novos parâmetros. Eu precisava achar amigos, ou até mesmo um rasgo nos sapatos por andar em lugares novos.

— Por que pergunta? Nunca a vi olhando para fora das cercas desta cidade.

— Não sei, acho que a idade me trouxe uma fome do que nunca comi. Um qualquer tipo de paladar a ser testado. Tenho um troço me dizendo que o mundo existe, uma curiosidade que não havia.

— Sei, é normal querer saber além do próprio umbigo. Das próprias instâncias, mas às vezes as nossas são melhores do que as outras. Você não acha que aqui pode ter esse mundo?

— Achava, até pouco tempo atrás. Agora sinto falta de coisas que nunca vivi, e tenho a impressão de que elas não estão aqui, tenho que ir buscá-las.

— Sinto que essa vontade tomou corpo e está forte.

— Pode ser um ímpeto pequeno, vamos ver. Quem sabe ela não amanhece, ou talvez o mundo grite por mim.

— Você tem que conhecer outras áreas da cidade, está sempre no jardim, podando as rosas e fazendo entregas. Precisa se aventurar um pouco pelas redondezas que cercam a cidade, mas também se proteger um pouco e não se aproximar da terrível vila. Você vai ver como tudo dará certo.

A minha titia me dando conselhos de diversão e me distraindo do mundo? Abrindo os meus olhos para um lado da cidade banido? Coisa estranha.

A redondeza revelava uma divisa proibida que me atraía. A divisão entre o plausível de uma sociedade de bom-tom e o bairro em estado doente e feio que a nossa cidade jamais admitiria ser dela, a vila dama da noite! A vila era a zona mais escondida, os mistérios do lado contrário à zona bonita, arborizada e organizada dentro dos comportamentos idealizados. Sempre ouvi histórias horripilantes, desconcertantes, todas acontecidas na vila. Lá, nesse bairro um pouco descolado das ruas do centro, era como se outro povo e outra cidade longínqua existissem.

Certa vez, me contaram sobre o caso de um tal seu Aníbal e o respectivo companheiro de bagunça, seu Domingos. Nasceram no mesmo dia, na Vila Morena, e cresceram como irmãos-amigos, muito ligados. Casaram na mesma capela, em uma mesma cerimônia, com duas irmãs, e adoravam espantar o peso dos velórios. Não gostavam de ver os convidados daqueles comes e bebes tristes, chorando, não entendiam a cultura da despedida com tristeza. Era como se o encontro final, a morte, fosse uma comemoração de aniversário, ou simplesmente um adeus a um amigo. Se aparecesse, a tristeza os chamava para a briga, como se houvesse uma provocação. Eles a amansavam e transformavam o tal velório em uma lenda, faziam de tudo para melhorar os rostos de pesar das viúvas e familiares: contavam histórias constrangedoras sobre o morto, colecionavam piadas e músicas de duplo sentido e as cantavam junto aos violeiros que contratavam para animar os vivos. O pobre defunto sempre perdia a atenção merecida, mas o velório virava bar, baile e saideira do morto — a última. Os velórios da vila eram famosos por causa daqueles dois.

Domingos era branco transparente, translúcido, dava a impressão de que se alguém o apertasse, ou beliscasse em qualquer parte do corpo, jorraria leite dos poros, sairia água com bicarbonato de sódio, espumada e maculada. O outro, o amigo Aníbal, era preto vinil, e apertando sairia cor de sangue da noite, sangue do planeta, petróleo.

No automóvel velho, sempre estava o preto Aníbal ao volante; no banco do passageiro ia o branco Domingos, que repelia a direção, mas adorava dirigir Aníbal. O condutor não suportava a pressão e revidava, desatavam em uma gritaria, feroz desde os primeiros insultos. O carro ia devagar, como se eles estivessem em cima de pernas, parecia andar a manivela, atrapalhando até o trânsito de galinhas. Xingavam a mãe um do outro com tal intimidade que quem não os conhecia achava que eles puxariam facas a qualquer momento e se matariam. Os gritos e xingamentos eram acompanhados de gestos estúpidos, e saíam facilmente como se estivessem dando bom-dia. Contam até que, certa vez, depois que um trator caindo aos pedaços os ultrapassou, Domingos reagiu:

— Oh, homem desgraçado de ruim, seu chato espanta rodinha, chato do cão, tem medo do próprio pau! Corre dele então, corre!

— Desgracento é você! Medroso é você que nem dirige, fica aí, com essa bunda achatada e dormente nessa cadeira, achando que é o patrão dos amigos, mandando nos outros, sem coragem de fazer nada, sua desgraça, como se tivesse algum pau.

— Olha aí, filho duma puta gorda. Um trator nos ultrapassou, sabe a velocidade de um trator, seu homem planta? Reage, desgraça! O bicho anda a vinte por hora e olhe lá, isso é acintoso, uma humilhação, isso faz mal da vila ver. Mil vezes desgraçado você é, mil vezes!

— Você é que é. Você-é-que-é!! Duas mil vezes, duas mil vezes.

— Você não foi parido, foi cuspido.

— E você foi peidado e fede até hoje. Está se queixando, seu falador bundão? Então dirige, quero ver se tem alguma coragem! Só fala, fala. Só manda, né? Dirigir você não dirige, acha que sou seu chofer, seu fedorento?

Aníbal saía do carro e pisava no próprio chapéu várias vezes, jogava a chave no colo de Domingos, que imediatamente entristecia o semblante lembrando das suas limitações. Aníbal andava pela estrada até Domingos vir rastejando as suas desculpas. Isso acontecia o tempo todo, e quando a vila via Aníbal fora do carro, pisando no chapéu, andando pelo asfalto, furibundo, todos riam e sabiam o que estava acontecendo. Os bêbados da vila comentavam, "oh, coitado, lá se vai Domingos despenando o pobre do Aníbal", e depois, "agora lá vai Aníbal humilhando Domingos".

Havia quem apostasse em quanto tempo duraria a humilhação e como seriam as desculpas para que se reconciliassem.

Recomeçavam.

— Trinta! Trinta mil vezes.

— Cem mil vezes, desgraça! Duzentas, quatrocentas mil vezes, desgraçaaaado!

Conforme descobriam as numerações, ultrapassavam a competição. Bilhão, trilhão, quatrilhão, quinquilhão, sextilhão etc. Mas não eram apenas eles, os personagens da vila eram cheios de graça e acontecimento. Faziam dar o que a cidade não dava, a vila entretinha, possuía a função de espetáculo, e quem a conhecia e se desprendia dos pudores dizia que aquela Dama sim dava saudades.

Então, decidida a contrariar todos os ensinamentos da minha infância e a procurar a felicidade em descobertas aos avessos de onde eu não encontrei, fui até lá. Levei um ramo de flores vermelhas para me precaver das sem gracezas — e para disfarçar a minha solidão e curiosidade — e peguei o fusca da entrega rumo à maior aventura da minha vida: a proibição.

Quando saímos dos limites afora, pelo meu único caminho sabido, gritei, e o fusca deu um tiro do escapamento velho, como se ele também se desvencilhasse das agonias, como se se comunicasse com um amigo dando um tiro para o alto, gritando e comemorando comigo do seu jeito. Ou ele era um amigo, ou eu era muito só. Talvez os dois.

Havia uma estrada comprida e estreita de terra vermelha, cujas bordas se emolduravam de um mato baixo com troncos retorcidos duros e folhas fortes e peludas, lembrando uma grande lixa. Flores fortes embrutecidas — roxas, amarelo-escuras, vermelhas pitanga —, abacaxis pequenos, frutos abundantes e castanheiras de meter medo de tão altas. Sempre havia uma fascinação e um medo enorme pela castanheira, os frutos despencavam em uma bola que se assemelhava à de um canhão: dura e pesada, descendo rápido a quarenta metros do chão. Matava um desavisado bicho ou gente que estivesse cortando caminho ou comendo algum fruto. Sempre havia um bicho morto deitado no chão, arrebatado pelo fruto.

Apenas uma ponte dividia o limite do bairro, muitas curvas reboladeiras até chegar nela... E pronto. De longe se via o reboliço dos telhados, a ponte parecia frágil, estreita, de madeira pouco costurada, como se nunca antes as madeiras fossem trocadas, rangia um miado de dor quando passávamos no meio dela, um carro de cada vez. Por baixo, um rio sem vergonha corria fino, pequeno e metido, saltando correntezas.

Cheguei e parei o fusca em uma sombra de pequizeiro, cautelosa, entrei na Vila Morena: o rabo amputado e afastado, apenas a alguns quilômetros do centro de tudo. Casinhas coloridas e jocosas, de um mau gosto irrecuperável, encheram o meu corpo de riso, achei hilário. A desconstrução delas parecia propositada, feita para arrancar diversão dos outros — paredes tortas e cores exageradas, prontas a desbancar qualquer negociação com a civilidade. Azulão, laranjão, pink, limão, roxo, preto, vermelhão chiclete. Onde eles conseguiam essas cores? Ofuscavam qualquer memória do neutro, do pastel, do bege ou do branquinho. Gostei do desembaraço delas, da falta de divisão dos quintais e das janelas tortas e paredes levantadas de qualquer maneira, das senhoras e moças sentadas em frente delas, conversando, rasgando o tédio da tarde e tomando chás gelados com cuias encaixadas no meio das pernas. Entendi que não necessitavam de nada para se desfazer das reservas e dos pudores; naquela hora, pensei que eles talvez nem existissem.

No meio da vila, estava plantado um boteco de tábuas alternadas em tons ufanistas de verde e amarelo. Tinha nascido no carnaval e ficou nele para sempre, morando lá, sem sair do seu tempo. Na entrada deixava um esquema de folião em permanência, que se instaurava no entrante, como se enfiasse nele, por obrigação, um colar havaiano de hula-hula. Um esquema que sugeria a desordem, que se confirmava quando dispunha a sua decoração de bêbados como que a provar a procedência boa das suas bebidas, dependurados nos bancos de madeira e cantando marchinhas resmungadas pela radiola velha, que ficava no canto esquerdo do bar, cheia de vinis. De um quarteirão anterior já era possível ouvir a algazarra, falavam alto e contavam piadas grosseiras. Quando algum se cansava do carnaval, bolinava no som e punha um ritmo estranho, que pinicava a minha cabeça e não deixava o meu corpo aquietar. Ao passar por ele, vi um bêbado gritando em tom engraçado: "Diga ao povo da cidade que fique tranquilo, que os bandidos estão todos aqui. Larguem as portas abertas, as suas meninas descobertas, os bolos nas mesas e aquele monte de galinhas soltas. E o dinheiro, bem, o dinheiro é…". E outro acrescentava: "É, esse é melhor guardar!". Gargalhavam. Não sei o que me deu, mas resolvi que deveria entrar, e entrei. Fui com o rosto duro até o balcão, e eles, boquiabertos, nada fizeram, apenas olharam.

— Quer alguma coisa, senhorita?

Sob os olhos deles, senti que estavam esperando uma pista ou mote para começar com um pulo a atirar os seus brinquedos, me usando como centro de tiro. Eu, baixinha e tensa, falei para dentro uma frase — para que eles não me ouvissem —, dei um passo para trás e pensei em correr. Mas os homens eram bêbados, não surdos, e ouviram.

— Por favor, ela quer um refresco de pitanga adoçado com mel de flor de laranjeira e um sorvetinho de maria-mole.

Eles não riram e fiquei esperando pelo pior. A qualquer momento sairia correndo mas, antes de completar o meu plano de fuga, fui cercada por dois deles, não havia como escapar.

— A senhorita não é da vila, é?

Tremi e gaguejei.

— So-so-sou de uma cidade distante.

— Você tem nome?

Não consegui dizer, demorei. Parei e resmunguei com a cabeça que não queria dizer.

— Deixa, aqui você vai se chamar Flor de Laranjeira — ele disse seriamente.

Esperei pelo sorriso, pelo trotar ou qualquer sinal de maca-quice perversa. Não houve.

— Tá bom, tudo bem — disse o mais feio deles. — Vamos chamá-la de Flor de Laranjeira.

Eles me tratavam como um passarinho baleado que pedia por cuidados, ou como um cachorrinho de rua que demonstra a sua carência pidona de olhos e que abana sem cessar o rabo, quase colado à barriga por medo. Eu me sentia antipática e nervosa. Para a minha surpresa, percebi que os bêbados gostaram de mim e queriam me adotar, que a alcunha de flor era um batismo de aceitação do grupo. Pareciam tranquilos, apesar do mau hálito e das carnes, há horas na aguardente e no sol nada piedoso, cozidas.

— Flor, sente aqui.

Não havia um "por favor" nem um "obrigado". Eles eram rudes, mas ternos. "Flor de Laranjeira"... Brincadeira? Eles se revelariam brutos daqui a pouco, claro, eu podia jurar. Era uma arma ao contrário, uma arma de carinho, queriam me conquistar e depois dar o bote. Eles me pegaram pelo coração quando aquela descrição da minha pessoa saiu pela boca do feio. Nunca pensei que um feio e sujo, que mais se assemelhava a um alambique, dissesse coisas que me agradariam, que me daria uma alcunha tão doce. Eu ainda tremia e não falava, apenas ouvia. Também não valia a pena, eles estavam eufóricos e acho que não escutariam, falavam por todos, berravam palavras que eu não imaginei que ouviria em alto volume e no clarão do dia.

— As meninas aqui são todas alegres, Flor. Todas elas atuam para os dois lados.

No mesmo instante, o feio apontou para uma moça que surgia na esquina, vindo em direção ao bar, cantando alto e rebolando como eu nunca havia visto. Olhei e desviei os olhos, constrangida.

— Olhe, é Juliana! Juliaaaaaaaaana, venha conhecer Flor!

E a mulher veio, não alterando o oito que o quadril fazia, veio exagerando na mesma proporção.

— Oláááá, como vai, coisa linda? Quem é essa coisinha? Muito prazer, sou Juliana.

Ela pegava nos meus cabelos, cheirando alguns cantos, nas minhas mãos e orelhas, investigando dentro dos meus olhos e passando pelo meu corpo, parecia xerocar as minhas roupas com a sua observação feroz.

— É Flor de Laranjeira. Chegou agorinha mesmo. Linda ela, não? — disse o simpático.

Eles mentiam como os grandes atores, isso foi dito várias vezes. Eu estava com o cheiro deles e a saliência de Juliana em cima de mim. Ela continuou.

— Vão ao lugar hoje? Será especial, a Rainha virá! — alertou Juliana.

— Que lugar? Rainha? Existe um castelo por aqui? Uma rainha? — por que é que as minhas titias nunca falaram disso?

Então, finalmente, ouvi as sonoras gargalhadas deles e me senti um pouco mais confortável e calma. O meu semblante relaxou.

— Flor, aqui é um lugar de ambientes alegres. Hoje, por exemplo, teremos um baile especial, pois a Rainha, a nossa mulher maior, virá para nos saudar. Isso é quase um milagre, ela é uma mulher muito ocupada — o homem feioso explicava com um tom de voz um pouco estranho, lento. Como se começasse a desconfiar da minha capacidade intelectual ou auditiva.

— Essa criaturinha linda é muito jovem e inocente para entender tais circunstâncias, não vê, Major? — disse Juliana, apontando a alcunha do feio e mais velho.

— É assim: é muito difícil que a Rainha dê a sua graça, sempre existe a preparação de uma festa em sua homenagem. Hoje ela virá, e a Rainha apenas recebe o mais importante para ela. Às vezes, quando há algum sortudo, Florzinha, ela o acaricia — explicou o simpático com uma cara maliciosa.

— Não é bem assim, Salada, ela é rainha, não deveria se sujeitar a nenhum impuro. Isso é porque ela é generosa, só por isso. Se você se esforçar, um dia ela poderá te receber.

O simpático chamava-se Salada. A turma estava completa: Juliana, Salada e Major.

— Ah, Juliana, quem sou eu? Eu morreria antes de me encontrar com ela, nem quero saber dessa hipótese. Ela com certeza me estragaria e me corromperia, eu desacataria a sua honra de tanto respeito. Eu não teria peito nem instinto para abrir aquela mulher, pensaria demais, desmoronaria e desperdiçaria a oportunidade. Cruzes! Só de pensar fico nervoso, olhe, fico suando. Além do mais, dizem por aí que ela não vem hoje, que é tudo papo furado, nada confirmado.

— Mas quem é a Rainha? De onde ela é? — perguntei afoita.

— Calma, guria — disse o Major. — Algumas coisas não serão respondidas. Essa pergunta é inútil, não há como saber.

— Não posso saber quem é a tal Rainha?

— Não, ninguém sabe. Ela é a grande senhora de todas, a mais desejada. Dizem que tem os olhos mais lindos do mundo. É a beleza mais sonhada de todas as mulheres e homens, e o seu beijo corrompe qualquer autoridade — contou Major.

— Sei, o velho chavão de todas as princesas e rainhas, eu

ouvi muito isso nas histórias de todas elas. Mas como sabem tudo isso se ela não é vista? Quem disse?

— Muitos disseram, o corpo diz. Muitos se perderam e nunca mais voltaram da sua visita a ela, não conseguiram nos contar. Eles a viram, mas vê-la não adianta muito, ficam estragados da cabeça — explicou Salada.

— Você é uma mulher linda, Flor, pode ter certeza. Nunca os meus olhos viram mulher mais linda. Claro que se eu visse a Rainha isso mudaria, mas você, Flor, me causou um certo tremor, devo dizer — acrescentou o Major, me envergonhando.

Achei que eles estavam me usando para alguma brincadeira interna, lá da vila, algum sarcasmo e prazer em elogiar mulheres que nunca recebiam elogios, mulheres feias, achei a brincadeira de mau gosto. Eles eram incontidos, pareciam reais, e os outros não riam. Comecei a me mexer na cadeira e mudei o foco do assunto, arrancando umas peles soltas das cutículas. Fiquei nervosa. Se eles me criticassem talvez eu entendesse melhor, estava acostumada, mas elogios, aquilo era estranho, onde eu os guardaria? Não havia espaço ou lugar oficial para eles no meu corpo, nunca os tinha ouvido.

— Mas e a Rainha? — perguntei rapidamente, tentando mudar de assunto. — Como vocês não sabem quem ela é? É impossível tanta curiosidade e mistério sem nenhuma resposta, o ser humano não consegue não xeretar, não descobrir as coisas. Alguém sabe! Sempre há algum que bisbilhota, cuja curiosidade é maior que o bom senso, nunca ninguém viu uma fotografia, uma certeza? Como ela aparece? No escuro, de máscara?

— Não, ela só nos visita e nos concede abundância nos alimentos e na natureza mediante a condição do seu segredo intacto, a sua preservação e cuidado. A curiosidade deve ser menor que a esperança de vê-la e tê-la como zeladora de todos nós. Se, por acaso, ela suspeitar de algum curioso que a desrespeite, sumirá no escuro e não nos visitará mais, e então a nossa terra será desprivilegiada. É uma santa e todos zelam por ela, vem nas noites de lua farta, cheia, como a de hoje.

— Por que na lua cheia?

— A lua transborda os sentimentos da raiva, da tristeza e da alegria exagerada, da melancolia ao tesão e da fecundação ao parto. Aqui, as nossas plantações seguem as ordens da lua. E se os outros lugares também respeitassem os sinais da lua, estariam melhores — atentou Major.

— Nunca ouvi falar que a lua transborda qualquer coisa — eu disse baixinho.

— Nunca reparou que se você estiver triste na lua cheia, a sua tristeza cresce? Se estiver feliz, angustiado, ela a deixa exageradamente mais, e se estiver com desejos ela a toma para si. Esta nossa Rainha é uma criatura da lua, das sombras, das religiões e dos mistérios, muito maior do que qualquer outra rainha. Ela é a dona dos desejos de todos, desejos que muitas vezes escondemos e que não conseguimos equilibrar por tentarmos ignorá-los. Só desce a nós nessas noites, na primeira lua cheia. Vem com o rosto coberto e cheiro inebriante misturado ao doce do rio, com os aromas das amoras, das madeiras, dos adocicados e cítricos intensos do fundo do corpo, dos lugares escondidos de uma mulher delicada e saudável, com um final de lírios, quase sufocando o seu escolhido. Como se tivesse parido todos nós e como se quisesse nos engolir outra vez.

Major tinha uma veneração pela mulher.

— Vocês devem estar brincando, falam dela como se fosse um anjo, uma criatura divina, uma santa da natureza.

— Não sei por que é que não estou me irritando com você por estar falando assim, mas em todo caso é melhor ter mais respeito com a nossa Rainha — disse Juliana seriamente, mas sem mudar a altura da voz.

— Você não está entendendo, mulher-menina. Ela é tida como uma criatura divina, uma deusa, uma energia realizadora dos sonhos de todos nós, uma milagreira. Nos descobre e nos satisfaz até desmaiarmos. Nunca mais somos os mesmos depois desse acordar, ela nos engole a mente e o corpo, destrói qualquer outra possibilidade de amor futuro com outra mulher. A escolha de tê-la é uma sentença. É ciumenta como o diabo e não perdoa traições. Jamais se apaixona pelo escolhido, apenas ele por ela, e mesmo depois dela o abandonar no encantamento, não aceita que ele esteja livre. Nunca soube de algum que esteve — acrescentou Major.

— Como? Ela o condena ao amor eterno por ela, é isso?

— Isso, Flor de Laranjeira. Ela é a dama única daquele perturbado e condenado escolhido. E ele, no final da vida, ou no começo, como houve com muitos, fica condenado a morrer pela falta que ela lhe fará, verá os seus olhos e redescobrirá o seu rosto, e apenas na hora da morte ela se revelará totalmente a ele. Esta é a remuneração que ela pede por ter dado à alma do sujeito tamanho prazer. Dizem os condenados a esse encantamento que não há prazer mais mágico e impossível de se resistir, eles agradecem. Vive-se dele para o resto da vida, sem nenhum rancor e dentro da saudade dela. Ao mesmo tempo, existe alívio e veneração por tê-la conhecido.

— Que horror, que terrível, sr. Salada.

— Sr. Salada? Menina, não seja ridícula — riram todos outra vez. — Sou só Salada, tudo bem? Você consegue sem formalidades, que educação presa é essa? Você está falando com dois bêbados soltos da cadeia faz pouco tempo para vadiar e uma das mais conhecidas prostitutas da vila e mesmo assim não se solta?

Juliana olhou orgulhosa, balançando um copo cheio de pinga para um lado e acabando por virá-lo na boca. Ela me olhava como se esperasse por um avanço íntimo.

— Diga!

— Digo o quê?

— Salada! Sa-la-da. Apenas Salada — ordenou Juliana, levantando as pálpebras e bebendo o resto da pinga no copo velho trincado.

Tremi outra vez, que coisa estranha: eu estava sentada em um bar de beira de estrada, falando com dois bêbados, o sr. Salada e o sr. Major, e a srta. Juliana — bom, sra. Juliana, agora que fiquei sabendo que vende o corpo a qualquer um que possa comprá-lo, ou talvez trocá-lo por alguma outra coisa. E os outros dois saíram da cadeia havia pouco, sei lá por quê: assassinato, latrocínio ou coisa pior. Poderia achar assustador se eu não estivesse lá e outra pessoa me contasse que estava na companhia deles e que pareciam de confiança — mas eu estava. E via o teor das frases, a humanidade transbordando dentro dos olhos de cada um. Sem vontade de falar "importante e difícil", de impressionar. Então, depois de uma análise rápida, me deixei levar. Pensei: são apelidos e eles servem, geralmente, para causar aproximação, dispensam maiores refinamentos. Ainda mais um homem com este apelido: Salada?

— Por que você tem esse apelido, Salada?

O rosto do homem se tranquilizou e todos no bar pararam para ouvir.

— A mãe dele teve dificuldades para alimentá-lo quando criança, ele preferia as folhas às carnes ou às balas. Muitas vezes, ele foi encontrado arrancando o capim onde os cavalos pastavam, devorando o bichão com torrões de terra e tudo — contou Major.

— E por que o senhor tem esse, Major? Vejo que não é por uma graduação.

Riram e se puseram de lado, fazendo cochichos e combinando coisas com os íntimos olhares e, finalmente, conseguiram serenidade.

— A sua curiosidade é intensa, menina Flor. Você precisa ter cuidado, vai sair chamuscada qualquer dia desses. A Rainha teria medo dela — advertiu o Major, olhando para os outros.

— Você conheceu a Rainha, Major?

— Não estou dizendo que ela é curiosa? Essa menina vai investigar todos os lugares escondidos do mundo. Quem foi possuído por ela está sempre longe, não é atento ao presente. Estar conversando com você neste momento seria uma dificuldade, eu estaria sempre perturbado, distraído, entendeu?

— Deus me livre! Eu jamais teria vontade de estar condenada por causa de algumas horas de prazer furtivo.

— Isso, menina, é porque você não parece ser uma criatura que desconhece os prazeres da carne — disse Salada, me deixando sem saída.

— Salada, pela pouca malícia que percebo nela, acho pouco provável que ela conheça um beijo sequer.

— Não seja má, Juliana. Uma menina linda como ela não poderia ficar tantos anos sem um beijo!

Me levantei correndo.

— A tarde está acabando, preciso ir. A minha família deve ter dado pela minha falta. Amanhã volto para saber sobre a tal noite, posso? Quer dizer, se eu puder saber.

Olhei como se pedisse desculpas ao Major, que me tolhia as perguntas. Ele me sorriu com os olhos.

— Deixe disso, moleca bonita. Amanhã venha, falaremos o que pudermos para que fique contente e feliz. Leve o seu sorvetinho de maria-mole, já que nem tocou no suco.

— Esta noite será cheia de todos os sentimentos, tome cuidado. Pegue os mais doces. Assim ficará carregada de carinho — atentou o religioso Salada.

— Adeus, menina virgem. Não suma, volte mesmo amanhã para nos trazer a sua beleza ensolarada e casta.

Juliana sabia provocar, tinha olhos brilhantes e gateados e vestia uma minissaia jeans, de um comprimento tão míni que mais se assemelhava a um cinto, acompanhada por uma blusinha de crochê apertada, que parecia encolhida com a lavagem, deixando a barriga à mostra e os seios desenhados na transparência.

Entrei no fusca, o carro da entrega nunca fora tão longe. E eu então! Pensando em tudo o que tinha me acontecido, parecia ter nascido outra vez em outra parte do mundo. Talvez fosse um delírio, essas pessoas eram opostas a todas as outras com quem eu sempre convivi. As da minha cidade eram comedidas, rancorosas, tristes e pouco envolventes, sempre zelando pela honra e aparência. Nunca eram vistas xingando ou gargalhando, gritando ou falando alto, bebendo demais, se descontrolando. Vivendo e correndo pelas ruas, abraçadas umas às outras, ou experimentando de verdade o que a vida podia oferecer. Eram oprimidas pela conveniência e não se importavam em viver pouco por isso. No caminho de volta, achei que talvez fosse melhor não comentar a viagem à vila, seria perigoso demais para as minhas titias imaginarem o que se passou. E se elas perguntassem? Eu era transparente e verdadeira, jamais conseguiria mentir para elas, mesmo com os últimos acontecimentos que envolviam titia Florinda. Com a graça dada pela vida nesta tarde, eu até a perdoaria, estava cheia de maiores caminhos, de oportunidades para a minha sagacidade. Poderia viver o meu próprio romance, e não precisaria mais me imaginar nos alheios. E eles realmente me achavam uma "criaturinha linda"?! Talvez, do outro lado da ponte estreita, onde as medidas e a estética eram outras, eu fosse uma moça admirada e devidamente dentro dos moldes de beleza deles.

A noite já havia deitado sobre nós, cheguei na hora do jantar. Para evitar que me perguntassem qualquer coisa, tratei de responder às perguntas que poderiam vir e levei umas mangas novas, passando pelas baianas, para justificar o meu atraso. Lavei as mãos com tanto nervosismo que derrubei do lavabo a saboneteira de louça da vovó. O estilhaçar fez as minhas titias correrem para ver como eu estava.

— Menina atrapalhada, que coisa maluca essa. Sua destrambelhada! A saboneteira da mamãe.

Titia Margarida apareceu depois das frases de titia Florinda.

— Sempre quebrando coisas, sempre atrasada, despenteada e sorrateira.

— Mas, titia, eu não vi a saboneteira, escorreguei neste chão molhado. O que podia fazer?

— Menina feia, muito feia. Apanhando mangas a uma hora dessas?!

Opa! Titia Margarida sempre me chamava assim quando não estava feliz, me lembrei imediatamente de Salada e da sua teoria da fartura dos sentimentos intensificados e transbordados na lua cheia. Titia devia ter acordado triste, e ter se entristecido mais e mais a cada hora, mas eu não podia alertá-las sobre isso. Ela ficaria desconfiada deste assunto diferente e me perguntaria, por certo, de onde eu tinha tirado essas ideias. Eu teria que dizer a verdade e elas não me deixariam mais sair de casa. Eu só queria que a noite passasse para o meu mundo ser trocado outra vez. Fiquei quieta, como era comum.

Enquanto elas falavam, eu fui jantando e imaginando o que estava acontecendo na vila. Não suportei os assuntos mornos da tarde de chá com as filhas das fulanas e do marido Grilo, me despedi e fui para o quarto. Tomei o meu banho demorado e roçou dentro de mim um desesperado interesse pela tal ruazinha de casas monstruosas.

Senti que o meu caminho teve um desvio importante.

A droga da educação exagerada e tolhida se tornava opção,

e o comportamento que exagera e confunde o bom senso com a repressão. Na vila, eu havia tido uma boa conversa e uma divertida tarde com pessoas que as minhas titias jamais suportariam ou receberiam. Como era possível ser "todo errado" e ainda assim se divertir e ser feliz? Se sentir merecedor de uma bela risada e de ter esperanças, de acontecer e ter uma conversa viva com palavras cheias de carisma, diretas e honestas, de sentir! Depois pensei que essa poderia ser a consequência dos limites rompidos, de sofrimentos aterradores. Depois de muitas horas pensando neles, adormeci — para acordar em seguida. Um barulho estranho, o mesmo que eu ouvira muitas vezes em noites anteriores, me causou pavor. As mesmas suspeitas de um ladrão ou de um bicho não domesticado, irrompendo a minha razão e rasgando em mil pedaços a minha calma. Barulhos de galhos pesados roçando um no outro, janelas rangendo, passos no chão da casa antiga de soalho de madeira. Cobri a cabeça sem esquecer os pés, como se aquele cobertor pudesse fazer alguma coisa a mais por mim além do suor escorrendo pelo meu corpo. Até que o barulho cessou instantaneamente. Fiquei sem entender e pensei que talvez fosse alguém realmente humano, então tomei coragem para me prometer que da próxima vez eu tentaria saber quem era. Esperei por alguns momentos que os barulhos voltassem, não vieram, e eu dormi.

8. Decibéis da mentira

Pela manhã, encontrei na mesa do jardim apenas titia Florinda, de cabelos molhados e vestido amarelo, mais amarelado à luz do sol, tomando o seu chá.

— Bom dia, titia Florinda, onde está titia Margarida?

— Ela levantou logo cedo, ia visitar a igreja, estava um pouco constipada mas já volta para casa. Por quê? Quer alguma coisa com ela?

— Nada demais, queria perguntar a ela e à senhora se ouviram os mesmos estrondos que eu ouvi. A senhora não sabe como sofri, o horror que passei. Galhos do jasmineiro batiam no meu quarto e acho que as primaveras dos quartos das titias estavam sendo escaladas porque...

Titia Florinda, que estava com o rosto lindo e descansado, imediatamente fechou o semblante.

— Não me venha com os seus delírios de novo, menina. Não houve barulho algum. Tenha a certeza de que nem eu nem ela ou mais alguém ouviu qualquer coisa parecida com isso. Deixe-me tomar o meu café em paz.

Fui interrompida por uma voz fria, em tom muito irritado, senti como se tivesse recebido uma paulada nas mãos. Ela não queria falar sobre aquilo, mais uma vez se irritava em me falar sobre alguma intimidade. Estes barulhos sempre voltavam à mesa do café da manhã, e jamais foram confirmados por nenhuma das duas titias. Eu me sentia desconfortável com eles, como se fosse louca.

Bem sei que a noite tem os seus desconfortos e que a imaginação na escuridão amplia contornos — um rato pode se tornar um elefante, e um trovão aciona um mecanismo capaz de desmontar um ser seguro. Quando se está quase dormindo, é possível aumentar os decibéis de um barulho qualquer em duas dezenas de vezes, ele nos invade os ouvidos, mas aquilo era real, e a minha lucidez apostava que era. Tomei o meu café da manhã engolindo com dificuldade e obedecendo aos pratos que chegavam, mas também feliz por ter descoberto Salada, Juliana e Major.

Sentei um pouco no jardim, apanhando sol. Viradas, eu e as rosas vermelhas inclinávamos com o vento da manhã. Rosas vermelhas significam paixão declarada, amor absoluto, tudo o que a cidade desejava, mas onde não existia espaço para que ele coubesse. Decididas demais no corpo de quem o sente, elas encardiam os olhos e descosturavam as amarras e as proteções dadas a nó. Desde o dia em que comecei a reparar no alerta de Major, percebi que todos encomendavam buquês de rosas vermelhas nos dias de lua cheia. O amante de dona Tereza, o carteiro à sua esposa, o homem à prefeitura, para a sua colega de departamento desavisada do seu apaixonado, ou o açougueiro às suas três mulheres. Cortávamos baldes infinitos delas e tínhamos que fazê-lo de novo e de novo. A casa do jardim, onde cuidávamos delas, estava forrada pela prova cabal no soalho, revelando a apaixonada e disfarçada cidade. Milhares de rosas vermelhas.

— Reparou como as rosas vermelhas são fascinantes, Odézia? Elas são mais macias e aveludadas, mais densas e vistas que qualquer outra, são o tormento de um ambiente claro. Perturbam, chamam, penetram nos olhos. Acendem qualquer parte ou todas as partes quietas dormentes, dá vontade de passar a mão no seu aveludado, de comê-las. Estas são as mais perigosas, as que se apresentam no auge da carência e da clemência do toque. O clamor por alguém traz sempre qualquer pessoa errada, pela qual jamais nos apaixonaríamos se estivéssemos sãos, tranquilos e felizes conosco, não pedindo pela aventura ou pelo veneno. Quando se tem equilíbrio, não nos apaixonamos. O veneno antitédio, antimarasmo, antimorte, anti-infelicidade é falso. A paixão é vista como o antídoto para a morte em vida.

Odézia tirava os sapatos, afrouxava o uniforme e sentava aos meus pés. Gostava das tardes de trabalho regadas aos casos contados apenas por mim. Gostava daquilo que eu dizia, dos bilhetes lidos à surdina, de ver a cidade pelas entranhas e da sujeira grudada nos venerados cidadãos ilustres. Depois, passava a olhar os homens e mulheres montados nos comportamentos finos e firmes e pensava, se aliviando em suspiros, que ninguém era tão perfeito assim. Era uma querida arrumadeira — todos os dias o meu quarto estava enfeitado, cheirando a lírios, colhidos por ela no ribeirinho que passeava em volta do jardim. Os sapatos ordenados e bem cuidados, os laços de cabelo dependurados e passados, a cama austera de viúva e as janelas abertas para não parar o vento. O lanche na mesa virada para o pôr do sol com as marias-sem-vergonha. Ela era um ente querido que, sempre que estava presente, me presenteava, sem ser presente demais.

A nossa Odézia era uma mulher de curvas nada perigosas. Sapatos baixos, olhos pequeninos e cabelos com um coque bem fixo na nuca e escondido com um lenço. Lábios finos e peitos desistidos, uniforme escuro sem vincos, impecável. Era uma mulher de poucos sons e muito reparo — estava sempre à nossa volta e quase nunca adiantava uma palavra sobre coisa alguma. Era mulher do sul, simples, humilde e ignorante dos pés à cabeça sobre os assuntos do mundo, mas pelo menos do sul para cá ela conheceu. Os assuntos da vida eram absorvidos por ela, mas na sua vivência o sexo parecia nunca ter sido visitado, tocado. Havia uma amistosa maneira como ela me olhava, podia dizer que a conhecia, mesmo ela trancada dentro da sua quietude e timidez. Tinha o seu quartinho voltado para os fundos da casa, perto da entrada do velho jardim. Parecia pequeno para a sua idade e para o arremate de muitas memórias, mas não havia lembranças, fotografias nas paredes, coleção de tampinhas ou latas, vasos ou santos. Nada. Era limpo como um presente esmerado e guardado, um brinquedo que durante anos não se tira da caixa, daqueles que não nos sentimos donos ou autorizados a usar, dos que temos medo de perder ou quebrar. Aquele presente que nunca temos.

9. Explosão do milagre

Tenho sentido tantas saudades. Tenho te visto em rostos estranhos, te esperado nestas noites. Largue esse homem, fique comigo. Só comigo. Choro de saudade, não penso em mais nada, não consigo mais trabalhar e já não sei o que é dormir. Você pode me dar ânimo, se não vier por si, venha por pena — tenha pena de mim.

Era um dos bilhetes de encomenda de flores vermelhas que seu Maurício mandava para dona Carina. "M. Para C.", como ele assinava para disfarçar. Cafona até não poder mais, tão inocente quanto claro. Maurício, de Cândida, e Carina, de Ramiro do cartório. Guardei o bilhete porque achei a forma desnuda como ele escreveu muito proveitosa para estudar o homem arregaçado em carne viva.

Os cartões escritos pelos apaixonados sempre demonstravam que dentro dos seus corpos havia um pertencimento alheio, os seus amantes os tinham invadido, se apossado de tudo, e nenhum espaço lhes sobrava. Mesmo quando a pessoa que servia de modelo era vítima de um doente obcecado, o doente se sentia dono dela e se adivinhava passado para trás. Aquela gente se rasgava pelo outro pela menor piscadela. Quando percebi o perigo destes sentimentos, jurei a mim mesma, aterrorizada, que jamais me ocorreria tal desgraça. Eu prezava demais a liberdade para me entregar completamente para alguém fora de mim. Mesmo querendo um romance, talvez ele fosse melhor na fantasia. Não seria vivido como se ele estivesse me engolindo, eu tinha muito medo. Como poderia eu abrir mão do meu transporte, da minha mente, do que me poderia dar tudo ou me tirar qualquer coisa? A minha liberdade faria de mim o que eu quisesse. Titias também faziam pouco caso àquilo que eu poderia vir a ser, e isso me deixava, de certa forma, confortável diante de uma escolha — a de, inclusive, não ser nada, e viver como sempre vivi.

As encomendas estavam enlouquecidas depois da primeira noite de lua cheia, nada aquietava a ansiedade das pessoas para que as entregas não demorassem, ninguém notava que tudo estava nas minhas costas. Ao final da noite, cheguei em casa exausta e chateada com a rapidez do tempo. Comi, calando a fome pela Vila Morena, que ia me comendo. Tomei o meu banho e tentei dormir. Rolei na cama umas centenas de metros, pensando como Major e os seus amigos teriam se divertido nas noites anteriores. Queria dormir rápido, para acordar mais rápido ainda, mas os pensamentos não se apressavam em se acalmar, mas sim em me despertar. É muito difícil se entregar ao sono quando se quer logo o outro dia, atravessar a noite era um martírio e dormir significava perder tempo diante dos descobrimentos importantes dos últimos dias. Morrer quando se quer viver.

Acordei com o rosto de titia Florinda na minha cara.

— O padre a espera com as flores do dia, Giza. Acorde, está atrasada.

Meio tonta, sem entender direito como perdi tantas horas dentro de um sono inútil, em cinco minutos eu estava lá. O sol derramava o seu sacrificante calor em cima da minha cabeça. Recolhi as rosas brancas e as entreguei a padre Carlos. Flores brancas de paz que ele pedia tanto. O seu rosto, no entanto, não parecia ter alcançado paz alguma, mas segui, beijei-lhe a mão peluda e pedi a bênção um pouco contrariada.

— Está atrasada, guria tonta.

— Desculpe, padre, não sei o que me deu esta noite, acabei perdendo a hora.

— Você deve estar apaixonada, não é, menina? Já está inclinada ao coração, posso ver. Cuidado, quando essas coisas acontecem, tudo se perde.

Fiz uma feição de nojo e inclinei a cabeça para olhar a imagem doída de são Sebastião que estava atrás do padre com aqueles olhos, me acompanhando. Saí rapidamente e fui embora antes que ele começasse a andar com flechas atrás de mim. Essas imagens sempre me meteram horror, tenho certeza de que elas são feitas para isso. Sempre achei que, se eu não fosse à missa aos domingos, uma dessas imagens iria até minha casa me buscar, dormiria no chão frio ao lado da minha cama e puxaria pelo meu pé quando eu fosse ao banheiro. O medo faz muitos sequestrados, mas este era o medo do sofrimento ou do horror.

Entreguei mais dois ramalhetes: o da prefeitura e o outro, derradeiro, do amante Maurício à dona Carina. Corri de volta pensando em terminar logo as podas e entregas finais, só pensava na vila. Não voltei a casa porque sabia que as titias estariam com mais pedidos de entrega.

Corri no fusca até uma bica d'água gelada e pura, que ficava perto do riozinho cobrinha. Lavei o rosto, afundando os braços na água abundante, tomei a água gelada e lavei a nuca suada da labuta.

Era o segundo dia de lua cheia e, depois das explicações do povo da Vila Morena e das esquisitices que acumularam pedidos de rosas, somente vermelhas, mais o barulho que se repetia nas janelas ao lado do meu quarto e o sono pesado que não me fez acordar neste dia, pensei que realmente a lua enfiava o dedo em nós. A água fria descia na minha garganta lentamente, fazia um calor de estalar a cabeça, coçar no couro cabeludo e na memória. Do tipo de calor que reverbera uma tontura e fragiliza as vistas. Um emagrecimento mental, a variação de pressão — eu quase ouvia o barulho da água entrando na garganta, esfriando o meu corpo como quando cai um recipiente quente em uma água fria. Deixei o rosto deitado na água, que se espatifava para todos os lados. Por fim, limpei os pés e neles me demorei um pouco mais. Mulheres lavadeiras que eu conhecia de vista terminavam de lavar as suas roupas e passavam por mim, cantando uma ladainha que eu nunca ouvira antes, me cumprimentaram rapidamente. Deitei no chão, fugindo do trabalho que ainda me restava fazer, e descansei por alguns minutos, adormecendo em uma folha de sono. Acordei com uns gemidos de dor me atacando os ouvidos, um cheiro a capim pisado, e os meus instintos enlouquecendo à procura do barulho para distingui-lo. O que me tirava do descanso alcançado no cochilo? Corri até o gramado, atrás e acima da pequena bica e nada. Poderia ser abaixo dela, no amontoado de árvores que descia em continuidade à água. Não entendendo o que eu poderia ver, ou o que eu poderia não ver, entrei no mato com cuidado, separando os galhos um a um. Eu precisava enfrentar os barulhos que ultimamente faziam titia desconfiar do meu juízo, seriam esses?

O montinho da pequena mata era fechado, unido e forte, e machucava com os seus galhos espinhudos, raspando-me os braços e o pescoço. Os gemidos aumentavam e apenas uma mulher gritava, pensei que poderia matar o bicho que estava fazendo aquilo a ela e me preparei para o pior, apanhando um pau no caminho, pensei que seria uma mulher esquartejada, sem pernas, devorada por uma onça ou atacada pelas unhas de um tamanduá — eu o mataria sem nenhum arrependimento. Apanhei uma pedra com a outra mão, com a intenção de ter toda a munição possível, e continuei seguindo o som que aumentava e dava sinais de estar perto. O barulho era aterrorizante e o meu corpo se debruçava dentro dele à revelia. Pé ante pé, galho por galho, fui me aproximando em máximo silêncio, e enxergando devagar o que a estava matando. De dentro dos gritos, completamente inflamados, ela respirava, afirmando um estado que eu jamais tinha atinado. Então dei conta da malícia. Os gritos eram os da loucura, e a insânia da qual ela participava era aquela de onde nascemos todos. Por cima dela, como que a devorando, havia um homem nu, de nádegas firmes e redondas, de costas grandes, suadas e músculos aparentes. Não se podia separar os dois, eram uma parte só. Grunhindo a sua existência e a sua fúria, rasgando as horas e o silêncio dispendioso daquela tarde que não me ensinaria mais nada além dos rostos conhecidos e casos sabidos. O meu corpo, que eu não conhecia por completo, me incendiou no momento em que os meus olhos distinguiram as imagens de devaneios. Desmaiei em uma febre de convulsões.

Demorei uns longos segundos para entender o que acontecia, mesmo em choque. As minhas coxas e a minha boca se molharam, metidas em um desejo incontrolável de me juntar a eles, enquanto as minhas partes mais proibidas acordavam feito uma mariposa recém-nascida. Os gemidos cresciam e se agudizavam em volta de mim, como um ninho de cobras peçonhentas, de um veneno mais forte do que o meu — transbordava um calor. Fui levada pelos instintos e gritei dentro de mim, abrindo as pernas. Chorei de tão grande a fúria dos sentidos revoltos, e não consegui controlar tantos. Parei, assustada, e fiquei fria, quase morta, mal respirava. Deitada ainda no chão de terra, ouvia o meu estômago e os meus reflexos, os olhos vivos se anunciando. Eu pulsava as coxas e as partes que eu não conhecia do meu mais profundo coração, e descobria, de repente, que ele existia e já estava vivendo algum tipo de ataque cardíaco, um pecado mortal nos ventrículos direito e esquerdo das minhas ancas.

Os gemidos da mulher agora tinham os dele, e uma sinfonia distorcida se tornou alta demais, como se quisesse rasgar os meus ouvidos e me dominar. Outra vez, a minha mariposa se tresloucava e os meus sons também os acompanharam.

Desfaleci num pequeno milagre.

Os meus olhos viraram para dentro de mim e o meu corpo se atirou no chão, sem nojo ou consciência. Os meus braços se abriram e a minha vulva bombeou um sangue nervoso, jorrando em crescentes estágios de selvageria um líquido espesso em cima da vida e por baixo da morte, depois decrescendo devagar, e voltando ainda mais intenso.

Pulsava.

Uma paz como nunca antes me foi apresentada calou inclusive a floresta. Tive um pensamento imediato de gratidão, alívio e purificação, entendi por que os tais desejos eram tão proibidos: nenhuma igreja daria este contato poderoso com o divino.

Pensei: "Meu Deus, o Senhor existe. Muito obrigada".

10. Despetalar casamentos

Dezembro estava começando e as chuvas durante essa época do ano não cessam por dois meses — época das cheias. As águas cercam as pessoas nas casas e as mantêm trancafiadas. A lama esconde os buracos da velha Tiradentes e a cidade se isola mais do que nunca, enquanto as flores servem de remédio a quem sofre das agonias dentro da prisão das águas. Mas o fusca podia sair, tinha um motor forte, muitas vezes servia, além da entrega das rosas, para desatolar os carros desavisados ou teimosos, presos nos buracos ou nos barreais. Ou ia seu Tenório com o trator, ou eu com o fusca. Pouco se fazia sobre o cultivo das rosas, a natureza se encarregava de regar. As formigas também estavam recolhidas no nosso tipo de inverno. Quando as tanajuras apareciam brotando do céu, para anunciar que a cheia estava acabando, pontilhavam no horizonte, sobrevoando o jardim aos milhares com as suas bundas vermelhas e cheias de proteína, atraindo muitos pássaros diferentes que mergulhavam na chuva derradeira atrás das guloseimas. O horizonte era pintado de chuva — tanajuras e pássaros.

Colhíamos as flores e as despejávamos no cesto, separadas por cores — retirando umas tanajuras para os moleques da rua fritarem na rabinha, temperarem e fazerem uma boa farofa, uma espécie de festa para comemorar o fim das masmorras da natureza com o banquete das bundas. As rosas vermelhas significavam "amor declarado", sob o desespero dos aprisionados, que soltavam os corações e as declarações. Os lírios brancos: "me ame se puder", pedido de amor, mas também serviam para os altares e para as santas, "pureza e purificação, flores de Nossa Senhora" — eram mandados às viúvas, às senhoras e às moças sem coração, ou à Nossa Senhora nos altares da igreja. Os cravos esperavam pelos defuntos, um depois do outro, nos pés — sem colheita, secavam e se refaziam, esperando alguém que dificilmente vinha: eram os mais desapressados. Até que morriam vários cidadãos, um atrás do outro, e eles eram lembrados com força, retirados às pressas. As meninas-moças tinham as suas rosas amarelas, cor-de-rosa e brancas — "flores virgens, romance de princesa, platônico".

— Padre Carlos, com licença. Padre?
— Sim, filhinha, entre, vamos.
— Trouxe as rosas brancas e os lírios de Nossa Senhora.
— Sim, sim, sim. Ponha nos vasos, por favor.

Notei que padre Carlos estava cabisbaixo, parecia cansado, talvez mais triste do que da última vez.

— Aconteceu alguma coisa, padre, está tudo na santa paz?
— Não há nada, filhinha. Apenas as chuvas que não param de derramar, Deus que me perdoe, mas às vezes acho que isso é castigo.

O padre estava entediado. Fiquei um pouco, quieta, me sentando ao pé do banco onde ele estava, e soltei uma frase intrometida, presa na garganta:

— O senhor se arrepende?

Não pensei em engolir a frase de volta nem pedir desculpas, ela tinha saído sem a minha permissão. Era como se não fosse minha. Fiquei um pouquinho envergonhada, mas fazer o quê?

— A vida toma a gente pelo braço e nos leva, há uma tonelada de barro para se limpar. Também havia um amor que não era meu, aliás, não era apenas meu. Achei que Deus me chamava e me pedia ajuda, então aceitei. Claro que preciso agir com a incumbência de uma missão divina, isso precisa ser presente, passado e futuro. É muito trabalhoso representar o Pai onde todas as direções passam por provações, é preciso muita fé.

Olhei a imagem de são Sebastião que me fitava e parecia dizer: "Já chega, menina enxerida". As flechas me incomodavam, me expulsavam como se se virassem e apontassem para mim. Pensei que as águas eram as únicas companheiras vivas do pobre palhaço. Poucos se arriscavam a sair de casa, a missa era a única que conseguia nos tirar delas, mas mesmo assim ele reclamava!

Beijei-o na testa em um ato despercebido, impulsivo, como se aquele padre fosse alguma pessoa permitida e merecedora de um beijo no rosto. Queria dizer que eu o entendia, e fui saindo de olhos obcecados nos seus sapatões, apontando por baixo da batina. Ele me olhou indo embora, com os olhos apertados de uma criança, não sabendo se agradecia ou coibia o meu carinho. A solidão pode se fazer e crescer até dentro de uma igreja — às vezes é o que nos leva a ela, ao contrário do que nela procuramos: companhia, resposta, autoconhecimento, remédio, romance de alguns seres encontrados no éter, a necessidade de um encontro conosco. A religião era uma maneira de ele não se sentir só? Mas ao que pude ver, ele não tinha companhia, era um homem de Deus dedicado, inclinado aos deveres e entristecido pelo vão das respostas que a sua dedicação procurava, rabiscado pelos anos no diálogo com o invisível. Parecia não ter se curado do amor e, no momento em que o deixei, parecia não ter encontrado Deus onde ele o buscava, na cura, apenas teria se embriagado mais daquilo que ele fugira, o tal amor, mesmo sem existir de fato, era mais visível do que a cura que ele tanto procurava. Se dependurava nas cacundas e crescia como uma gravidez de lágrimas.

Voltei pela rua Tiradentes pensando no padre e notei que o velho cão de nome inglês, Alfred, manco da perna esquerda e ultimamente entrevado das duas, meio cego em decorrência da idade, estranhamente esperava seu dono, dr. Heitor, do lado de fora da casa. Passei devagar, não pelos buracos que o meu nariz já conhecia bem, mas para entender o que se passava.

O cão estava na varanda e lambia uma das patas traseiras, a luz da sala acesa deixava uma sombra na janela. Recostada ao sofá, com cabelos compridos que roçavam na parte de vidro da janela de um lado para o outro, uma mulher! Ao fundo, o velho, cada vez mais velho, dançando para a moça, se exibindo.

Tem gente que não desconfia, impressionante! A maravilhosa autoestima é capaz de inventar um mundo inteiro e ainda fazer com que todos em volta o recebam como verdade.

Lógico que o cachorro estava de fora da sua casa, ele devia estar lá porque atrapalhou o cortejo, deve ter concorrido com o dono. Continuei pela rua indo até o final dela e olhei cada casa, com as janelas fechadas e seus móveis recolhidos. Dei uma volta pela cidade e fui até o cemitério, cujo portão estava fechado. Voltei pelo correio, prefeitura, passando pela nossa casa, e fui até o fim do jardim. Era apenas para apreciar o poder de andar sobre o lamaçal sem maior castigo, e olhar como ficava o filete da água. O riacho, agora um rio farto e gordo, alargado pelas chuvas daquele período, um rio adulto. Forte.

Desci do carro enlameado e o admirei mais de perto, me aproximei na intenção de querer molhar a nuca, as mãos. Meti as palmas cheias de água gelada no rosto e tirei os sapatos, segurando o vestido perto dos joelhos, mergulhei os pés e as canelas. Tomei água, molhei a nuca e voltei para olhar um pouco a correnteza que se formava e engolia uma parte grande de terra e da prainha de areia branca, em que na época seca do ano eu brincava de escrever. Voltei em direção ao carro. O pouco sol, tapado pelas nuvens, refletiu em um objeto que me chamou a atenção ao longe, cheguei mais perto e retirei a areia grudada nele, vi que era um anel dourado, de formato diferente, pesado e muito sujo, cheio de detalhes escondidos pela sujeira de uma possível viagem longa. Havia algumas iniciais por trás, mas não consegui identificar o que estava escrito. Percebi que a chuva começava a descer mais forte e dei passadas rápidas em direção ao carro, entrei, pus o anel no porta-luvas e fui embora.

Tinha ainda uma entrega para aquele dia, um ramalhete de flores para dona Carina. Enquanto seu Ramiro, dono do cartório, não estava em casa, os ratos faziam a festa. No bilhete grande, do qual retirei uma cópia na saída para deixar com os outros guardados na minha caixinha, havia palavras leitosas, passadas a manteiga, mais manteiga do que pão, cheias de rumores, lástimas e dramas. Li-o mais uma vez, quietinha dentro do carro, parado na esquina da casa dela. Eu precisava ter a certeza de que aquelas eram as suas flores, apesar de não haver nenhum outro ramalhete:

Carininha, quando você me olha, andando em frente à sua casa, pelo vão que se faz entre um degrau e outro do vitrô da cozinha, penso que vai avançar em mim. Os seus olhos são maiores que os de Deus. Eu sou apenas um ser pequeno, metido dentro dos meus "ais", colado, preso e fixado, pregado nos meus sonhos. Neles, quase não há o meu rosto, eles servem apenas a você.

Rogo ao todo-poderoso que você se descontrole, peço um desespero que mostre a todos os nossos planos, as nossas fraquezas. Só depende de você.

A vida não espera, Carininha, ela se vai em um prumo, em um pulo. Não se bebe a felicidade em qualquer rosto. Não se colhe em qualquer árvore. Não se acha em qualquer remédio.

Não podemos depender do achar dos outros, o achar dos outros nunca deixa a felicidade nos achar.

Não se desperdiça uma década de certezas. Se um dia vier a sua alma, o seu corpo, o seu pescoço, os seus pés, a sua face de boneca, os seus cabelos trançados, o seu escorregar de pernas avançando em mim, eu peço, não relute. Será lindo demais.

Eu a receberei nos braços, chorando. Lembre-se de que eu terei o seu descontrole como prova cabal da graça de Deus, e a certeza de que ele atende a seus filhos.

Que homem irritante, melado! Maurício de dona Cândida, Carina de seu Ramiro do cartório: romance proibido. Todos já tinham dono. Meu Deus! Seria normal essa histeria, ou esse homem estava endoidecendo? Ela realmente vivia no vitrô, agora sabido que era o da cozinha. Mas uma década de encenação? Gostava do marido ou era apenas uma vontade doida de ter dois homens? Isso, pensando bem, deve ser bom demais. Eu que nunca tive nenhum, gostaria de ter, separadamente, três ou quatro, cada um de uma cor e etnia. Sempre achei que o coração de uma mulher é muito mais generoso do que o de um homem. Cabem muitos amores, é o coração de uma mãe em potencial. Os homens são sempre tão pequeninos, saem pequeninos, morrem pequeninos, choram e tremem quando se machucam — são frágeis. A mulher sempre cuida de mais um. Gosta, se dedica — sofre porque é romance, sonho, maquiagem, drama, intensidade, encantamento ou magia. Todas as suas forças são úteis. Por elas, estavam se casando todos os dias, não importa se com um diferente do outro, apenas para dizer o "sim" e vestir o véu, para serem olhadas e darem o beijo, ansiosas, insatisfeitas, afiadas e inquietas. Quando percebida a verdade, que já viveram tudo o que era possível viver, mudavam outra vez. Queria ver algum homem reclamando "mulher chata". Chata é a sua vida!

Dona Carininha e dona Cândida eram o reflexo do seu cotidiano. Quando a festa da fantasia acaba é bom recomeçar.

Eu achava que proibição de uma cultura tem duas nervuras dentro da mulher: a da direita, que proíbe de perto porque conhece a sua própria capacidade quando aglutinada, o seu mistério, poder e perdição — que de costas, na proibição, cria capacidades para manipular, assimilar os "erros", dissimular e romantizar. E a da esquerda, "soltapara", sempre livre. Por tudo isso, tanta repreensão e pressão, acaba se largando, por necessidade de se desprender.

O romance é uma mentira bonita, feminina e adornada com um longo vestido esvoaçante. Perfumada e aumentada nos lábios, ou deitada em cima do feioso, irredutível, malcheiroso sem trato — escondido, tapado e enfeitado por ela. A mulher tem tudo isso por pura sobrevivência, capacidade promovida pelo próprio homem e endereçada a ele.

Dona Carina ainda estava bem cuidada. Já a desleixada dona Cândida, a mulher escorada em segundo plano, aquela que Maurício queria deixar ou trocar por qualquer cento de goiabas, era praticamente morta de vaidades. Abandonada por ela própria, e quase totalmente por ele. Ela já tinha passado daquele corpo para outro, não estava mais entre nós. Bastava olhar para saber que dentro dos seus olhos havia apenas as louças para lavar e a ocupação do que ela poderia fazer para o almoço e jantar do dia seguinte. Aquelas coisas que pensam as velhas sem vaidade, que não se preocupam mais em se lavar ou se aprontar.

Perder o homem para o destino, para o acaso, para a inexistência ou desistência. Talvez ela estivesse dando graças a Deus. Possivelmente soubesse, mas tinha cara de quem não queria saber.

Maurício com dona Cândida ou Carina com seu Ramiro?

Os casais de agora não teriam viajado demais? Não estaria na hora de descansar um pouco da viagem? Muitos anos juntos. Ninguém aguenta ir de Moçoró a Coxim sem paradas, sem trocar os bancos e tomar um banho, comer uma coisa diferente. Quem sabe um passeio não seria o ideal, um abano na nuca, uma desviada pela vizinhança, até saber onde o corpo realmente se recostaria mais confortável e se sentiria bem para ter saudades de casa?

Estava anoitecendo e percebi que precisava entregar rápido o ramalhete de rosas vermelhas com o bilhete, antes que seu Ramiro chegasse do trabalho. Bati na porta e dona Carina abriu rápido, cismada como sempre, torta. Rosnou um boa-tarde e pegou as flores às pressas, espremendo todas as pobres por uma fresta por onde caberia apenas uma. Despetalou algumas e não me deu uma palavra, fechando a porta na minha cara. Ouvi uns murmúrios estragados saindo da sua boca, reverberando na sala da casa, a mulher não parecia espaçosa por dentro, larga ou confortável, pelo contrário, era como se estivesse espremida, apertada, e mesmo que o corpo fosse de estatura baixa, compacta, ela não parecia ter total domínio do espaço, parecendo morar em um cantinho do braço ou em qualquer curva de algum osso bem duro da coluna. A mulher gemia pelos olhos, cuspia pelos cabelos e sufocava pelos pés. A situação era especialmente aflitiva. Espirrava agonias.

O tempo engole tudo: os cegos, surdos, doidos, ricos, mães com filhos pequenos dependurados por todos os galhos, homens indo para reuniões definitivas e extraordinárias e gente indo para o

Natal — não há privilegiados da morte. Ela não perdoa nem aqueles cujo tempo deveria sobrar pelos órgãos não usados, economizados ou ignorados no nascimento — corpos nascidos pela metade, braços ou pernas preguiçosas e dormidas, cabeças não usadas.

Dona Carina economizava tudo, do sabão às palavras, do perdão à pena, do riso ao choro e do carinho ao cachorro. Não largava um suspiro, tudo era seguro. Nem dr. Heitor fazia sucesso com ela, e tentou muitas jogadas de mão no bolso, com o seu espírito jovem encavalado no corpo, a coluna reta. Ela não desviava caminho, apenas se virava para aquilo a que se tinha proposto, ao seu objetivo. Era de pequenos olhos e de mínimo nariz, cabelos diagnosticados: escovados e trançados por ela, linha por linha, como se neles arrumasse o próprio destino. Diziam que vinha de Minas Gerais, uma terra distante, onde o povo é muito econômico. Lá, os grandes se tornavam diminutivos, de modo a desdenhar para comprar, a tornar mais carinhoso tudo: lagoinha, serrinha, rosquinha, caixinha, coisinha, comidinha, terrinha, casinha, feim, bunitim. Povo bom de pechincha, carinhosim, que era para ter um descontim. Mas o carinho era sincero.

No nosso ninho de gente, dona Carina e seu marido, seu Ramiro, eram conhecidos como casal exemplo — de foto em mural e de propaganda de margarina, de dois lindos amantes nas línguas peçonhentas, coisas deste tipo. O amante, seu Maurício, era largo demais, espaçoso, meio cheio de vagas na barriga. Cabeludo no tampo da cabeça, com pelos saídos dos braços e pernas, magro só no pescoço. Inquieto até nas horas mortas. Desfilava braços desorganizados, esvoaçantes, com ganas de cata-vento estragado. Tudo um pouco como no bilhete: dramático. O homem falava alto e respirava granulado na voz. Não era discreto em nada. Não tinha trato com o silêncio, detestava. Um homem perigoso para se ter um caso escondido, ele não conseguia se ocultar nem dormindo, ou melhor, o mundo não conseguia se esconder dele nem quando ele dormia. Roncava tão alto que, do começo ao fim da cidade, quando um trovão começava a tocar, já se dizia: "Também, seu Maurício fica chamando os parentes". Abria escandalosa existência por onde andava, nenhuma rodinha falava quando ele entrava, tudo era dele, seu Maurício tomava conta. Ao contrário de dona Carina, ele era superlativo. Tinha um carrão, camão, casão, dinheirão, corpão, vozeirão, bundão, barrigão. Daí podia se ver o porquê de querer tudo grande, tudo para compensar o pequenino dela.

Toda vez que via o homem, eu me lembrava do bilhete desesperado, e pensava em como os dois poderiam ser um do outro, sendo totalmente opostos. O homem guloso devorava a mulher de economias. Será que os dois, nas intimidades, se invertiam? Tudo o que acanhava nela transbordava nele. E por que não pensar que as polaridades estavam invertidas quando as intimidades os protegiam? Comecei a torcer pelos dois.

Da próxima vez entregaria o ramalhete antes, logo depois da cópia do bilhete para mim. Enquanto estava pensando, dentro do fusca, vi que ela estava na porta, olhando para os fundos da rua pelo rabo do olho. Como só viu a mim, deitou o ramalhete na lixeira rapidamente. Achei esquisito, muito estranho mesmo, mas vindo de uma senhora casada, o que mais ela poderia fazer? O marido desconfiaria, tantas flores vermelhas em casa de uma senhora mão de vaca, fechada. Além do mais, ela não daria explicações, ela as venderia. Eram rosas vermelhas, aveludadas e cheirando a jardim, me deu a maior pena. Nenhuma mulher é terminalmente fria a esse ponto. Fiquei mais um tempo pensando no que aconteceu, tentando entender e justificar a raiva que ela não economizou jogando o ramalhete na lixeira, trocando as minhas obrigações pela xeretagem. Prendi o meu corpo por lá um pouco mais, e então vi seu Maurício na esquina. Parecia que apanhava mosquito no ar, meio rolha de poço, meio dom Quixote, montado em uma coragem que só ele via. Olhou para a porta da casa sem disfarce, abriu a lixeira e apanhou o ramalhete intacto. Fiquei tiririca de raiva. Não gostei.

Era mistério demais! A minha cabeça não aguentaria. Será que ele fantasiava e não havia romance algum? Era um apaixonado maluco que trombou com ela depois da igreja em uma das poucas esquinas e os olhos estiveram perto demais, só isso? Mas como ele sabia que o ramalhete estava dentro da lixeira? Estava vigiando? Apanhou, parou e olhou "Carininha" pelo degrau do vitrô e atirou uma das rosas no telhado, cheirou as outras, suspirando, e começou a titubear entre pular e se sentar no meio-fio, levantou de novo! Girou segurando as rosas no peito e cantou uma música densa desses cantores de AM, rodopiando a barriga, revezada com a bunda, e foi embora. Eu quase saí do carro para expulsá-lo, pois seu Ramiro deveria estar virando a esquina, chegando do trabalho. Mesmo assim, ele foi embora sem a certeza de quem quer ir, foi querendo ficar. Mal ele quebrou uma esquina, seu Ramiro veio por outra. Oh, homem nojento, aquele seu Maurício.

Como já tinha acabado, parei de pensar em tudo aquilo e me lembrei da Morena. Quem a conhece sempre tem saudades. Vila Morena, a terra dos últimos grandes mistérios… Eu e o fusquinha, por trás da igreja, no alto da cidade.

O cemitério enterrava uma sociedade morta maior do que a viva. Senhoras distintas e velhos bem vestidos nas fotografias, criadas, moços e moças, acompanhados por datas de morte escritas nas lápides. Quando criança, depois de nos fatigarmos das formigas, vínhamos bisbilhotar os defuntos, eu, titia Florinda e mais uma turminha, procurávamos por fantasmas, que nunca nos visitavam. Titia fazia parte da minha fantasia da infância. Em adulta, quanto mais tempo passava, mais estranha ela me parecia. Mas crescer, compensando essa estranheza, me deu a vila.

Depois do cemitério o caminho ganhava tolerância e me coloria. Antes achava que era apenas o trilho de alguma roça pouco importante. O fusca sabia o caminho de cor e salteado. A ponte gemendo de dor e a Morena na beira dela, deitada em poucas casinhas e muita sem-vergonhice. Parei o fusca e andei até a beira do bar carnavalesco. Lá dentro, como se fizessem parte do bar, da decoração, estavam Salada, Juliana e Major.

Me receberam com um sorriso no rosto, voz sem controle, risadas ingênuas e olhos esbugalhados.

— Menina, por onde andou?! — perguntaram.

— Desapareceu, achei que não viria mais, que afinal gostava daquele povo fingido da cidade. Eu e Juliana, mais Salada, ficamos aqui solitários esperando a Florzinha de Laranjeira por todas essas semanas. Ficamos nos lembrando de você todo esse tempo. Por onde andava?

Apressei as minhas justificações:

— Trabalhei muito, não tive como vir antes, mas me lembrei muito de vocês, tive saudades.

— Menina... Você está diferente. O que aconteceu?

A pergunta de Juliana deixava uma malícia fora do comum escorrer pelo canto da boca. Cheirava os meus cabelos como da outra vez, mas agora estava investigando com uma cara diferente, como um cachorro perdigueiro. E voltou a dizer:

— Você está diferente. Não sei o que é, mas até o fim da conversa eu descubro.

Sem ouvir mais Juliana, perguntei entusiasmada:

— Preciso saber de tudo. Como está a vila, como vão os comportamentos? Vocês, o que houve aqui de estimulante e diferente de lá na cidade?

— Aah, tudo, minha filha! Aqui existe vida, lá na sua cidade é que tudo é feito por fantasmas.

— Mas o que houve então, Major? A Rainha veio?

— Pois bem, é isso o que quer saber, não é, Flor de Laranjeira?

Eu estava curiosa mesmo, pensei muito nas semanas que não pude ir à vila. Gostei daquela história. Uma rainha com súditos realmente leais, carinhosos e dedicados. Que tipo de troca havia por trás disso? Devia haver algum poder maior que o de costume. Nenhum povo tem todos os seus súditos, sem exceção, vidrados na sua rainha. Algum pormenor, uma inveja, uma falha dela para derrubá-la do seu pedestal — qualquer que seja a desculpa para trair, para desfazer o mito, o posto, a coroa. Tudo isso é bem conhecido.

— Major, você que me parece o maior de todos os seus súditos e o mais apaixonado pela Rainha, a viu desta vez? Esteve com ela?

— Todos estivemos perto, mas nenhum de nós esteve com ela. Ela não escolheu ninguém.

— Mas como isso pôde acontecer? Quer dizer, ela tem essa liberdade, ninguém exige qualquer explicação?

Todos soltaram uma gargalhada.

— Você é realmente engraçada, Florzinha. Ela é rainha, deusa. Faz apenas aquilo que quer. Ela tem poderes sobre nós, ninguém a contraria, nenhum a detém. Ela nem recebe olhares, imagine só se vai suportar receber indignações! Mataria todos.

— Mataria, Salada, você disse matar?

Major apressou-se a explicar:

— Não, ele não disse. Ela não mata, ela é uma deusa do bem, da benevolência e da graça. Qualquer um que vai contra ela é que prefere a autodestruição. Ela não precisa fazer coisa alguma, há uma força que a natureza promove, e a natureza é o maior dos poderes. Não há ser comum que possa sobreviver se antes esteve contra ela, é uma força que se forma a partir da soma de muitas energias da natureza. Representa o feminino e a fertilidade, mas, como é formada por energias, é maior que todas as fêmeas, e o masculino fica aos seus pés.

— Mas, Major, ela já matou antes?

— Claro que não, Florzinha. Ela é benévola, nada além do que estou contando. Essas nossas falações estão me deixando tenso. Além do mais, ela virá hoje, não é bom que se fale essas coisas no seu terreno. Por que não fica para a festa?

— Mas como vou ficar? Não avisei ninguém em casa, a que hora será?

— Por volta da meia-noite.

— E o que acontece de diferente?

— Ah, Flor! Tudo é diferente. Mas ande, veja menina — disse Juliana. — Ande pela vila.

Aceitei o convite e deixamos o bar em direção ao centro da vila, havia flores em todas as casas.

— Olhe as bandeirolas mais adiante, os dizeres na frente das casas. O amor e devoção que esta população lhe tem. Ande e veja, você nunca entrou de verdade na vila. Entre na ruela da direita e enxergue o que você puder e aquilo que te deixarem. Desfrute e se desespere com a sua curiosidade — acrescentou Juliana enquanto andávamos.

— Como consegue ser feliz na sua cidade? Lá você deve ser vista como uma menina enxerida e bisbilhoteira, não é, Flor de Laranjeira? — perguntou Salada.

— Engraçado dizer isso, me sinto assim mesmo. Sou vista dessa maneira, é impressionante! A diferença entre essas duas comunidades é muito óbvia. Ali cada defeito é visto como se fossem falhas deploráveis, me sinto julgada o tempo todo. Feia à vista de todos.

Juliana, interrompendo o meu discurso, disse com vigor:

— Então se prepare para mais tarde! Agora vamos dar uma volta pela vila, te pegamos pelo braço e te mostramos tudo. Ah, menina filha da puta, não nos desaparece mais!

Senti que estava conhecendo a minha própria casa pela primeira vez. Sorrindo, um pouco assustada com o carinho tão íntimo dela, lhe prometi:

— Combinado, Juliana.

Ela se abraçou a mim e fomos como duas meninas, amigas e infantis, sem que as ancas dela conseguissem me acompanhar. Eu ia reto, ela circulando, trombando a sua rebolatez, como se quisesse provocar um rebolaxo em mim. A bunda caminhava fazendo novamente um oito deitado, grande, batucando algazarras para os olhos da moçada sentada nas calçadas. A cada passo dela eles gritavam um "eh", "oba", "que bom" ou "gostosa". Eu mal conseguia andar, tudo era motivo de diversão. Juliana me olhava desconfiada e continuava com o mesmo olhar de antes, da minha chegada, querendo descobrir alguma coisa.

— Precisa me explicar o que aconteceu com você. Está mais luminosa, mais... Não sei. Alguma coisa aconteceu.

Como poderia ela saber se nem eu sabia claramente? Ela estava captando a experiência que tive ao ver o casal no mato, o meu milagre?

— Não houve nada demais, Juliana. Estou melhor. Estou mais feliz nos últimos tempos.

Ela, rindo, me perguntou:

— Irá conseguir uma permissão dos seus pais ou irá fugir para comparecer esta noite? Claro que não terá tamanha coragem, não é?

— Se ela vier, Juliana, será um ato de muita bravura — disse Major logo atrás de nós, tentando me incentivar.

— Não sei se poderia, penso que não. Além do mais, não planejei nada, e eu precisava de um tempo para isso.

— Tudo bem, vamos ver se consegue. Tomara que sim. Verá uma festa linda, diferente de tudo que já viu, ficará louca — disse Juliana.

Cada casa dependurava na porta uma moldura feita de madeira pintada à mão e, tecido sobre ela, um símbolo que vinha logo abaixo dos dizeres. O sinal se parecia com alguma coisa que eu já tinha visto, que conhecia. Uma linha traçada em curvas, lembrando as de uma mulher. Nos dizeres, havia mensagens para a Deusa, Rainha, Criatura:

Deus salve a Senhora. Obrigada pela volta, nós rogamos a Sua luz, salve Rainha Deusa, nós A felicitamos.

Alguns dos dizeres me chamaram mais a atenção:

Me escolha pelo amor que tem a algum dos seus amores.

Me leve com você.

Serei somente seu, Rainha.

Se me escolher, serei seu servo para sempre.

Eu teria medo, aliás, pavor e horror! Que tipo de pessoa persegue um estado de devaneio eterno, um mundo à parte, para o resto da vida? Um se perder de si, ou estar apenas às voltas com um delírio? Um não voltar nunca mais de uma viagem? Quanto mais andávamos em direção à viela da direita, estreita, de onde vinham os rumores e o movimento, maiores eram as transformações. Começava por uma casinha, depois outra. Uma calçada, depois outra. Tudo pintado de maneira galopante, selvagem. Pareciam desenhos de todos ou de tudo, não havia forma. Uma espécie de terreno sagrado que terminava num pátio de pequeninas casinhas de uma porta e uma janela, menores do que as outras da rua principal. No meio do terreno, para onde as pinturas caminhavam e nela paravam, uma casa maior tinha uma cor só: era roxa. Simples, passeava entre as outras cores expressivas, mas não se perdia entre elas, era a única por inteiro diferente. Estava envolvida pelo lugar, e em frente da casa roxa, em pleno varão no meio do terreno, olhando a tudo, intuí que se tratava da casa da abelha rainha. Na sua sacada, flores e mais flores. Brancas, amarelas, vermelhas, roxas, lilases, púrpuras. Iam em volta da madeira, amarradas a cordas de bananeira e de algodão. Cada casa preparava os seus enfeites. Tabuleiros por dentro delas se encaixavam à beira das janelas, de modo que, abertas, se tornavam balcões, como em boliches e botecos. Toda a população da vila, inclusive os velhos, estava trabalhando ou envolvida na preparação do terreiro. Felizes, alguns cantavam e outros contavam lendas da abelha rainha, outros apenas trabalhavam de caras felizes.

— Está vendo, Flor? O que achou?

— Achei impressionante, Major. Aqui está uma novidade que jamais pensei em ver tão perto de mim. Eu querendo conhecer o mundo, para saber sobre outras culturas e as suas dissidências, e agora tenho a certeza de que se o mundo visse este lugar, esses rituais, isso seria uma notícia de destaque. Seria a última catarse de costumes mundanos.

Juliana se distanciou um pouco de nós e entrou em uma das casas para cumprimentar e conversar com uma amiga morena, magra, de cabelos encaracolados e de roupas de pouquíssimos tecidos. Ousada, como Juliana, mas um pouco mais branda, rindo mais serena, conversou alguma coisa que me parecia muito intrigante. Juliana arregalava os olhos e sorria atiçada. Saiu de lá e veio ter conosco.

— Ruth disse que hoje a Rainha escolherá alguém, sem falta.

— Que maravilha! — disse Salada arregalando os olhos e esfregando as mãos, em um cruzamento entre o pânico e a atração.

— Quem é ela, Juliana?

— Ela é uma ama maior das luas cheias, menina. A senhora Rainha tem várias. Elas cuidam da sua chegada e do seu banho. Trazem o escolhido até a casa e cuidam dele, depois a levam de volta à natureza.

— Ela mora na natureza?

— Não, menina. Ela é a natureza. A rainha, a deusa e a força elíptica deste planeta, é a junção de várias energias positivas e férteis. Se materializa e elimina as nossas penas, iniciando um ciclo puro de vida. Só escolhe por amor, mas como o seu amor por um humano não pode durar, ela logo entra novamente em fusão com os elementos. Perde os sentimentos pelo escolhido, que não está à altura da sua pureza.

— O que é isso de elíptica?

— É o círculo achatado, o redor do planeta. É o espírito maior de toda a natureza. A fêmea fértil que tudo promove. O círculo relativo que o nosso planeta segue, sempre por um caminho conhecido e traçado. Para resumir: a alma deste corpo que pisamos junto a outras forças, Flor — explicou Major.

Não entendi, e entendendo não acreditaria.

— Nós somos estes pobres humanos, ainda viventes, porque ela nos deixa viver. O nosso planeta respira, produz, anda, come, espirra e sangra, ela vem do que ele é, das suas entranhas. Do céu, do mar, das árvores e das lavas. É a mãe e a devoradora — a maior de todas. E neste período, de lua cheia, ela se transborda. A energia se transforma naquilo que for necessário, e para nós é na Deusa.

Estava difícil de ouvir toda a balela que eles me diziam.

— Vocês acreditam mesmo nisso? São todos loucos!

Eles riram da minha atitude como se eu fosse a mais inócua, e eu os achando os mais inocentes de todos.

— Veja se consegue vir esta noite, menina, se tornará mais uma pagã desta religião.

— Meu Deus! Preciso ir embora, já é de noite.

Tratei de me despedir rapidamente, pensando apenas na bronca que eu tomaria das minhas titias depois da força elíptica e da natureza inteira se materializando em uma dona. De longe, ouvi a voz de Major me alertando:

— Cuidado com a lua cheia, ela transborda, lembra? Deixe eu te acompanhar até o carro.

Com medo de que ele me atrasasse mais ainda, saí correndo.

— Não precisa, não, Major.

Peguei o caminho de volta, indo em direção ao fusca. Os homens me olhavam como lobos, mas de longe, e sem nenhuma palavra. Algumas velhas tentaram falar comigo, mas não dei confiança, olhavam como se tentassem me reconhecer. Avistei Ruth mais adiante, que entrava agora em uma outra casa com uma coroa de rosas na cabeça.

— Você virá? — ela me perguntou.

Parecia que estava falando comigo, mas não poderia, não me conhecia. Então segui o trajeto. Chegando no fusca, percebi que um homem alto e magro, de feições familiares, deixava o seu carro próximo do meu, mas no escuro. Tremi e entrei rapidamente no carro, sabia que quem vinha dali estava vindo da cidade, e não poderia me reconhecer naquela vila, tida como imunda. O homem foi se aproximando do poste mais perto de mim e, quando o vi, tive um susto. Não poderia ser! Havia muitos anos que ele não dava as caras, ele não vivia por aquelas terras. Eu só poderia estar enganada, mas era da mesma altura, o mesmo caminhar, corpo e cabelos. Era Tito.

Esperei que ele desaparecesse até a curva da viela e, quando consegui, liguei o carro, fiz a curva e acelerei. Nem vi a ponte, rasguei a estrada na poeira. Passei pelo cemitério sem olhar para os mortos e deixei o carro chegar, esse sim, em ponto morto. Entrei.

— Onde estava, menina?

— Tomando sorvete no Nestor.

— Não acha que nos deve, pelo menos, um telefonema? Está ficando cada vez mais difícil esperá-la para o jantar. É preciso nos respeitar, saber que a esperamos para comer. Hoje, depois de vinte minutos, desconsideramos a sua ausência e jantamos.

— Titia Margarida, me desculpe mesmo, eu sinto muito. Não se preocupe comigo, já jantei. Quer dizer, tomei muito sorvete, é como se tivesse jantado. Então muito boa noite, vou para o meu quarto descansar, hoje foi um dia longo e de muito trabalho.

Ela foi atrás de mim, conversando amenidades e puxando assunto. Extremamente afável para um atraso tão grande, para qualquer atraso, ainda mais sendo meu.

— Giza, hoje falamos sobre o jardim. Vamos trabalhar um pouco mais lá nos fundos. Há muitos anos que não olhamos para os outros quarteirões, trabalhamos sempre no primeiro. O meu marido estará de férias do trabalho e organizará alguns homens para o segundo quarteirão, ainda o faremos este ano. E depois, nos próximos anos, os outros. Quero que esteja junto de todos, principalmente dos capinadores mais ignorantes. Saberá coordenar melhor, conhece as rosas trazidas de fora, as bromélias variadas, as vicunhas e outras flores do cerrado que alguns não fazem ideia e podem carpir achando ser mato ou erva daninha.

— Tudo bem, titia. Mas podemos falar sobre isso amanhã? Preciso de um banho, estou com uma leve dor de cabeça que pode piorar se eu não parar por um instante.

— Precisa dormir, está cansada. Odézia, veja o suco temperado de mel de flor de laranjeira para Giza — gritou ela.

Parecia preocupada comigo. Achei de direito, e aceitei a preocupação sem desconfiar.

11. Lamentos de fundo de garrafa

Tomei um banho enquanto planejava a minha escapada, procurava o estratagema perfeito: a roupa e os sapatos que me permitiriam fugir pela janela mais facilmente, o que usaria na cabeça para me disfarçar melhor e como desceria com o fusca em ponto morto até a ladeira final. As minhas titias jamais poderiam sonhar que eu havia ido à vila um dia, ainda mais à tal festa.

Certa vez, me contaram por alto uma história sobre uma moça que veio da vila para a cidade atrás de um homem, e a cidade a massacrou. Imagine se elas descobrissem que eu a visitava no seu mais revolto dia, ainda mais sozinha, na calada da noite e enquanto elas dormiam! Seria impossível me perdoarem. Eu, em uma festa pagã, vendo uma diaba aparecer — saindo de um matinho, suponho — para depois de fazer um coitado seu escravo, da maneira mais erótica e covarde de todas, desaparecer de novo.

Delincci: vou até a sala, me despeço com um boa-noite bem convincente e volto. Espero que todos durmam e saio pé ante pé. Depois de um banho longo, enfiei minhas roupas de dormir e percebi que o suco adoçado com o mel de laranjeira estava sobre o criado-mudo, com um bilhetinho:

Tome este suco sem falta, Giza. Irá ajudá-la a descansar e executar melhor as tarefas do dia seguinte. Beijos, Titias.

Deixei o suco de lado, não conseguiria engoli-lo com a ansiedade em que estava. As minhas titias tinham este carinho comigo: quando percebiam que eu estava muito cansada ou ansiosa, deixavam o suco no meu criado-mudo. Fui até a sala de estar onde normalmente elas tomavam algum aperitivo depois do jantar, junto ao Grilo empalhado, inexpressivo e jogando conversa fora, mas elas não estavam.

Fui ao quarto de titia Florinda e não ouvi barulho algum. Tão cedo e já dormindo? Passei em frente ao quarto de titia Margarida e também não ouvi um único som. Encostei os ouvidos na porta e procurei qualquer assunto — silêncio absoluto. Voltei ao meu quarto, vesti a calça e a blusa estratégicas, pus um lenço na cabeça e muita maquiagem nos olhos. Pronto, a maquiagem e o lenço eram o bastante para eu me achar um pouco mais protegida.

Tinha pouco tempo, já eram dez horas e eu queria ver tudo: a festa começando, a música que tocavam, o que vendiam e o que bebiam. As situações que antecediam as bizarrices dessa dona Rainha: como ela aparecia e como as pessoas se comportavam, tudo. Tinha receio de ser apanhada, mas até o momento nada me deteria, a minha vontade era maior que a minha resignação aos costumes e às minhas titias, que se tornaram pessoas que eu desconhecia. Antes, quando eu as tinha como as amigas de infância, jamais lhes desobedeceria, mas agora existia um vão entre mim e elas. Acabei me distraindo demais com os "porquês".

Abri a janela, sentei nela e olhei a altura. Suspirei e me preparei, arremeti o meu corpo para a frente e... não saltei.

As titias tinham à volta das suas janelas lindos flamboyants. Mas o meu quarto era pelado por fora — completamente nu, sem saída. Eu não poderia me dependurar e sair, era alto demais.

Então decidi sair pela porta da cozinha para não arriscar uma queda que poderia fazer muito barulho, além do perigo de me machucar, pior, me arriscar a ficar em casa porque quebrei um dos ossos — que era a única coisa farta que eu tinha. Rodeei pelas salas, totalmente vazias, e entrei na cozinha. Pensei que Odézia me pegaria em flagrante com a roupa de sair e acordaria todos para me denunciar. Seria o fim.

Sempre reclamei por ser um fiapo de gente da grossura de uma linha, uma tripa vazia, uma preguiça dos maiores anos, mas, nessa hora, agradeci. Passei pela cozinha sem respirar e girei a velha chave. Até então, tudo certo. Quando abri a porta, escandalosa, ela não colaborou e deu um gritinho saliente e fofoqueiro. Fechei-a e ela voltou a fofocar.

Corri até o fusca, feliz pela conquista, sentei dentro dele e, quando procurei as chaves, percebi que as tinha esquecido. Santa burra, menina! Tudo bem, nunca fugi antes na vida, essa era a minha primeira vez. Voltei a fazer tudo de novo: abri a porta da cozinha e peguei a chave do fusquinha. Nada de Odézia nem das titias, fechei a porta tagarela e desci a rua, empurrando o carrinho em ponto morto com um braço no volante e o outro na porta. Percebi que o cheiro dos seus bancos de couro estava muito mais forte naquela noite, talvez a lua, talvez o meu olfato mais aguçado, respirando forçadamente. Desci. Chegando um pouco mais longe, engatei a segunda e subi, rumo à Morena.

Cresci admirada pela minha força, eu tinha coragem. Gritei bem alto, comemorando a minha satisfação, mas não demorou muito para que as minhas dúvidas e o medo de ser pega, misturados com a culpa sentida por enganar as minhas titias e arriscar a sua reputação, me tirassem a certeza de que iria conseguir. Eu poderia ser reconhecida, e por certo a minha fuga chegaria aos ouvidos das titias, isso seria óbvio, iria acontecer. Mesmo assim, eu não poderia desistir a meio do caminho, disse a mim mesma: "Em direção à vila, Giza. Coragem".

Sorrindo à toa e assobiando uma canção espoleta, com o vento na cara, parecia que a estrada ia chegando sozinha. De repente, um bêbado filho da puta atravessou o meu caminho, se atirando na frente do carro. Freei por instinto e graças ao meu pé rápido não o tirei da desgraça da bebida.

— O que é isso, meu senhor? Quase te mato!

— Você não mata ninguém, é uma covarde. Está com nada mesmo. Como Deus pôde te pôr na minha frente? Bem que podia ser outra pessoa, mais forte. Tanta mulher barbeira por aí e vem logo uma rara para mim. Você tem me matado todos esses anos, maldita. Por que não me mata de uma vez?

— Meu senhor, eu não te conheço. Pode parar de delirar e me deixar passar, por favor?

O homem se deitou em cima do capô do carro, se debruçou e começou a choramingar. De início, tive medo, depois nojo. Por fim, no decorrer do tempo roubado, achei foi chato. Ele estava tão atormentado e dolorido, precisado de morte, dizendo que só ela o melhoraria, que tive pena, e apenas por um instante não lhe ofereci uma palavra de conforto.

— Preciso ir embora, seu bêbado doido e sujo e chato. Saia da minha frente, tenho um compromisso. Saia antes que eu passe por cima de você.

— Você jura? Jura por Deus?

Fiquei impressionada. Ele realmente estava disposto a morrer: como alguém pode se dizer indisposto à vida?

— Você é louco! A bebida fermentou o seu cérebro.

— Isso, isso mesmo! Me mate, por favor! Sou indigno da vida. Já vi tudo o que precisava ver e sei que ela não tem graça nenhuma. Escolhi um caminho de sofrimento, não consigo viver sem ele, e ao mesmo tempo não o aguento mais. Acho que a morte precisa ser mais eficiente, esse negócio de morrer aos poucos é sacanagem.

Ahh, santa paciência a minha. Retorqui:

— Você é digno é de um banho! Eu acho que a morte está atrasada com você porque é desfrutável demais levar alguém nessas condições. Aliás, acho até que o senhor já morreu, que carniça!

— Eu bebo por amor, sou um defunto da vida. Nunca se apaixonou, não? É, menina, nunca teve um descontrole? Se Deus for generoso com você, ou sacana, como foi comigo, você vai se lembrar de mim um dia.

A ladainha estava se tornando muito chata. Eu não consegui entender o açucarado de um bêbado entupido de dramas do coração e comecei a achar que as pessoas inventavam as paixões para se compadecer e terem o que fazer, ou então para continuarem sofrendo, se livrarem do tédio. No caso do fedido, era uma desculpa para a autodestruição, devia acontecer antes de inventar tudo o que o consumia. Até que um dia encontrou uma desculpa perfeita para não se matar sozinho, criou um motivo amigo, uma mulher em forma de pinga.

Buzinei algumas treze vezes e nada de o bicho sair de cima. Enxerguei outro carro ao longe e pensei que seria nesse momento que ele se mataria. Bem, antes outro carro sujo de pinga do que o meu estimado fusquinha. Sugeri:

— Já sei como o senhor vai se matar!

— Ah, é? Que beleza! Diga logo, mulher, você vai me afogar no rio cobrinha?

— Não, o cobrinha está muito longe daqui e é estreito e raso, ia dar muito trabalho. Entre aqui no mato e conte até cem.

— Minha senhora! Cem? Não serve até vinte?

— Muito curto o tempo, ninguém se mata com vinte.

— Só sei até vinte.

— Bom, então conte cinco vezes de vinte.

— Nossa Senhora, que morte doida! Morrer de contar eu nunca vi. Ainda mais eu, que fui comido na memória pela pinga. Deve ter morte assim mesmo. Dói? Não pode ser atropelamento só? É mais rápido e não tenho que pensar nos números. Tenho que morrer logo, logo. E matar a salafrária de remorso. A safada, peçonhenta filha duma égua. A bonita que arde os olhos. Aquela rabuda.

— O senhor não vai matar é ninguém. Nem o senhor, nem a sua mulher. Mas agora preciso que entre no mato, por favor.

O carro se aproximava das costas do bêbado, passaria ao seu lado e, se ele o visse, seria o fim da sua vida fedida. Ele se atiraria e eu precisaria fazer alguma coisa.

— Entre agora, estou dizendo. Quando contar até cem, tudo será diferente, estará morto.

— A senhora jura?

— Juro como ninguém!

— Como a senhora é generosa. Como é linda. É linda? Não enxergo, mas vi que tem dó deste pobre homem. A senhora é um anjo, uma santa. É bonita? Teve medo de me deixar rogar uma praga, né? Praga de bêbado é suicida, não tem jeito, gruda, a pessoa nem do caixão sai.

O bêbado parecia feliz e choroso e deu um passo para o lado, querendo ir para a frente. Acho que pensou em beijar a minha mão para me agradecer. Ele se aproximava de mim e o carro estava cada vez mais perto dele.

— Por favor, fique longe de mim, vamos resolver isso logo.

— Então tenho que escrever um bilhete para a mulher que me matou.

— Ahhh, não, senhor bêbado. O bilhete de despedida é muito falador e eu não tenho esse tempo.

— Mas eu preciso dizer a ela que estou me matando por ela, senão que graça tem? Ela vai gostar de receber um bilhete de amor de um homem que não quis viver sem ela. Isso é romântico, minha senhora. Sabe o que é romântico, não sabe?

Pronto. O bêbado que me atrasava, agora, além de fétido, era romântico e também vidente. Expliquei:

— Só se ela for louca! Ela vai gostar de receber flores, não um bilhete suicida.

— Flores?

Parou para pensar e parecia fazer um esforço tremendo para entender essa nova maneira de agradar a uma mulher. Se esforçou tanto que atirou sem nenhum pudor um traque que parecia mais um tiro de tuba. Arregalei os olhos sem perceber e tranquei as narinas sem querer ver o gosto daquele traque. Disfarcei, como se fossem árvores conversando.

O carro passou, e com ele chegou a descoberta de uma outra forma de chamar a atenção da mulher. A poeira cobriu a estrada e ele nem percebeu, continuou.

— Você acha que uma mulher fica mais orgulhosa com flores ou com o sacrifício de uma vida tirada?

— Acho que com flores.

— Pois eu acho que não, flores são coisa comum.

— Não confia em uma mulher? É uma quem está te dizendo.

— Confiar em mulher? Confio não, de jeito nenhum!

E cuspiu bem perto de mim. Jurei que se me acertasse eu passava e repassava em cima dele com toda vontade, e lhe deixava umas flores.

— Mas, minha senhora, rosas são fáccis de morrer, têm vida curta, as pessoas não. Vou tirar de mim tanta coisa por ela. A vida inteira de sacrifício. A gravidez da minha mãe de nove meses, o bucho dela. As brincadeiras do meu pai, os meus irmãos sozinhos, o luto de todos. Os meus anos até aqui, os cabelos que cresceram, as mulheres que eu ainda amaria e os filhos que eu teria com elas. A vida que ela me daria se eu tivesse vivido e a felicidade que ela perdeu. Como ela seria mais feliz comigo do que com o infeliz com quem ela casou.

Dito isto, o bêbado doído começou a chorar de novo muito alto, histericamente, sem nenhuma vergonha. Caiu no chão, esperneou e estrebuchou, deu tapas no chão como se desse no rosto de alguém.

— Ela vai gostar mais se souber que nunca ninguém a amou como eu, quem se mataria por outro? Isso é o maior presente que alguém pode ganhar. Não há maior prova de carinho do que isso.

— O senhor não morreu ainda, estamos negociando isso. Não vê que ainda estamos aqui conversando?

— Aah, agora estou entendendo quem a mandou. Já sei quem é a senhora, você é a Morte. A própria, aqui, negociando comigo. Nossa! A senhora Morte fala muito, e acho que, para Morte, deveria ter um carro melhor, isso é indigno de alguém com tanto poder. Umas roupas melhores também. Agora fiquei meio decepcionado com a Morte. Os faróis deveriam ser finos como espadas, deveria me matar mais rápido, que morte mais pobrezinha! Estou vendo que me enganaram! Achei que a senhora seria mais importante, estou achando que são várias as delegações e que me mandaram uma das mais ruinzinhas, só porque sou pobre, indigno de um bom velório — ninguém na vida, um fracassado. Sabia que todos merecem um bom velório? Eu não estou aqui fazendo um negócio, só quero morrer rápido e ficar bonito depois, hein? Nada de me deixar inchado, babando um líquido branco que espanta todo mundo. Quero ficar lindo para a mulher se arrepender e me levar no coração. Além do mais, a Morte anda com uma foice e não com uma boca aberta e conversadeira!

O bêbado se convenceu de que eu era mesmo a Morte, que saco. Entrou no mato, resmungando, de peito digno, como se quisesse morrer como príncipe ou um mártir, e foi exigindo saber como morreria.

— Como é esse negócio de morrer de contagem?

— É simples.

— Dói?

— Um pouco.

O bêbado voltou a cara para mim.

— Um pouco? Um pouco muito, ou um pouco pouco?

— O senhor acha que a Morte é tomar um refresco? Quer morrer ou não?

— Nossa senhora! Que morte apressada.

Foi entrando no breu, separando uns matos, e conforme caía, a cada passo dado para esquerda e direita, nadava de peito na floresta, se enfiando para dentro do escuro. Começou a contar. Quando achei que ele não teria forças para saltar em frente do carro pela distância a que dele estava, acelerei o fusca o mais que pude. Ouvia, ao mesmo tempo, que ele gritava:

— Sua desgraçada! Como é depois do seis? Como é que eu vou morrer, filha duma égua de trabalho ruim, sem saber contar?

Ele gritava mas não me alcançava. As palavras ficaram bem ali, no mato. Decerto dormiria depois de se esforçar para achar os números. Eu não entendia o drama de quem sentia o amor. Achava puro charme.

Parei o carro nos arredores da vila, antes mesmo da ponte de madeira, e entrei com ele rente à rua, mas ainda no mato, por um clarão que por lá havia. Como poderia uma vila tão pequena estar tão cheia? Era um reboliço de gente. Atrás das casas da parte esquerda dela, uma pequena multidão se aglomerava, andando devagar. O movimento se via de longe. Fiquei tentando reconhecer alguém, preocupada com o aparecimento de pessoas da minha cidade, tentando achar Juliana ou um dos rapazes. Vi um homem de costas que podia jurar que eu conhecia de algum lugar, mas continuei procurando por Juliana. Diversas pessoas se enfeitavam como em alguma festa típica, flores pelos cabelos, batons vermelhos nas mulheres, homens com flores nas lapelas. Esperei algum tempo, até que passou o homem que eu tinha visto antes, o meu estômago me esmagou. Como é que um estômago se contrai apenas vendo alguém? Era como se o meu corpo tivesse reconhecido o corpo dele, mas a minha cabeça não soubesse quem era. Firmando a vista no homem, encarando-o, percebi.

Era mesmo Tito.

Tremi, e meus dezoito anos traumáticos voltaram à minha cabeça. Por que estaria ele na vila? Por que viria estragar o meu passeio, a festa que eu tanto queria? Ele me parecia um arruinador de momentos. Devia saber sobre a Rainha, claro, estava lá pelo mesmo motivo que eu, curiosidade. Tentei tirar uma planta espinhuda das minhas calças e fui arrancando o carrapicho o quanto podia, me incomodava no movimento ou passo que eu dava e, além do mais, se chegasse como eu estava, era declarado que havia saído do meio do mato. Olhei na próxima vaga, entre uma casa e outra, e lá estava Juliana. Que alegria eu senti em ver a danada! Era a minha chance. Rasguei o mato baixo, abrindo caminho, e desviei por onde dava. Saí em um varal cheio de roupas de uma casa que eu não tinha a menor ideia de quem era. Corri pela frente e chamei Juliana, que, depois de muitas sofredoras vezes, me ouviu.

— Não acredito que conseguiu! Você é das minhas, filha da puta!

A safada gritou nesse tom e eu quase morri. Tito estava em algum lugar à frente de nós.

— Cala a boca, Juliana. Estou aqui escondida. Disfarçada, não vê?

— Claro, demorei a te reconhecer — riu irônica. — Você esta ótima, não se preocupe, se alguém da sua cidade se libertar daquela prisão e dar o ar da sua graça, não saberá que é tu — falava cínica e jocosa.

— É, ainda bem. Até porque acabo de ver do mato um rapaz que não vejo há muitos anos e é da minha cidade, fiquei preocupada.

Juliana mudou de rosto, ficou séria e atenta.

— Tem certeza? Estranho um rapaz da sua cidade por aqui. Acho que está enganada, isso não seria possível.

— Por que não? Esta vila ainda é do nosso município, está ao lado. E tem uma festa como esta. Por que acha que as pessoas não estariam aqui, eu não estou?

— É diferente, você é você. Bem, deixe isso para depois, vamos para o largo?

— Estou muito ansiosa por isso. Não sabe o que eu suportei de medo hoje para estar aqui.

— Estou muito orgulhosa de você, Flor. Isso demonstra que tem vontade própria. Que é menina de peito. E que peitos! Precisa pôr isso para fora, deixar os homens mais seus, grudados em você.

Juliana pegava nos meus peitos e tentava ajeitá-los, mais para me fazer esquecer a tensão do que para moldá-los de verdade, apesar de eu dar-lhe tapas nas mãos e tentar dissuadi-la.

Andamos por entre as pessoas que me olhavam, talvez percebendo uma presença estranha, outros tentando me reconhecer — "mas eu te conheço de algum lugar", dizia alguém. Demorou um tempo para conseguirmos passar por todos, homens e mulheres vinham para conversar, cumprimentando e pegando nas nossas mãos, nos beijando no rosto. Carinhos em excesso, muito estranhos para alguém que não estava acostumada com tantos afagos. Quando chegamos à boca do largo, não era possível ver sequer algumas casas a partir do meio das laterais. Balcões, enfeites com fitas, frutas, sementes e água em cantoneiras para as pessoas lavarem as mãos e comerem comidas que eu não conhecia. Algumas à base de fubá, azeitonas, alho e galinha, enroladas em folha de bananeira e cozidas ali mesmo, em grandes caldeirões perto das janelas. Na porta de todas as casas havia bacias com mel e homens que, no decorrer da caminhada, lambuzavam os rostos com ele. Eu já havia passado por alguns que tinham rostos engraçados, melados e brilhantes.

— Por que o mel e a flor na camisa, Juliana?

— Quer dizer que ele se dispõe e deseja sacrificar sua vida à Deusa, que está pronto para ser o seu noivo — ela me explicou.

— Achei que não tinham nos cumprimentado com beijo porque estavam sujos.

— Nada disso, menina, é porque já se sentem, e estão, comprometidos a partir do mel e da rosa. Seria considerado uma traição, e a Rainha não perdoaria.

— Mas isso tudo de macho vai para a Rainha? — falei da maneira como falava Juliana e ela sorriu, entendendo a brincadeira.

— Sim, esses machos todos são dela. Uma nojeira de desperdício. Perdoe a brincadeira, Rainha mãe — ela disse em tom sério, olhando para o céu, como se falasse com ela. — Mas ela só pega um de cada vez.

— Escute, já que você se comunica com a dona, pode dizer a ela para começar logo? Porque se demorar vou ter que ir embora.

Juliana nem olhou para mim e apenas riu.

— Onde estão Salada e Major?

Procuramos um pouco e os vimos na casa à nossa frente, pintando o rosto de mel. Salada estava meio desconfiado, Major com vontade.

— Salada tem medo?

— Pavor, horror! — disse Juliana. — Ele não está preparado, é muito menino ainda.

— Menino? Isso é questão de meninice? Os homens que se entregam são maduros?

— Claro! Por que é que um homem maduro não quereria saber dos segredos da Rainha? Por que viveria ele sem querer estar com a mulher mais inacreditável do planeta? E a curiosidade? O desejo de conhecer tudo isso? Além de que, quando ele está com outra mulher, o que deve pensar? Esta que aqui está é uma delícia, mas a Rainha, como deve ser? O que ela nos faz? Quando é que vem o encantamento? Quão poderoso deve ser o seu sexo? Todas se tornam aias quando se sabe que existe uma Rainha. Como ser um homem e não desejá-la?

— Mas existe um encanto? Isso parece feitiço.

— Existe um encantamento, como se ela envolvesse o homem no seu mundo, mostrasse o sobrenatural. Por isso o caminho sem volta, o aprisionamento e o estreitamento deste mundo aqui. Ela leva o cara para o mundo dela, e ele vira um escravo perdido, dedicado.

Ah, por favor! Era muita bobagem. Eu só queria saber quanto tempo faltava e quanto ia demorar. Morria de medo que alguém da minha cidade aparecesse e contasse para as titias que tinha me visto naquela vila. Precisava ir embora e a conversa não parava, aquela Rainha não aparecia. Juliana tentou me descansar.

— Não tem ninguém da sua cidade, menina, você está biruta? Esqueça! O seu povo é muito devoto e obediente, não vai se arriscar.

— Como obediente? Obediente a quem e ao quê?

— Ora a quem e ao quê! Aos bons costumes que permeiam tudo. À pressão das pessoas, à fofoca e ao ataque.

Quando ela me disse isso tive a sensação de que alguém me olhava, me encarava. Quanto mais ela afirmava que isso não aconteceria jamais, maior era a impressão de que muitos pares de olhos conhecidos estavam me olhando. Então me virei para a esquerda e vi Tito me encarando, com os olhos fincados em mim, gelei. As minhas mãos e pernas tremeram e gemi para dentro em um susto. Apertei o braço de Juliana e comecei a tentar voltar do terreiro em direção ao carro, mas era impossível sair do lugar, mais gente chegava e afunilava a boca da viela onde ficava a saída.

— Você o conhece, menina?

— Conheço, ele é da minha cidade, o homem do qual te falei.

Juliana ficou transtornada, quicando de raiva, como se odiasse aquele homem, um intruso, acusou prontamente:

— Não é possível. Ele é um invasor, o que ele faz aqui?

— Deve estar curioso, Juliana, apenas isso.

— Que está curioso que nada, o filho da puta. Não tem o direito de estar curioso. Conheço todos os seus, quem chega até aqui é convidado, filho da vila. Você é diferente, é nossa amiga. Os outros são perigosos, sempre tentam nos destruir, não nos querem perto deles.

Fiquei estupefata com o comentário de Juliana, falava de um jeito que parecia que todas as pessoas da minha cidade queriam banir toda a população da Morena, acabar com ela.

— Você não sabe de nada, menina. Nem vai saber, por enquanto, porque esse homem está vindo aí.

Senti que ia desmaiar, aquela sensação horrível de aperto voltou mais forte do que nunca ao meu estômago.

— Não faça essa cara! Aliás, esqueça da sua cara. Busque um personagem. Dê boas risadas, largue essa sua fala esnobe e encarne alguma sem-vergonha dessas que há aqui aos montes. Aproveite, finja que já comeu muito homem, ouviu? Entendeu o que eu disse? Talvez ele não perceba.

Fui idiota demais por achar que eu não iria encontrar alguém da cidade, era mesmo ao lado, separada apenas por uns poucos quilômetros de mato e uma ponte que não separa ninguém. As cidades, no fundo, estavam ligadas por uma estradinha sem-vergonha, e a Vila Morena tinha uma fama extremamente atraente. Só eu mesma para acreditar que seria a única a fugir de casa.

Nem sei se conseguiria falar com Tito em qualquer situação normal, cotidiana — saindo do mercadinho ou da farmácia na cidade —, depois daquilo que não aconteceu, quanto mais aqui! Estava nervosa demais, me sentindo de lado, me lembrando de que eu era nada e que ele preferiu titia, rindo com ela da minha existência. Tudo voltou ao meu corpo. Os meus sentimentos envolvidos em uma decepção de menina, jogados na minha espinha sem nenhuma preparação, que nem um pirulito tirado da boca e enfiado na da minha titia. Mais traição dela do que dele, mas ele também tinha a sua parcela de culpa. Foi ele quem a ajudou a dissimular uma situação irreal, me jogando contra a minha titia, abrindo os meus olhos mesmo sem que eu quisesse ver. Os cochichos dela para ele, os olhares deles, os risos dos dois enquanto olhavam para mim e os beijos nos fundos do salão paroquial eram fatos que deixaram de estar no passado, flutuavam no atualmente. Encontrá-lo agora seria trágico e perigoso, ele contaria tudo para titia Florinda. Estava vindo na minha direção para rir mais de mim e me desmascarar. Deveria disfarçar como um homem educado e jamais comentar o assunto, mas não… O rosto de Tito surgiu ao meu lado, aparecendo depois à minha frente. Bem perto, o bastante para que eu sentisse o seu hálito. Sorrindo e olhando dentro dos meus olhos animadamente.

— Oi.

— Oi, Ti...

Quase comecei a dizer o nome dele, mais para dentro do meu corpo do que para fora, mas ele falou ao mesmo tempo, para minha sorte. Quase me revelei.

— Me desculpe a intromissão. Vi você de longe, e depois disso não paro de vê-la. Você é linda. Não podia deixar passar a oportunidade de conhecê-la. Posso saber o seu nome?

Consegui apenas pensar, fiquei muda. Ele olhava diferente e percebi que poderia estar falando a verdade. Quase me revelei. Acho que preferiria que ele tivesse me reconhecido, agora seria pior. Como é que eu lidaria com isso? Eu teria que seguir os conselhos de Juliana. Enquanto ele falava eu pensava, não ouvia os detalhes, mas houve um momento em que era impossível ignorar. Ele me chamou de linda, especial, e estava rodeando a minha vaidade de todas as formas. Como podia? Era como se ele tivesse o descaramento da mentira, mancomunado com titia em alguma farsa, e se ela o tivesse mandado para me vigiar? Como se ela fosse aparecer em meio minuto e me levar para casa sob muita vergonha, ou levá-lo com ela depois de algumas risadas, me deixando à míngua com as minhas vontades.

Juliana foi a minha voz.

— O nome dela é Flor de Laranjeira, é como a chamam, rapaz. Mas para você é apenas Flor, é prima minha que veio do interiorzão, meio bronca. Não ligue, meu bem, quase muda, sabe. O meu nome é Juliana, e o seu?

Tito respondeu seu nome para Juliana sem passear os olhos por ela, como é de costume fazer quando se é apresentado. Os seus olhos estavam em mim. Continuou enfiando os dele nos meus, e no meu corpo, acabando comigo. Talvez a Rainha fizesse aos homens aquilo que ele, com os olhos, fazia comigo. Achei que ele sabia como se fazia o encantamento.

— Você está gostando? Está há muito tempo aqui?

Conforme Tito me fazia todas essas perguntas, ia chegando mais perto, pegando a minha mão e a beijando suave, em frente à minha boca. Sem tirar os olhos dos meus, olhando um e depois o outro, alternando com a minha boca. Respondi com a voz trêmula, gaguejando, o tom muito baixo.

— Es-es-estou gostando muito. Cheguei há-há-há pouco tempo, conheço quase ninguém, mas me sinto em casa. As pessoas são carinhosas.

— Quer dar uma volta, ver o que tem nessas barracas? Vamos beber alguma coisa — convidou ele, completamente desenvolto.

— Não, obrigada. Preciso ficar com a minha prima Juliana, não é, Juliana? Combinamos de passar a festa juntas.

— Imagine se você vai passar a festa comigo tendo um homem lindo que quer passar com você!? É bom que vá, porque assim eu arrumo alguém.

Tito insistiu.

— Vamos beber alguma coisa?

Balancei a cabeça aceitando, sem pensar. Beber, eu? Dei uma olhada para Juliana tentando que ela me ajudasse a ficar com ela, a maldita apenas ria muito. Debruçou no meu ombro e enfiou a boca na minha orelha, fofocou: "Morreu, lagartixa".

12. Na ponta dos meus seios, Tito

Percebi desde logo que a bebida era só uma desculpa, eu via que as intenções de Tito eram mais profundas. Depois de esperar tantos anos por um romance, pensei que talvez eu já tivesse passado o ponto da espera, já estava nos tempos da desistência e do medo agudo de entrar em um. Na desistência não se treina o romance, e sim o não procurar. Por dentro, eu estava uma velha, mais velha que dona Cândida ou dona Carina, e os meus nervos também tinham percebido, mas como é que se diz "não" a um homem? Principalmente quando nunca se disse, e quando a vontade, se houvesse oportunidade, sempre foi a de dizer "sim". Pela primeira vez, deixei que o corpo me ordenasse, feito bicho, com tudo aquilo a que eu tinha direito.

Tito comprou nas barracas uma bebida estranha, meio suja, amarelada, e pôs um copo à minha frente.

— Uma para você e outra mais forte para mim.

— O que é isso?

— É uma bebida fraca, feita apenas aqui na vila. Disseram

que é uma bebida à base de milho, deve ser boa. Vai, apenas para te alegrar, bebe.

— Mas eu estou alegre, não preciso da bebida.

Cheirei o copo e não percebi nada de milho, apenas álcool. Tomei a metade e fiz uma careta que não sei como Tito não desistiu de mim, esperei que ele olhasse para o homem que dava o seu troco para jogar no chão mais da metade da bebida e tomar rapidamente o que tinha restado.

— Nossa, já acabou? Você é rápida, linda.

— Remédio se toma rápido.

Mirei os olhos no chão porque estava impossível dar conta do recado que os dele me mandavam. Veio à minha cabeça que eu não me achava com a capacidade da minha titia Florinda, mas comecei a me testar, a testá-lo. Entrei na brincadeira e na personagem, e pensei com força, sem dúvida me atrapalhando, como pensaria uma das meninas da vila. Agora você vai ver, seu Tito. Ele notou a diferença imediatamente, gostou do brinquedo e deu corda, chegando perto dos meus olhos, disse que tinha gostado de mim desde quando me olhou na festa pela primeira vez, vira que eu era linda, cegamente linda. Eu acreditei. Segurou o meu rosto com a mão direita, baixou o seu corpo, e com o braço esquerdo me pegou pela cintura, os meus pés levantaram feito bailarina. Olhei mais do que ele me olhava e o beijei primeiro do que ele a mim. Fui buscar aquele beijo como se ele estivesse atrasado vários anos. Dominei, levei os braços atrás do seu pescoço e encostei os peitos no seu corpo, continuei nos seus olhos do começo ao fim do beijo.

— Vamos sair daqui? — perguntei com a boca colada nos seus lábios.

Ele não disse nada, apenas me levou pelo braço, andando contra o fluxo de gente, sempre aumentando.

— Para o carro? — perguntou.

— Carro? Não entendi... — perguntei assustada, achando que ele sabia de mim e do fusca escondido no mato.

— Tenho um carro, podíamos ir para dentro dele. O que acha, tem medo?

Concordei. Estávamos indo para o começo da vila, em frente ao bar do carnaval, e pela primeira vez eu o vi fechado. Ele andava rápido, à minha frente, desviando das pessoas, virava para me ver, me fitava nos olhos e continuava a andar contra o rio de gente. Eu o encarava, e o gosto pela minha sedução adquirida aumentava, me fazendo desmontar e afrouxar do que havia de duro e sem uso. Fui em frente e comecei a sentir o meu corpo, aí entendi. Rebolei, como se esse andar fosse um prazer dos maiores, roçando as coxas e as nádegas uma com a outra, na total interligação das minhas diferentes partes, bandas, lados do meu corpo — antes, sempre separados ou adormecidos. As minhas partes existiam apenas quando as olhava, as lavava ou quando me machucava. Agora eu as tinha, eram a minha casa, uma casa onde eu gostava de estar, e por lá ficava, como se ela fosse a melhor. Usava o meu corpo com força, total domínio, os meus quadris eram orgulhosos, e o olhar perdido dos homens à minha volta me dava a satisfação de um escultor quando percebe que as pessoas estão hipnotizadas pela sua obra. Eu era uma escultura de açúcar, mal sabiam eles que enxergavam apenas o que eu os fazia enxergar. Era a verdade absoluta. Os olhares dos homens na volta do caminho eram totalmente diferentes daqueles de quando fui, na ida, com Juliana.

Fomos para o carro de Tito, que estava estacionado no começo da vila, paralelo ao meu, mas dentro dela, na luz. Olhamos em volta. A pequena turma que passava parecia não se importar conosco, se dirigia rápido para a festa. O seu carro era verde e largo, um último modelo de um dos carros da moda, grande, desses que se pode morar dentro. Entramos. Ele me olhou e me pôs dentro dos olhos durante algum tempo, eu não os perdi. Passou a mão na minha nuca e depois olhou a minha boca, os meus seios, e voltou aos meus olhos. A nossa respiração se falava, o meu coração me alertava de um tipo qualquer de desconexão, de choque — um qualquer sentimento amedrontador do controle que sempre tive de mim e que agora estava indo embora. Uma gaze extensa e forte nos avolumava, nos embrulhando. Eu muito disfarçava, não sabendo se ele percebia, devia estar gelada, não conseguia falar, mas mesmo assim sentei no colo dele. Beijei-o primeiro, outra vez. Ele me levou, me conduzindo como em uma valsa, aquela que não tínhamos continuado antes. Rabisquei o meu aniversário passado, anulando-o, começando agora a minha maioridade. Tito tocou em mim onde eu sentia o meu coração mais forte e quente, eu tinha o que desconhecia entre as pernas, um animal criado, ardendo — uma armadilha quieta, pronta a capturá-lo. Ele apertou uma das minhas nádegas e mordeu-me os lábios, desabotoou a minha camisa. Beijou a ponta dos meus seios e encostou o pinto na parte que mais se adequava a ele. Chamei, mais uma vez, por Deus, e nada. Chamei pelo Diabo, e nada. Percebi que estava perdida quando notei que o encaixe dos nossos corpos era perfeito demais, que eu não teria forças para parar o que me parecia ser o sentido mais desejado de toda a minha vida. O meu corpo era o imperador. A minha parte inferior era a cabeça dominante, a de cima apenas torcia para que tudo acontecesse, estava como um rio de pensamentos soltos, inconsciente, ou quase. Ele pôs o seu corpo dentro do meu e eu queria que ele nunca mais saísse de lá, que fosse morar comigo, dentro de mim e, apesar do caminho fechado entre os meus lábios, parecia que eles tinham se arreganhado para que ele entrasse mais rápido, a ardência bem menor do que o prazer. Parecia que ele poderia entrar com tudo, pernas e braços, e eu não o deixaria mais ir embora. Eu o capturava, e era para nunca mais sair, para ser o meu prisioneiro.

Rufaram tambores na festa da Rainha e muitos gritos de comemoração atravessaram o caminho, chegando até nós. Eram, possivelmente, para saudar a própria Rainha, chegando. Para mim, estavam comemorando a minha felicidade, eu me sentia poderosa, como as minhas titias Florinda e Margarida, mais do que elas, inclusive. Tito me parecia um homem experiente, sabia a arte prazerosa de levar uma mulher a suas boas loucuras. Parecia se orgulhar a cada sensação inimaginável que eu demonstrava, arregalando os meus olhos, me apertando com os dedos, braços e pernas. Entendeu a minha inocência, mas não precisou ditar muito sobre aquilo que eu devia fazer. Como pude viver tanto tempo sem saber deste segredo? Era o maior cume que o meu corpo já experimentara. Junto aos delírios do gozo, ouvíamos os gritos da população da pequena vila, gritos de saudação, comungando com os gritos do meu corpo. Ali estava: o maior de todos os sentidos. O que todos mereciam. Todos os filhos de Deus, o maior dos milagres: o orgasmo puro. Neste caso, o meu orgasmo.

Tive os sentimentos eruptivos sem economias, como quando do vi o casal namorando no mato, mas, com a companhia do corpo de Tito, o mato era uma pequena parte, uma introdução. Demoramos pouco, perto de tanta vontade. Olhei pela janela e a madrugada parecia perder a cor no horizonte, percebi que logo, logo, o sol nasceria e vesti a roupa. Dei um beijo no seu rosto sonolento e fui embora enquanto ele cuidava de mim, com olhos carinhosos. Preocupada, me esqueci de combinar qualquer futuro e saí perambulando pela rua, fui por dentro da vila, atrás da casa por onde entrara antes, adentrando na clareira onde deixara o carro. Entrei no fusca e um vulto se aproximou sem aviso, me assustando. Uma mulher muito bonita, de cabelos longos e perfume de flor de laranjeira, olhos profundos em mim e sorriso acalentador — uma Dama. Olhou para mim devagar e beijou a minha testa, voltou a entrar, sem medo, na mata selvagem.

Dei ré e voltei rumo à cidade. Os pensamentos e as lembranças se confundiam com o cansaço da hora e dos tantos novos acontecidos. Antes de chegar, desliguei o fusca, me aproximando de casa em ponto morto. Abri a porta, que rangeu a sua histeria e fofocou a minha chegada, e trombei com Odézia, que estava lavando os sapatos das titias.

— Ai que susto, Dedé. O que está fazendo tão cedo de pé?

— Eu é que te pergunto, menina! O que é que está fazendo de pé até agora? Na certa as suas titias não sabem disso, não é?

— Havia uma festinha hoje na cidade, alguns amigos antigos que eu não via fazia muitos anos, que tinham se mudado para o sul. Eles finalmente me convidaram a estar com eles, estive esperando por isso durante toda a vida, Dedé. Não tive coragem de recusar.

— E as suas titias não sabem disso, não é mesmo?

Pensei em responder sem qualquer pingo de educação, mas seria pior. Então agi com paciência e conversei carinhosamente com ela.

— Elas não podem saber, ficariam doidas. Além do mais, não se importam muito comigo, e eu precisava saber o que é ser adulta. Poder escolher sem pedir, entende? Perceber se eu saberia me controlar sozinha ou não, querer entender como é ser minha, e acho que o fui esta noite.

— Foi o quê?

— Fui minha, Odézia. Eu gostei de ter o controle de mim mesma.

Odézia parecia perdida, confusa. Arregalou os olhos para mim.

— Ahh, você não está sendo uma boa menina com as suas titias, elas são cuidadosas com você.

Dei um sorriso cínico, como se dissesse: "Dedé, não precisa mentir".

— Está bem, não vamos discutir agora, conversamos noutro dia sobre isso. Suba logo antes que alguém acorde.

— Você não vai dizer nada, não é, Dedé, por favor?

— E eu já te prejudiquei em alguma coisa? Não se preocupe, vá logo, antes que seja tarde e eu não precise guardar nenhum segredo.

— Obrigada, Dedé, você é uma verdadeira amiga.

Dedé sorriu. Beijei-a em agradecimento e subi ao meu quarto, sorrateira que nem um ladrão. Quem não pode contar a verdade aprende a mentir com destreza.

13. Maturidade, chá de carqueja

As chuvas são deveres de memória, angústias de surras ou cerimônias de ausências. Os pecados se apagam nelas e são levados por elas, lavados e encharcados. As curvas da estrada levam todos a fazer as suas sinuosidades e, quando não as fazemos, as consequências são graves. Os dias passavam, mas não por mim, eu estava ainda nas cenas que me cercavam. Não vi mais Tito, parecia que não estava na cidade, e mesmo se ele aparecesse, o que poderia eu dizer? Como seria a minha aproximação? Dado o excesso de mentiras, estaria eu condenada a não continuar o que havia começado?

O meu trabalho andava arrastado e malfeito, as titias cobravam muito. O espaçoso do seu Maurício mandava flores e recados a dona Carina outra vez, e um misterioso homem começava a cortejar uma dona Esmeralda da padaria com rosas vermelhas, sem bilhetes. Padre Carlos não perdia a fé nas suas rosas brancas.

Os homens que limpavam o jardim precisavam de mim para continuar o primeiro quarteirão, e eu precisava de fôlego, e de entender e apaziguar as minhas agonias. Tito se intrometia em tudo, se punha à frente de tudo, e nas costas de quem ele não conhecia. Eu o via em todos os homens, ouvia-o em todas as vozes, os sustos eram constantes. O meu corpo o esperava ao mesmo tempo que estava cansado — meu alerta estava ligado apenas para ele. Um verdadeiro inferno começou a me tomar, o meu corpo pedia por ele, suplicava, uma crise de abstinência começava. Um choro terrível começou me atacando pelos cantos da casa, e eu não me identificava mais dentro de mim, independente, como eu era antes. Era um vírus, um câncer que começa por um pequeno grão e toma tudo, do corpo ao final do cérebro. Agora eu entendia o vício aflitivo da paixão, entendia o bêbado. Senti falta de ar, desespero e coceira nas pernas, choros espirrados sem pausa, vontade de correr, de morrer, de sumir, de não amanhecer, de grudar no homem que me atraía e nunca mais soltá-lo. Até que uma febre de quarenta graus me fez delirar e trazer para perto de mim Odézia, minha única amiga.

— O que ela tem? — perguntaram as titias à beira da porta, sem entrar.

— Apenas febre e gripe, nada demais. Vou cuidar dela.

— O que será de nós amanhã se ela não se levantar para trabalhar, Margarida? Contrataremos alguém para esses dias? O que faremos?

— Bem, pusemos os homens para terminar o que já foi separado, juntamos e mudamos as plantas catalogadas. Vamos deixá-los estudando o jardim, mudando algumas roseiras de lugar e organizando o que podemos, esperando pelas melhoras dela.

— Está bem, amanhã pela manhã conversamos e vemos se houve melhora. Vamos dormir. Boa noite, Odézia.

Ao mesmo tempo que achava que estava dormindo, eu ouvi tudo, e aceitei as suas preocupações, embora eu preferisse um beijo na mão, no rosto. Talvez eu precisasse apenas de uma família. Pensei em Juliana.

Delirando, dentro da febre, eu via Tito no jardim, brincando comigo e com os meus sentimentos, nunca o alcançava. Ele reaparecia, e puxava a minha saia e os meus cabelos, assoviava e desaparecia, eu sempre nas tentativas frustradas de alcançá-lo. Quando quase conseguia, ele sorria longamente, irônico, e era engolido por milhões de formigas que o envolviam e levavam. Acordei com Odézia me falando em tom escuso e silencioso.

— Já sei dos seus segredos, menina.

— Como, Odézia?

Achei que os meus delírios tinham lhe contado tudo. Ela diria o nome de Tito, da vila, dos meus amigos. Tudo.

— Isso é desengano de homem, é coração machucado, uma revelia de alguém.

As palavras de Odézia desencadearam um choro desenfreado.

— Como melhorar de uma paixão, Odézia? Qual o remédio? Não posso com isso, não quero mais, me ajude. Estou manca de um olho, cega das pernas e surda das mãos. Estou dando topadas no ar e não reconheço mais nada. Tudo o que eu tinha não me serve mais, me quero de volta. Preciso da sua ajuda.

— É preciso paciência, menina. Vou te dar chá de carqueja, vai diminuir o desespero. Não é no coração que se aloja o líquido espesso da paixão, mas sim no estômago, o coração apenas sofre o rebote do veneno.

Ela me explicou tudo: a carqueja limpava os fundos do corpo, o segundo cérebro, o lugar onde se guarda o labirinto dos traumas e onde mora a memória.

— Preciso desse remédio com urgência, Dedé. Estou muito doente.

— Menina, a isso se chama maturidade. É preciso ser de

alguém um dia. Você não adora os livros, os poemas e os romances? Nada melhor do que ter um seu. Só precisa ter cuidado para não se perder, mas vivemos para isso, o desejo da gente é esse. A vida toda é assim. As roupas, a literatura, os bailes, o comércio…

— Pare com essas frases, Dedé, já entendi. Estou me sentindo dominada, estou dominada e fui vencida.

— Do que está falando, menina doida? Está delirando?

— Estou completamente perdida. Não é bom se deixar, se abandonar por outro, Dedé. Ainda mais quando ele não quer nada com a gente. Ainda mais quando o outro não existe, ou eu não existo para o outro.

— Como assim, menina? Está delirando outra vez, que história é essa?

— Eu não o conheço, não sei o seu nome todo, ou onde está neste momento. Estou apaixonada sem o meu endereço, ele não sabe quem sou. A paixão pela qual o meu corpo pede um antídoto é surda, cega e muda. Estou desesperada, como todos os cartões de amor que guardo, quebrantados. Como o bêbado que encontrei há dias ou como seu Maurício, que horror! Todos dos quais eu ri por tantos anos. Estou doente do mesmo mal que eles, Dedé, dentro da loucura. Agora são todos meus amigos, da mesma tribo, os meus parceiros nesses sentimentos. Tomamos um copo do mesmo veneno, e o que fazer? Me sinto péssima.

— Você diz cada coisa! Não sabe quem ele é?

— Sei quem ele é, claro. Mais ou menos — mais para menos. Não sei onde encontrá-lo, como fazer para ter coragem de procurá-lo. E se eu o achar e ele não souber quem eu sou? Não aceitar a minha vida real? E se ele estava mentindo com os olhos e com a boca? Se ele for um sedutor ou um mentiroso?

— Como? Mas você está apaixonada e ele não? Não entendo essa sua história, está muito complicada. Você se encontrou com ele?

— Não sei quem ele é, ou os seus pensamentos sobre esta cidade, a sua profissão ou o seu nome todo. Eu saberia, apenas falando com ele, se tem outra pessoa? Como poderei saber a verdade dele se a minha verdade contada para ele foi uma mentira? Como se descobre quando um homem fala a verdade se dela ele não falou? Pode ser tudo mentira.

— Você quer se casar com ele? — perguntou Odézia prontamente.

— Como?

— Se quer se casar com ele! Podemos falar com as suas titias e com a sua madrinha, que nunca foi muito presente, mas gosta muito de você, Giza. Elas podem promover o seu casamento, podemos ir atrás dele, saber das suas intenções...

— Do que você está falando? Eu não disse nada disso. Não, de jeito nenhum, isso jamais! — quis me levantar da cama, sair daquela conversa, mas Odézia me segurou.

— Calma, é apenas uma pergunta. Você não está diante do padre, na cerimônia, para que fugir dessa maneira? Não quer se casar? Por quê?

— Acho que nunca pensei sobre isso, ou pelo menos não me lembro. E eu não falei de casamento, falei de paixão, é uma outra sensação. Eu quero estar com ele, não penso em nada mais além disso.

— Mas é isso, querida. Você quer estar com ele, então quer casar, é por isso que acontece o casamento. As pessoas querem ficar juntas.

Odézia não estava entendendo nada de nada.

— Não é isso, mulher! Quero beijá-lo! Viver uma história do tamanho que sinto e pronto. Apenas e tudo isso. O casamento não é o motivo. A razão é a paixão, entende o que digo, Dedé?

— Isso é muito difícil para mim, ou é casamento ou não é nada. Ou é essa coisa, ou não é nenhuma outra! O que entendo é apenas que quando a gente gosta de alguém a gente quer casar!

— Neste momento, o que penso é que ele é o homem que pode esclarecer muita coisa. Tenho a sensação de que vou morrer.

Odézia riu do meu exagero.

— Ah, também não exagere, Giza. Ninguém morre de amor, pelo menos hoje em dia. Ele pode deixar feridas, mas matar, nunca ouvi falar.

Me lembrei outra vez de seu Maurício, agora eu era ele, e Odézia eu, a "eu" de antes. Ele sabia do silêncio desaparecido, e talvez soubesse para onde tinha ido.

— Você não é Florinda, ela é quem tem dificuldades com o casamento. Não, você não pode imitar a sua titia nisso, hein? Ademais, ela não achou ainda a paixão que move um casamento, você sim. A sua titia já deveria estar casada.

— Eu não estou falando do casamento, não me venha com frases feitas e pressões, estou falando de falar com ele, Dedé. Ele me olharia pelas costas, riria da minha cara. Ele mora em alguma cidade grande, isto é ultrapassado demais para ele, e vergonhoso para mim. Não posso, Dedé, esqueça.

— Hum, é forasteiro? Então nem chegue perto, como pôde se apaixonar por um forasteiro? Esses não são bons homens para casar, esses nem casam, menina!

— Não me torture, Dedé. Será que não entende o que estou falando? Estou precisando apenas de um colo.

— Bem, então você vai amargar essa paixão sozinha. Se nem consegue ir atrás dele, pelo menos fale e escute. Me conte quem é para que eu possa ajudá-la. Está aqui o chá de carqueja, tome. De agora em diante, vai tomar uma xícara ao se deitar e outra em jejum, pela manhã. Vai ajudá-la a se sentir mais forte e a digerir os sentimentos pesados, ele vai lavar por dentro os seus intestinos, fígado, rins, estômago e o veneno impregnado deixado pelos cantos, nas dobras das tripas.

— Está bem, Odézia. Obrigada.

Tomei um gole de um amargo tão forte que poderia curar qualquer coisa. O casco de árvore boiava na superfície da água e, ao machucar os cavacos, apenas o sumo mais amargo saía. Mastiguei o pedaço na intenção de arrancar tudo. Se a memória era o que me prendia a ele, então precisava ficar sem ela. Com aquele sabor horrível... Tinha que curar! Pior que aquilo não havia, era mais forte do que qualquer coisa, não matava somente o veneno, devia matar as vitaminas, o coração desistido e os fantasmas. Adormeci.

14. Assustar o medo

A carqueja era um coringa, feito carranca em proa de barco, tirava não só os demônios, que têm medo, mas os anjos também, tamanha era a feiosidade. Sonhava, ou alguém me dizia… Me mandava bilhete.

Eu sempre te cuidei, menina. Desde quando nasceu. Você é importante para mim, te tenho como a uma filha. Conte sempre comigo, gosto quando me chama para participar da sua vida.

Tentava dormir, sonhava e acordava. Sempre Tito. Brincando no nosso imenso jardim outra vez, com os roseirais, com os meus sentidos, me assustando. Atraindo o meu ser, correndo e saltando, pegando no meu rosto e despindo a minha camisa branca. Aparecendo por trás do meu corpo, mordendo a minha nuca, e eu sem nunca conseguir tocá-lo. Não o achava por dentro nem por fora de mim. Passava um momento e ele aparecia outra vez, punha uma flor de cor desconhecida nos meus cabelos. No meu sonho, todas as rosas lhe obedeciam. Brincava de se esconder e me deixava tonta, rodando atrás dele. Riscava um mapa estranho na terra vermelha, apontando para alguma coisa misteriosa dentro do jardim, e quando eu o tocava no rosto, as formigas cabeçudas, maiores que o costume, o cercavam, se amontoando nele. Cobriam-no como a um inseto, ou a uma migalha de pão, e o levavam para um lugar inalcançável, para o misterioso buraco daquele formigueiro maldito. Eu não conseguia entender, me mexer, sonhei a mesma coisa por alguns dias. De manhã, eu acordava molhada de suor, cansada, como se não tivesse dormido uma mechinha, um montinho de tempo sequer. Na verdade, eu deveria tê-lo enfrentado, mas quando acordava me deparava com um assunto para o qual eu não tinha a capacidade de enfrentamento. Sempre achei que todos os adultos deveriam ter alguma tática ou brincadeira para que uma criança pudesse se defender ou fazer escolhas nos seus sonhos ou pesadelos, isso nos ajudaria na vida, no nosso dia a dia. Tentei por algumas vezes dominar os sonhos e ter consciência enquanto sonhava, discernir que era um sonho, dirigi-lo e conseguir enfrentar os piores: um monstro, um diabo, um afogamento. Quando eu tinha mais medo, dizia a mim mesma que aquele sonho, por mais que fosse um pesadelo, era meu, e eu tinha o direito de fazer o que quisesse com ele. Depois disso, eu me mantinha dominante. Eles, os medos, se assustavam comigo e desapareciam, nunca mais me visitavam. Nunca mais puderam ser monstros, passando a covardes. Se eu tivesse continuado com o enfrentamento que me propus fazer na infância, dentro dos meus sonhos, não estaria agora, a propósito da minha covardia, sofrendo.

Depois de alguns dias deitada ao lado da febre, resolvi que não poderia me internar dentro dos meus pesadelos.

15. Diagnóstico reservado

Levantei o corpo da cama, trêmulo e fraco, segurando nas paredes do quarto e tentando me vestir.

— Onde você vai?

— Vou sair um pouco, Dedé. Ver a luz do dia.

— Se ainda está se agarrando assim é porque está debilitada, não pode sair enquanto estiver desse jeito.

— É, tenho que me recompor, parece que estou saindo de uma facada.

— Nossa, menina, que exagero!

— Eu também pensava assim, antes deste sentimento atormentador. Vou tentar ver o homem que está causando tudo isso, ver se é isso tudo mesmo. Quem sabe assim, se ele não corresponder, ele não derrete e me deixa em paz.

— Então ele está na cidade?

— Não sei, mas preciso saber.

Odézia me ajudou a vestir, tinha preocupação nos olhos. O meu vestido era muito grande, eu tinha atingido um peso irreal de tão pouco, mal conseguia usá-lo.

— Tudo bem, você quer ir, vá. Mas eu vou junto.

— Não pode ir comigo, Dedé. Não sairei do carro, prometo. Vou apenas visitar uma amiga e saber se há alguma novidade, se tenho alguma resposta. Se você for, ela não vai se sentir à vontade para me esclarecer.

— Está bem, mas qualquer coisa que aconteça de ruim a você, saiba que terei que avisar as suas titias, por isso não se demore e não se arrisque muito. Preste atenção ao seu estado e não abuse.

Fui em direção à vila, mal poderia pensar em ficar longe dela. Passei por todo o caminho me desviando dos buracos sem perceber. Não sei como cheguei, mas estava lá. Parei o carro um pouco mais adiante, em frente ao bar carnavalesco, desci e fui direta.

— Bom dia, menina Flor, quer que eu prepare o seu suco? — perguntou o dono do bar com total intimidade.

— Não, obrigada. Estou procurando uma amiga.

— Juliana não está. Deve estar em casa, vá até lá, é a segunda virando à direita na viela.

Entrei no carro novamente e ouvi de longe o dono do bar dizendo, zombeteiro:

— Não precisa pôr o cinto de segurança, nem passar à segunda marcha, menina, senão a cidade acaba e você nem vai notar. É logo ali.

Fui, mesmo assim, de carro, a fraqueza era demais. Chegando em frente à casa, bati na porta de madeira fina com a pouca força que me restava.

— Juliana, Juliana?

— Quem é?

— É Flor.

Ela abriu uma fresta e ficou com um olho só para a rua.

— Oi, menina, como você está?

146

— Sendo destruída, não sei o que fazer, tudo é hipótese.

— Vixe.

Ela continuou com o mesmo olho e no mesmo lugar. Não estava muito à vontade. Tentei entrar mas ela me impediu, pedindo que eu esperasse por ali. Vestiu uma roupa e sentou na calçada.

— Desculpe, menina, mas estou trabalhando. Sabe como é, uma puta trabalha assim.

Juliana falava sobre ela mas eu só me ouvia. Não conseguia me livrar do estado em que me encontrava nem disfarçá-lo, não me importava com mais nada. Ela percebeu tudo imediatamente.

— Você se apaixonou pelo homem, não foi?

— Por que você me deixou fazer aquilo, Juliana? Por que não me ajudou a parar?

— Mas se você não queria parar, o que poderia eu fazer? Dizer que a Rainha estava vindo? Nem isso te faria ficar, Flor.

— Estou desesperada.

— Transou com ele, não foi? Isso não é qualquer coisinha não para uma menina como você. Está parecendo uma doente, uma viciada, menina. Qualquer puta ou avó descobriria isso.

— Puta ou avó?

— É, as duas têm sabedorias parecidas para adivinhar essas coisas.

— Ele apareceu? Procurou por mim?

— Quem, menina?

— Como quem? Tito, pelo amor de Deus — disse esbravejando.

— Você está endoidecendo, é? Está procurando o macho da sua cidade aqui? Ele esteve por aqui, sim, mas não posso te contar agora, estou trabalhando, entendeu?

A porta se abriu e a voz de um homem velho saiu pela fresta:

— Você vem ou não vem? Se eu quisesse ficar sozinho não precisava pagar, né?

Juliana respondeu, enervada:

— Estou indo, caralho! Segure a peteca. Flor, me escute, daqui a alguns minutos posso te encontrar no bar, mas agora é impossível, me espere lá, está bem? São apenas alguns minutos e pronto. Fique calma. Esse cliente só quer conversar, está no final da lenga-lenga.

Voltei e esperei no bar. Fiquei no cantinho, perto da vitrola que tocava músicas com letras que pareciam recados para mim: "Taí, eu fiz tudo pra você gostar de mim/ Oh! meu bem, não faça assim comigo não!/ Você tem, você tem que me dar seu coração!".

— Quer um suco de pitanga com mel, Flor?

— Me dê uma coisa bem forte.

— O quê, Flor? Acho que não compreendi.

— Preciso de qualquer coisa que me acalme, uma aguardente.

— Não pode ser, quer conversar? A senhorita sabe que aqui a gente faz de tudo um pouco, né? Conversa, faz carinho na cabeça para melhorar, canta, faz farra. De um tudo, viu?

— Quero apenas um trago de aguardente, por favor.

— Pinga?

— Meu Deus, me dai paciência! Sim, menino, pinga! Ou se preferir: uma água de cana, água que passarinho não bebe, arrebenta-peito, azuladinha.

Nessas horas, os poemas dos boêmios e os romances que li me serviam bem, eu estava falando sério. Ele enrolou um pouco e tentou que eu mudasse de ideia. Ficou olhando cada garrafa, querendo que eu escolhesse, à espera de que eu desistisse. Começou leve.

— E o que vai ser? Pitu, Pirassununga, Vento de Lampião, João Walter, RediLeibol?

Ao mesmo tempo que lia, olhava para mim para ver se eu conseguia escolher. Como não consegui, foi piorando...

— Leite da Mulher Amada, Amansa Corno, Chora Rita, Sem-Vergonha, Peladinha...

— Não aguento mais! Chora Rita! Chora Rita está ótimo para mim.

— Sim, senhora.

Pôs um trago na mesa e eu virei o copo na boca, deitando o tronco sobre as pernas. Não contente, a radiola, para acompanhar a minha tristeza, tocou: "Oh! jardineira, por que estás tão triste?/ Mas o que foi que te aconteceu?/ — Foi a camélia que caiu do galho,/ Deu dois suspiros e depois morreu". Eu me sentia a própria camélia, caindo do galho.

— Menina, não se desespere, isso passa. Não sabe como chegam alguns homens aqui, desesperados. Ontem mesmo, tinha um que tomou uns três tragos da pinga Leite da Mulher Amada. Um moço bonito, jovem, da cidade grande, precisava ver.

— Qual o nome dele?

— E eu sei?!

— Ele tinha um carro bonito e grande? Verde?

— Isso, isso mesmo! Ele era alto, olhos fortes e acastanhados, cabelos cacheados. Estava muito mal.

O meu coração deu um pulo e a minha voz disse baixinho para mim: "Era ele! Só pode ser".

— Ele estava arrasado, nem conseguia falar. Calado e muito triste. Depois de beber um pouco, dizia que todas as mulheres eram iguais, que ele tinha uma má sorte com elas. Precisava ver o homem, como estava desesperado. Ficamos conversando com ele por muito tempo. Todos os amigos que estavam aqui ficaram em volta dele e o adularam.

— Onde ele está? Está por aqui?

— Não, Juliana falou alguma coisa com ele. E então ele disse que iria embora. Falou alto, chateado mesmo. Para todo mundo ouvir. Desabafou com a gente. Foi sincero que só vendo.

— Não pode ser. Não é possível. O que ela disse? Para onde ele foi?

— Juliana lhe disse que quem ele procurava não estava mais aqui. Que voltara para o interior.

— O quê? Como ela pôde? O que eu vou fazer agora? Preciso ir embora. Quanto devo?

Procurei por algum dinheiro no bolso, mas precisei pedir para pendurar no meu nome no boteco e o moço pendurou uma notinha escrita à mão em um mural, com a data. Junto a vários nomes, estava agora o meu: Flor de Laranjeira.

— Tudo bem, Flor, você é da casa. Vou deixar aqui no muralzinho apenas para não esquecer.

— Está bem e, mais uma vez, me desculpe.

— Claro, Flor, não tem problema. Você vai conseguir chegar em casa?

— Eu preciso muito, e acho que agora será mais fácil.

Entrei no carro e, quando rodei a chave na ignição, ouvi a voz de Juliana.

— Flor! Oh, Flor! Moleca?

Dei a volta com o carro e fugi. Não suportei a dor de saber que Tito fora embora e não conseguiria falar naquele momento com Juliana. Preferi ir para casa e ficar só.

A pinga amolece os sentimentos, relaxa os nervos trêmulos e deita calma nas mágoas. Entendi por que há tantos bêbados no mundo. Muita gente anestesiada, dando um tempo para o sofrimento. Não importava para onde iríamos, sempre haveria no interior, na cidade, um cachorro eternamente vira-lata, acompanhando o seu eterno amigo bêbado.

Acordei depois daquilo que me pareceu uma ausência de

horas. O meu fiel fusca me levou até os fundos de casa, mas não me impediu de desmaiar.

— Giza? O que aconteceu? Você está bem?

— Não, Dedé, não estou. Preciso que chame um médico.

— Meu Deus, vou chamar o dr. Heitor.

Mesmo muito fraca, pensei: "Aaah, não, o velho não!".

Odézia chamou os homens que trabalhavam no jardim para me levarem ao quarto, nunca tinha olhado a casa de tal maneira, tudo era teto. As madeiras grossas de árvores, muito velhas, nobres, atravessavam as salas inteiras sem emendas, eram centenárias. Covardia com as pobres árvores, eram mais bonitas se estivessem vivas, no quintal, mas ainda assim lindas, em um trançar de mestre. O lustre de cristal antigo as acompanhava, batentes bem-feitos, como em palácios. Cortinas longas, de seda, se enchiam de ar, como velas de barcos.

— Boa tarde, sr. dr. Heitor — cumprimentou titia Florinda, bem alegrinha.

— Boa tarde, srta. Florinda. E como vai, sra. Margarida? Quem está precisando dos meus cuidados? Desculpem a minha demora, muitos afazeres.

— Ora, não se preocupe, dr. Heitor, não é nada de grave. Giza está febril há dois dias. Não come, não bebe, apenas delira. Acho que está com alguma gripe mal curada ou qualquer coisa assim sem importância, mas dar uma olhadinha não custa.

Titia Margarida não gostava de doenças, e eu não gostava daquele médico. O que o homem me fizera, da última e única vez que me diagnosticou, não estava certo, me lembro bem. Gangorrou o meu nariz várias vezes, me usando para seduzir titia Florinda. Um açougueiro. Imagine, agora que eu estava num estado imóvel, ele ia dançar em cima de mim, montaria o seu laboratório no meu quarto e praticaria o estudo de anatomia no meu corpo, só para cortejar as titias.

Ele lavou as mãos no lavabo do corredor e entrou no meu quarto, me viu despenteada, de cabelos soltos, longos, e camisola branca insinuante, de decote desabotoado, que não consegui fechar a tempo, deixando à mostra o meu colo. Me olhou, estufou o peito e amaciou a voz. Raptou de algum lugar o mesmo espírito teimoso, maior que ele, e enfiou as mãos nos bolsos. Endereçou a sua dança do acasalamento a mim! Olhei em volta para tentar achar algum buraco que me coubesse, mas nada. Nenhuma porta ou janela aberta. Titia Florinda ficou inquieta na cadeira, cruzava as pernas vinte vezes, jogava os cabelos para o lado mais quinze e ele não parecia percebê-la, vê-la. Eu achei que estava delirando outra vez, mas não estava.

— Ela está com muita febre, vou saber o quanto imediatamente. Os olhos estão muito pálidos, parece um pouco anêmica, o rosto sem cor. Mas, mesmo assim, lembrando a época de criança, está bonita como eu jamais pensaria. Essa menina cresceu nos últimos anos, está muito mudada. Não pensei que fosse se tornar tão linda, senhorita. É realmente espantosa a sua transformação.

Nesse momento senti que as minhas titias mudaram suas feições. Andaram de um lado ao outro, uma coçou a cabeça e a outra pôs a mão em volta da boca. Bateram rápido os pés impacientes no chão e ficaram coradas. Falaram duro com o homem.

— Mas o que o senhor acha que ela tem? E não me venha com teorias, vamos logo com isso. Precisamos de um diagnóstico e não de elogios à paciente — disse titia Florinda com voz febril.

— Calma, não posso lhes afirmar nada. E, para que saibam, elogios também são um ótimo remédio. Vou pedir a um grande amigo que deve estar na cidade para que analise o seu sangue. Ainda bem que ele está por aqui, caso contrário demoraríamos muito tempo mandando o material para outra cidade. Ele fará isso, é muito meu amigo, até se parece fisicamente comigo: é bem-apessoado como eu. Bonito, cabelos fartos.

Pensei que quem delirava agora era o doutor.

— Não se preocupem, ele é muito bom. E tem com ele todo o seu material de trabalho. Amanhã mesmo pedirei que venha recolher o sangue, e então continuarei o tratamento com a ajuda dele.

— Está bem, mas agora o senhor não tem mais o que fazer aqui no quarto, não é? Poderia tomar um chá de hibiscos conosco, o que acha? — perguntou Margarida.

As titias estavam preocupadas em me deixar com o velho tarado no quarto. Mas ele estava tão velho que até o espírito teimoso havia se acorcundado, regredido. Não me metia mais raiva ou nojo, apenas a impressão de ele estar cruzando a travessia da terceira idade, ou ter chegado na quinta, a velhice fazia morada nele. Saíram e o levaram com elas para o meu tranquilizar, uma em cada braço, ajudando o médico a andar equilibrado.

— Dedé?

— Oi, querida.

— Paixão se descobre no sangue?

— Claro que não!

— Aposto que esse homem vai saber, que ele olhará para mim e saberá. O que vou fazer se ele souber, Dedé? Ele vai contar às titias. O que vou fazer?

— Qual é o problema, Giza? Aconteceu mais alguma coisa que não quer me contar? Não tem com o que se preocupar se for apenas uma paixão. Você está me escondendo alguma coisa mais grave?

— Não há nada mais grave. Aliás, existe alguma coisa mais grave do que isto? Só a morte. Apenas porque não preciso de mais um problema além de uma paixão, um homem para me tirar da minha normalidade é demais trabalhoso para mim. Eu não queria estar neste estado, você sabe.

— Não é um homem, querida, é um sentimento. Ele não

saberá de nada, apenas que está triste talvez, que está ansiosa. E se disser alguma coisa sobre o coração, você pede segredo.

— Preciso que me ajude, Dedé. Se ele desconfiar e falar para as titias será a minha ruína, vão promover um estrago: um casamento. Vão atrás desse homem, e eu não preciso de mais problemas.

— Está bem, vou tentar. Mas isso não faz sentido para mim. Não prometo nada, ainda não sei o que vou inventar, mas até amanhã eu tenho a solução.

O remédio do velho me desligou.

16. Sigilo profissional

— Giza, acorde, menina. Vai entrar o doutor.

— Bom dia, Giza — disse o novo médico, entrando.

Não me mexi, o meu rosto estava virado para a parede e os meus cabelos para ele, não queria ver o tal médico parecido com o dr. Heitor. Ele depositou a maleta no criado-mudo e falou comigo com voz de sono, eu não lhe respondi.

— Bom dia, Giza... Não quer responder? Tudo bem. Está com medo da agulha, não é? Não se preocupe, ela é pequena, não vai doer nada, prometo. Tentarei ser rápido.

Comecei a achar que conhecia a voz, o peso do corpo sobre as pisadas, a respiração e o toque das mãos. E não precisava olhar para saber, o meu corpo quase avançava, teve um pronto ímpeto de se atirar nos braços dele. Tirou a minha pressão, pôs o estetoscópio no meu peito e o garrote apertado no meu braço. Os meus cabelos continuavam no rosto, ele não o via, era um emaranhado de cabelos escorridos na face.

— O que está sentindo, senhorita? Há algum sintoma para além da fraqueza? Preciso examinar os seus olhos, a sua boca.

Eu tremia mais do que o meu corpo poderia aguentar.

— Pode se virar?

Na porta, do lado de fora, ouvi as titias. Quase que lhes faltava o ar para respirar, arrastadas pela histeria. Com elas, só faltava uma bandinha de coreto para receber o homem. A voz de titia Margarida se sacolejava de tamanha excitação.

— Como vai, Tito? Ande logo com isso, você daqui a dez minutos é nosso. Nos contará todas as novas manias, modas, comida, nomes, doenças e costumes. Tudo de mais novo que está acontecendo lá na cidade grande.

O que fazer agora? Qual seria a reação dele quando me visse? Eu não tinha mais tempo, agora seria a hora, mais fácil enquanto as titias iam entrando do que com elas já dentro do quarto, com total atenção de todos. Eu não poderia esperar mais. Elas foram entrando e, ao mesmo tempo, eu virei o rosto e o encarei.

O tempo parou.

Eu não sei se soube respirar, acho que tive que reaprender. Nem o som das coisas nem as imagens nos tocaram, estávamos em uma bolha surda, no fundo de um tipo de instante parado, cuja concha grande engole duas pessoas. Ele firmou os olhos em mim, arregalando-os, e deu um salto pequeno com a coluna. Logo depois fechou os olhos e baixou o rosto, com a mão direita na testa. Eu apenas o olhava escancaradamente, não o perdendo de vista, tentando que ele se concentrasse e não contasse nada, mesmo que por descuido.

— Como está essa menina sortuda? Olhe, ter um patologista clínico nestas redondezas, justamente quando se precisa, é muita sorte! Ainda mais disposto a tirar o seu sangue e analisá-lo, pela amizade das nossas famílias. Deve ser muito cara uma consulta deste referenciado doutor.

Titia Margarida dava sorrisinhos, saltando em galopantes

agudos, sempre olhando nos olhos de titia Florinda. Como se a incentivasse a dizer qualquer coisa.

— Não a vi ainda, estou começando a examiná-la — disse ele consternado.

— Pois ande logo com isso, o mal dessa menina não deve ser de tamanha importância que faça com que nos tire a sua companhia. Venha rápido para um suco de lima feito agorinha mesmo por Odézia, com um bolo de laranja e erva-doce quentinho. Chegou no dia certo, segunda-feira, dia do melhor bolo da redondeza, ninguém fala de outra coisa nesta cidade.

— Você tomou chuva? Não comeu por esses dias?

Tito não conseguia mais dizer o meu nome, estava confuso, por certo. Eu continuei a não dizer um centavo de palavra, as titias falavam por todos, pareciam duas sirigaitas.

— Por favor, vocês poderiam me dar licença?

— Estamos atrapalhando, Tito? — perguntou Margarida, olhando para Florinda cabisbaixa.

— Claro que não, Margarida. Mas acho mais profissional eu conversar com ela sem reparar nos assuntos que vocês dizem no meu ouvido. Daqui a pouco, na hora certa, vou experimentar esse bolo tão falado.

As titias e Odézia saíram do quarto, bem remoídas. Tito me atacou logo.

— Não posso acreditar que você é aquela que conheci, a Flor de Laranjeira!

Falou o meu nome de uma maneira desdenhadora, apodrecida.

— Eu não tinha como te explicar, tive muito medo que não me perdoasse. Queria falar com você, mas como começaria? Como me veria depois de me conhecer na Morena? Não sabia se estava ainda por aqui, fui à vila hoje e fiquei sabendo que foi até lá me procurar.

— Não fui procurar você, mas sim Flor de Laranjeira! Estou impressionado com a sua capacidade de mentir.

— Tito, não tive como não mentir. Eu estava na vila à qual eu não pertencia. Se eu estava lá, precisava estar diferente de mim. Sinto muito por tudo isso, sou recatada, não saio de casa, não tenho amigos aqui, mas nessa noite eu tive muita curiosidade de saber da Rainha de que tanto falavam, e não consegui resistir aos mistérios. Assim como não consegui resistir a você.

— Como posso acreditar em você?

— Não sei, realmente não sei como pode acreditar em mim, apenas porque eu estou te dizendo. Não tenho como provar que não minto, talvez conversando com Juliana você saiba como sou...

— Acha que Juliana é a pessoa mais indicada para eu acreditar e perguntar sobre você? Bem, acho que ela pode ser sim a mais indicada, não é? Quem se parece mais com você, ela ou as suas titias?

— Não tripudie sobre mim as suas revoltas e preconceitos. Mesmo precisando da vila, mesmo indo até lá e gostando do que teve, ainda continua com a capacidade de se fechar nos seus antigos conceitos? Eu tive dificuldade no começo de entender o que eu poderia fazer lá, no que eles poderiam ser úteis para a minha vida, mas você? Você é um médico, um homem que estudou fora, que foi embora desta cidade e cresceu olhando as coisas da melhor maneira possível, da visão de quem viaja. Muitas possibilidades e muitos horizontes, várias culturas, essa mediocridade não pode combinar com você, não pode ser uma pessoa estreita. É inteligente, não condiz pensar como um matuto insensível.

Ele endurecia sua postura, levantava a cabeça dura. O seu pescoço ficou rijo e parecia que punha os ouvidos o mais longe possível, para não ser persuadido, não querendo amolecer, para tentar não compreender o que eu estava dizendo. Estava magoado.

— Eu te entendo, mas é muito duro perceber a sua desconfiança. Eu nunca fui uma moça alegre o bastante como Juliana, mas devo te confessar que ela é a única amiga cm quem eu confio uma conversa íntima. Procurei por você desesperadamente. Quanto à mentira, fui embalada por um instante, e gostei, é fato. Mas se não fosse ela a me ajudar a dissolver a minha timidez, eu jamais conseguiria me entregar a você, jamais! Foi o que tornou possível conhecê-lo.

Eu chorava desconsoladamente, sem nenhuma placa de "pare". Sem medo de ser ridícula, nada. O meu corpo era um carro desgovernado caindo de uma ribanceira.

— Não gosto de mentiras, detesto. Você sempre fará isso. A mentira é uma questão de índole, de sangue, um vício. Imagine se eu ia me importar com você. Continue as suas saídas, quem sabe não nos encontramos em algumas festas da Rainha. Agora já sei que é frequentadora daqueles lados — Tito falou com voz ácida e foi saindo.

Ele estava me maltratando e me atirando em um buraco maior do que aquele que eu achava que já estava, mas por quê? Agora ele duvidava da minha índole, da minha sinceridade? Mas como poderia duvidar do meu corpo? Eu era pura e ele era experiente, deve ter percebido. Nem um beijo a minha boca tinha arriscado antes. Eu era a matuta, a menina sem experiências, e não se podia duvidar disso. Ele sentiu o meu corpo, teve provas de que fora o primeiro homem. Tocou e viu, apesar do meu instinto desinibido naquele instante. Não fazia parte dele o tipo de pensamento que povoava a cidade das minhas titias, como poderia ele ter saído tão cedo de um lugar e ainda estar nele?

— Peço para que tragam os seus resultados pela manhã. Não voltarei a vê-la, vou embora. Vou deixar aqui a receita com os remédios que vão tirá-la dessa cama.

— Você precisa me ouvir. Não faça isso comigo, Tito.

Ouvi os passos dele descendo as escadas e indo em direção ao quintal. Eu não podia fazer nada, senão chorar e gritar dentro do travesseiro. Ou anotar o nome completo dele, o seu registro de médico e o seu endereço, que estavam no papel timbrado da receita. Enfiei toda a informação por baixo do colchão; quando tivesse mais força, iria juntá-la aos cartões escondidos.

Titia Margarida se apressou a recebê-lo.

— Ah, aqui está você! Que bom, já não era sem tempo. Sente, tome um chá.

Ouvi de longe as vozes de todos, animados. Minhas tias, Tito e dr. Heitor.

— Seu amigo já fez tudo o que precisava, dr. Heitor. Não precisa se preocupar mais. Experimente este bolo que Dedé fez.

O que fazer quando a primeira impressão é aquela que fica? Será que não existe um outro ditado que me ensine como desfazê-la ou refazê-la? Eu precisava que a segunda impressão arrumasse tudo. E não era assim, desfalecida em cima da cama, que eu deixaria aquele homem menos desconfiado.

A voz de todos continuou chegando ao meu quarto. Aquele café animado foi me acalmando e, ao mesmo tempo, angustiando. Eu não sabia como sair da situação difícil em que me meti. A voz dele era doce e tranquila, sincera, firme e não derramava palavras à toa, elas vinham na quantidade certa, macias. Era correto, perspicaz, atencioso, educado, respeitador e sério como pessoa, ainda dotado de humor. Não parecia um homem que levava uma mulher para o carro se a considerasse. Era um homem de chamar para jantar, abrir a porta dos lugares e demorar a beijar — ele não parecia ser um homem pouco romântico, que escolhia qualquer uma, pelo contrário: a uma mulher que ele levasse a sério, ele mandaria flores, era desses homens. Mas a vila causa desproporções, e eu também não agi da maneira certa, ainda mais sendo a primeira vez. Ele não estava disposto a me entender e eu continuava ouvindo a conversa deles.

— Tito, você sabe que a minha família conhece a sua de longa data, não sabe? Desde os nossos avós.

— Claro, sei bem. Todos se conheciam. As nossas mães eram muito amigas, organizaram muitas coisas para esta comunidade. Fui embora logo depois de toda a tragédia que se abateu sobre esta região, não só eu como muitos dos poucos que sobraram. Depois daquelas mortes atormentadoras.

Os meus ouvidos se apuraram, como? Do que falava ele?

— Disso você não precisa nos lembrar. E fale baixo, por favor.

— Claro, me desculpe. Esse assunto ainda me causa muito impacto, essa catástrofe me tirou muito.

— Tirou de todos nós, você sabe.

Morte desencadeada? Isso era atormentador. Estaria ele falando de algo epidêmico? De peste? Mas ele, quando vinha, ficava na casa dos seus avós, portanto os seus avós estavam vivos. Foi aquilo que me pareceu quando, na minha festa de dezoito anos, ele me narrava as suas férias, dançando comigo uma música rápida. Do que é que ele estaria falando? Dedé entrou no quarto, esparramando a atenção dos meus ouvidos do assunto de Tito, me trazia um chá de hibiscos e o bolo de laranja com sementes de erva-doce, do qual eu tanto gostava.

— Dedé, ainda estão todos no quintal?

— Sim, por quê? Está com medo que o lindo doutor volte para te dar um remédio pior que a carqueja? — riu.

— Não brinque comigo, Dedé, agora não. Onde eles estão? Quero dizer, como eles estão sentados?

— Ora, sei que você é curiosa, mas essa pergunta é muito sem sentido.

— Quero apenas visualizá-los para me sentir um pouco fora deste quarto, Dedé.

— Menina, você está doente mesmo. Pois bem, a sua titia Florinda está do lado direito do dr. Tito; Margarida na cabeceira da mesa e o coitado do dr. Heitor está largado ao lado esquerdo do dr. Tito. Elas estão bem espalhafatosas com a visita. Estão todos virados para o pôr do sol. Mas o dr. Tito parece não ter gostado do meu bolo, ficou triste, nem triscou. Era a minha ajuda, aquela que te prometi ontem, lembra? Para mantê-lo longe dos segredos do seu coração. Hoje eu caprichei ainda mais, fiz os sequilhos, os bolinhos de chuva, o bolo de chocolate com castanha de caju torrada e nada! Ele não tocou em nenhum bolo e não tomou o chá de hibiscos.

— Os seus doces são ótimos, Dedé. Não fique triste, não. Por enquanto, eu não tenho nenhum, mas logo, logo vou encontrar um motivo para sair desta cama. Amanhã mesmo eu trato disso.

— Você precisa descansar, isso sim. Não está de brincadeira nessa cama. Essa cama não veio à toa, ela está aqui para que você se deite nela. Não me lembro de você doente ou se entregando a qualquer mal, deve dormir e se recuperar. Procurar esse homem pelo qual tanto se apaixonou e tentar se casar com ele.

— Está bem, Dedé — disse já exausta. — Quero ficar só, posso? Preciso pensar no que fazer. Obrigada pelo chá e pelos bolos e biscoitos. Por tudo.

— Mais tarde venho te deixar uma sopa, e prometo que não farei mais canja, agora será um caldo verde muito grosso e apetitoso, bem temperado. Você vai gostar.

Querida, Dedé. Sempre olhando por mim.

Reparei que a voz dele não estava mais em casa, ouvia apenas as das titias, agora mais calmas, e o som de pratos e talheres. Os meus olhos se fecharam.

17. Conselho de padre, advertência de palhaço

— Acorde, menina, e se arrume um pouco. Os médicos estão aqui para vê-la. Você está, finalmente, conseguindo chamar a atenção de alguém. Melhor assim do que de jeito nenhum.

A voz de titia Florinda, o seu tom, me fazia querer ser surda. Fui até o banheiro e escovei os dentes, fechei o decote da camisola. Primeiro botão, segundo e terceiro. Penteei o cabelo quase um a um. Fiz tudo com lentidão, era o que eu mais tinha, junto à fraqueza e às inconformidades.

— Com licença, podemos entrar? — perguntou dr. Heitor.

— Sim, ela está pronta para recebê-los, não é, Giza?

— Sim, titia. Podem entrar.

— Pois bem, menina, vi os seus exames. Tito estava indo embora hoje, mas diante dos exames, senhorita, pedi a ele que me ajudasse neste tratamento. Estou deveras velho e quero também a companhia de um amigo de profissão me modernizando com o que há de melhor nos fármacos e novos tratamentos.

Tito estava na minha frente: os cabelos, o corpo, os olhos

brilhantes, todos me evitando, na altura e na frieza de um médico muito profissional.

— Mas o que ela tem? Ai, meu bom Deus, dai-me forças!! — perguntou Odézia em tom terminal.

— O que sabemos, até este ponto, é que há uma anemia profunda que deve ser tratada de imediato — falou Tito, em tom brando de profissional da saúde, ou da falta dela.

— Através do primeiro exame, pude perceber que o pulmão, debilitado, chiava um pouco. O que parece ser uma pneumonia. Precisamos saber seu estágio, fazer mais exames — completou dr. Heitor.

O prognóstico animou titia Margarida!

— Ah, então ficará conosco por mais tempo, Tito. Que maravilha!

O meu corpo gelou. Percebi, nesse momento, que havia segredos na presença de Tito. Elas cochichavam pensamentos com os olhos e pareciam gostar da gravidade do assunto que, convenientemente, manteria Tito aqui por um tempo. Reconheci o brilho dos olhos de titia Florinda, era exatamente o mesmo que vi, pela primeira vez, no dia do meu aniversário, quando ela estava com Tito.

— Fico até a sua alta, nada mais — disse Tito me olhando, e deixando bem clara a sua intenção em relação a mim.

Explicaram o tratamento e me deram sermões de como comer, não pegar friagem, não sair na chuva ou tomar vento nas costas ou no peito, não dormir descoberta, não me sucumbir em coisas que poderiam me deixar enfraquecida, gasta. Auscultaram o meu pulmão com estetoscópios gelados, várias dezenas de vezes, e quando terminaram de me explicar como tomar as cápsulas as titias prontamente os levaram. Mesmo que Tito estivesse ali por mim, ele era levado sob os segredos, intenções e sorrisos de Florinda e Margarida.

— Vamos, vamos, vamos! Para baixo os dois, vamos conversar sobre o tratamento de Giza na mesa do jardim. O ambiente é mais agradável. As roseiras estão lindas esta manhã, com elas o dia de dois homens que cuidam de doentes todo tempo ficará mais leve, médicos ao ar livre, isso irá salvá-los.

Margarida saiu arrastando Tito pelo braço, enquanto dr. Heitor era levado por titia Florinda, fazendo as vias de uma muleta necessária, jamais assumida por ele. Eu fiz força para acreditar que os agrados aos doutores eram mesmo por querer trazer uma leveza às horas comidas pelas beiradas das doenças. Queria acreditar que era por isso que os levavam para o jardim sempre e tentavam agradá-los com risadas, gestos caprichados de charme e bolos. Mas não conseguia.

A querida Dedé, que não arredava pé do meu lado, ficou no quarto comigo. Pensando sobre o que tinha ouvido falar na noite anterior, perguntei:

— Dedé, pode me falar sobre o que aconteceu de terrível nesta cidade, muitos anos atrás?

— O quê? O que quer dizer?

— Quero saber sobre o que aconteceu aqui de terrível. Sobre o que as pessoas tanto comentam, sorrateiras, pelo rabo dos olhos, nos silêncios e nos segredinhos?

— Não sei de nenhuma tragédia.

— E eu falei de tragédia? Foi uma? Você sabe, me diga.

— Não, Giza. Eu não sei nada, não.

— Ouvi dizer que houve muitas perdas. Uma espécie qualquer de fato terrível, você sabe, por que nunca me contou? Por que está me escondendo agora?

— Nossa, menina! Você está delirando outra vez. Nada aconteceu a esta cidade, sempre foi isto que você sabe: uma pacata e branda cidade, cheia de gente metida. Com licença, preciso descer para servir ou outros. Não fique comentando isso por aí e não fale com as suas titias sobre isso, elas não terão paciência para as suas invenções. Promete? Não se desgaste, isso nunca existiu. Você entendeu errado qualquer coisa que disseram por aí, a sua cabeça inventou, como inventou os barulhos que ouve de vez em quando no casarão.

Odézia ficou nervosa com as perguntas que fiz, desconcertada. Eu não diria nada às titias porque achava que este segredo também era mantido por elas. Se eu lhes dissesse alguma coisa, possivelmente aumentariam a minha sensação de loucura — "fantasias da minha cabeça", como elas tanto reforçavam. Mas também não deixaria de querer saber sobre esse segredo guardado a sete chaves pela cidade toda, ele burburinhava na minha cabeça.

Os doutores voltaram nos dias seguintes e se demoravam sempre. Ouvi uma conversa longa e diversa sobre a cidade grande: como as pessoas iam aos cinemas, os filmes em cartaz e as novas etiquetas que as senhoritas da alta sociedade teimavam em repetir e nas quais Tito não via razão, achando ser uma regra apenas para ditar a moda na burguesia e separá-la do povo. Os namoros rápidos dos jovens casais, os escritores novos, os injustamente famosos, com artes pouco profundas, ou os jornalistas conhecidos pelas crônicas abusadas. Os incômodos do trânsito, seguidos dos comentários das titias, explicando que não entendiam como tantos carros e pessoas existiam em um só lugar. Eram conversas que atravessavam a tarde, e eu tomando os remédios que estavam sobre a mesa, receitados por Tito. Junto a eles, uma maçã fincada de pregos, fielmente trazida por Odézia, uma receita de dr. Heitor para absorver rapidamente ferro. Só deveria comê-la no dia seguinte, sem pregos, claro. Tito trouxe também uma panela de ferro para a cozinha, onde Odézia deveria cozinhar o feijão preto. Ele estava cada vez mais presente na casa, e eu mais distante. Dormia muito e tinha pouco entusiasmo. Os doutores frequentavam a nossa casa como se fosse a deles, gostavam do carinho das titias. Tito parecia ter me esquecido, apesar de me visitar todos os dias: entrava no quarto, tirava a minha pressão e media a minha temperatura, via se eu tinha tomado os remédios da maneira correta e saía, sem uma palavra. Estava difícil ser ignorada e observada apenas como uma paciente da qual não se espera nada, a não ser que melhore e que não dê mais trabalho. Ao contrário da minha visita rápida, com as titias ele se demorava cada vez mais. Eu tentava esticar as orelhas para ouvir um pouco sobre os seus assuntos, e a sua voz.

— Visita — anunciou titia Margarida.

Pensando ser Tito, me arrumei toda.

— Posso entrar?

— Sim... dr. Ti... padre Carlos?!

— Mas por que a surpresa?

— Nada, padre. A sua bênção.

Beijei a mão peluda do homem sem me importar, pela primeira vez, com os pelos e a ojeriza.

— É estranho vê-lo fora da igreja, ainda mais aqui, dentro de casa, vindo me visitar. Mas estou gostando de ver o senhor mais leve, sem o são Sebastião e os outros me olhando, sempre me apresso em ir embora de lá, acho mórbido ter em volta estátuas sangrando, nos acompanhando com os olhos.

Ele deu uma sonora gargalhada.

— Oh, que menina tola. São apenas estátuas, feitas por mãos de artistas, servem apenas para lembrar a todos que o sofrimento passa, que deve ser enfrentado.

— O senhor é que pensa, elas têm vida própria. Acha que são estátuas inocentes e que estão ali apenas para decorar a igreja, mostrar a roupa da época e a arte?

— Não, você tem alguma razão, mas não precisa se sentir pressionada por elas. Elas estão ali para contar o sacrifício das pessoas retratadas, que se tornaram santos por isso, são um exemplo. Aprenderam e se ergueram com o sofrimento, elas não correrão atrás de você.

— Não correm atrás por enquanto, mas olham, e profundamente. Só de pensar me causa arrepios, vamos mudar de assunto. Não o vejo fora dos quintais da igreja, o senhor veio a esta casa apenas para me visitar? Não está aqui por algum motivo mais forte? Tenho a sensação de que estão me escondendo alguma coisa, estou um pouco cismada com isso. Nossa! Veio me dar a extrema-unção?

— Menina, você é tão tola que se torna muito divertida.

— Que é isso, padre. Ainda não estou em vias de morte, ainda demoro. Já o senhor, com aquelas estátuas agourando e chamando a morte, duvido...

— Menina, não seja petulante.

Ele ria, mesmo assim, das minhas bobagens em tom de doença.

— Está bem, me desculpe, às vezes não controlo as falas, estou cheia delas, preciso soltá-las de vez em quando. É só abrir a boca que escapolem umas quinhentas.

— Sei bem, isso deve ser doença de juventude, me lembra quando eu era jovem, assim como você, querendo falar tudo o que pensava. Mas o tempo passa e, às vezes, é preciso segurar as danadas, ou elas controlam tudo ao seu redor. Até você será controlada e descontrolada por elas na visão das pessoas em relação a você. Elas vão dominando o ambiente todo, causando constrangimentos desnecessários, rudezas.

— Eu sei, eu tento me controlar, mas só consigo depois que elas saem. Ainda não aprendi a controlá-las antes delas saírem. Padre, é um descontrole!

— Você vai aprender, isso é com o tempo. É só não largá-las à deriva, na selvageria, no "tanto faz". Aí elas serão suas, entende?

— Está bem, vou tentar, sim, senhor.

— Não está me parecendo muito feliz, Giza. Isso tem a ver com a sua saúde debilitada?

— Sim, mas não só. Estou um pouco desiludida, meio decepcionada com o rumo das coisas.

— Eu não precisava adivinhar! O fato de não estar cuidando do seu corpo, não comendo direito, não dormindo, tudo isso quer dizer que não está gostando muito daqui. É um jeito de ir embora. É preciso procurar, dentro de si, o lugar onde você se gosta.

— Isso é conversa técnica de padres? Como as dos médicos? Não entendo o que quer dizer.

— O motivo pelo qual está doente demonstra apenas a negligência com a sua pessoa, o seu pouco prazer em se nutrir, em ser quem é. O seu não se gostar, você vai arrumando motivos para partir de si, de um jeito ou de outro.

Não estava acreditando no que estava saindo da boca de padre Carlos.

— Será isso mesmo? Partir?

— Muitas vezes, sim. Já viu essas pessoas que estão aqui por falta de opção? Não se sentem entusiasmadas com nada, não se olham ao espelho e nem se reparam, e quando o fazem não gostam do que veem.

— Está falando de dona Cândida, padre?

— Ora, não precisamos falar nomes.

— Dona Luísa?

— Quem, qual delas, a do colégio? — perguntou ele, descabelando o tom de padre penteadinho e se soltando em um alcoviteiro.

— Dona Luísa, mãe de seu Nestor da sorveteria.

— Ah, mas eu lhe pedi para não falar nomes, isso é muito feio. Controle a sua língua ou daqui a pouco vai parecer uma das fofoqueiras velhas que me incomodam na igreja o dia todo por causa da culpa que sentem em cutucar a vida dos outros.

— Está bem, me desculpe.

— Então, o seu rumo não terminou, está começando a sua vida, deixe de bobagens. Tem a juventude nas mãos e toda a capacidade e energia que cabe dentro das mudanças.

— Mas não acredita que na vida tudo o que acontece é desejo de Deus? Isso é um pouco confuso para mim.

— Giza, tudo o que você escolhe é desejo seu, aprovado ou não por Ele, dependendo da sua pureza. Mas Ele não interfere, e você sofre as consequências que escolhe.

— Isso eu já entendi, nas piores coisas, inclusive.

— Menina, não seja insolente com Deus!

— Está vendo! Não sou eu, é a minha língua.

— Não é a sua língua, Giza, é você. Deus está em tudo, mas Ele não a proíbe de ir atrás da sua vontade se ela for favorável a todos, se for amorosa.

— E se não for favorável a todos, Ele interfere?

— Muitas vezes, sim, outras, não.

— Ah, está bem, mas vamos mudar de assunto, estou achando essa conversa um pouco doida. É difícil compreender o acaso. O acaso não existe.

— O Deus de quem lhe falo se parece com a sua consciência de bondade, leva você até Ele, todas as vezes que pensa, calma ou amorosamente, Ele está dentro de você, e fora também.

— Mas isso não é caráter? Ou carinho?

— Giza, você está descrente demais. Acho melhor frequentar mais a igreja. Deus é boa índole e caráter.

— Ah, padre, eu não sou assim de agora, a igreja não conseguiu me dar calma e tranquilidade desde pequenina. Mas admiro os atos de bondade, esperança e tal e coisa. Gosto da Virgem Maria, falo com ela às vezes. Acho, na verdade, que quem mora dentro de mim é ela, e não Ele. Com Ele eu poderia entrar em contato de vez em quando, mas ela fala mais comigo, uma espécie de voz feminina que me dá conselhos, está mais de acordo comigo.

— Esse pensamento é muito engraçado. Acha que ela está mais de acordo com o seu pensamento feminino, é isso?

— Claro! O senhor deveria começar a dizer isso na igreja, vai deixar muitas mulheres mais confortáveis com a sua natureza. Deveria dizer que as mulheres teriam Maria como deusa, e os homens também, porque foram paridos pelas mulheres. Sem elas, nem teriam existido.

— E o que sobraria para Deus e Jesus, menina?

— Não sei, mas essa história de que saímos da costela de Adão está bem invertida. Quem contou essa história não reparou que foi justamente o contrário?

— Não invente, Giza, isso é um sacrilégio. Existem ensinamentos, estudos e soberanias que preciso seguir. Essa é uma conversa que não faz sentido para mim.

— Padre, pense em quem fica grávida, a mulher ou o homem? Quem fica por baixo da costela de quem? Já viu algum homem grávido?

Padre Carlos ficou com a face totalmente rosada, rindo de leve para nada. Decidi mudar de assunto.

— Pronto. Mas então o senhor pensa que se pode fugir de um caminho traçado desde o nascimento?

— Tenho a certeza, não existem caminhos traçados. O caminho se forma através daquilo em que acreditamos. Por exemplo, se você acredita que não vai conseguir uma coisa e se conforma com isso, então não acontecerá mesmo, mas se teimar com aquilo, insistir, duvidar e querer de qualquer maneira, aí, quem sabe.

— Enganar o destino? Acabar com ele, esquartejá-lo?

Falei num tom sério e sorri no final, era para chocar o coitado, e finalmente padre Carlos riu e relaxou.

— Sim, duvidar dele. Querer outra coisa além do que lhe parece óbvio. Você precisa se confessar na igreja, gostar mais de si. Está abatida, pálida e doente, vai aliviá-la comungar.

— Não sei, padre Carlos. Fico com uma vergonha danada de Deus, de expor tanto os meus pecados. Até porque não é contar só a Deus, são dois! Primeiro eu conto ao senhor, que diz que conta a ele. Contar ao senhor já é uma vergonha interminável, não verei o seu rosto, mas sei que a cada coisa que eu contar vai fazer uma careta e um balançar de bochechas desaprovando tudo, e mais, além de vocês dois, o senhor padre e Deus, ainda há os que estão em volta. Tem todo aquele povo ensanguentado, olhando e ouvindo tudo.

O padre relinchou um riso que eu jamais pensei que sairia da boca dele, se largou na cadeira onde estava sentado comportadamente e pôs os pés enormes um pouco elevados do chão, as mãos foram para o alto e depois para a barriga. Demorou muito até ele conseguir se segurar, o palhaço ainda vivia em algum lugar dele, estava preso, talvez ferido, sequestrado pelo padre, mas vivia.

— Sinceramente, não tenho muita intimidade com Deus, evito pensar Nele para não perguntar muito sem obter respostas. Penso que Ele está por aí e que é bom, Ele nunca veio me visitar, não nos olhamos nos olhos e eu nunca fui uma sua cliente, paciente ou amiga íntima. Faltei com o respeito e até duvidei muitas vezes da sua existência, acho hipócrita e falso pensar ou falar com Ele apenas quando se precisa.

— Mas precisar e ter com quem contar significa que você confia. É nos momentos mais difíceis que ele aparece em você, e se ele aparece é porque estava em algum lugar aí dentro, porque existe. É nessas horas do apelo desesperado que você procura quem pode realmente ajudar. Os pobres procuram os ricos, os apaixonados, suas paixões, e os filhos, seus pais. Os filhos do Pai o procuram.

— Pois amanhã mesmo acendo uma vela de sete dias, para ver se saio desta cama logo, logo — respondi, ainda em tom de brincadeira.

— Você é uma menina moleca muito atormentada, Giza. Ainda bem que a conheço há muitos anos, desde que andava dependurada na sua titia Florinda, para cima e para baixo pela cidade.

— É, ainda bem mesmo, me conhece desde que eu era um bebê?

— Sim. Eu a conheço de bebê, era linda, muito pequenina.

— Conte como eu era, padre Carlos.

— É isso que já sabe — ele empalideceu e se envelopou na placidez e controle dos segredos, como se se fechasse de novo dentro do contido padre.

— Você sempre foi uma menina muito bonitinha, um bibelô.

— Às vezes tenho muitas perguntas dentro de mim.

— Eu imagino, minha filha. Você deveria conversar com as suas titias.

— Padre, de onde eu sou? De quem eu vim? Sou filha da minha avó ou das minhas titias? Estou prestes a perguntar a todos. Muitas perguntas me atormentam, rondam sobre a minha existência, me alivie, padre Carlos, o senhor é um homem de Deus, não pode me esconder coisas, não pode mentir para mim.

— Giza, não sei nada além do que estou lhe contando. Mesmo que soubesse, não poderia, por ser padre, me meter em assuntos particulares, seria péssimo para a minha paróquia.

— Então, pelo menos me diga o que aconteceu nesta cidade de muito grave, há duas décadas e pouco, e que se tornou a maior tragédia de todos os tempos. Gravíssima, pelo tom de segredo de todos. É sabido que existiu, todos sabem menos eu. No cemitério, há várias lápides com datas de mortes aproximadas, evidências de uma epidemia, uma peste. Mas qual? Muitas das datas nas lápides parecem coincidir — as mortes têm uma diferença de dois a cinco dias. Muitas pessoas morreram. Eu me lembro de olhar essas lápides quando pequenina, quando me perdia no cemitério, imaginando a vida que cada um dos mortos teve. A cidade deve ter ficado vazia por anos, presa ao choro e ao luto. Famílias inteiras, amigos, parentes, eu não sei medir o tamanho dessa desgraça, mas o senhor pode me tirar desta cegueira. São tantas as lápides que seria difícil contá-las, precisaria de muitos dias. Parece que a população morta é maior do que aquela que está viva, é uma cidade muito jovem. Durante anos achei que esta terra era um modelo de felicidade e conforto para mim, quando, na verdade, ela escondia uma sujeira pesada e malcheirosa. Esse mau cheiro que agora me atormenta e não me deixa estar tranquila, preciso saber para que o silêncio se pronuncie, o meu silêncio está em falta comigo, não tenho como descansar.

— Giza, é preciso segurar as angústias e esperar que a vida leve os incômodos. Procure pelo lugar onde deixou o seu bem mais precioso e não entregue a sua felicidade a ninguém nem a nada, lute por ela. Entende o que eu digo?

— Mais ou menos, está parecendo que sabe do meu drama, mas, ao mesmo tempo, soa a essa lenga-lenga de padres.

— As frases servem, de diferentes formas, para todos. Cada um repara e percebe as coisas de acordo com a sua capacidade e destino, você não deveria desdenhar as lenga-lengas, elas realmente auxiliam.

Lá vinha o negócio do destino novamente. Acho essa história completamente injusta, sem sentido.

— Ah, padre Carlos. Então as pessoas têm escolha ou não?

— Claro que elas têm, mas tudo está traçado de acordo

com a direção escolhida. Se não está gostando da sua direção, endireite-a, menina, mude! Não obedeça ao óbvio, tantas vezes destrutivo, que insiste na sua cabeça. Procure e se abrace, se beije — coisas básicas —, se tenha. Se te disserem que você não vai conseguir, ou que é isso ou aquilo, desconfie. Perceba que o feio ou fracassado está no olho e na cabeça do outro, e que ser feio não incomoda tanto como ser bonito. Se disserem que o amor que está disponível não é seu, se questione: "Por que não?". Você sabe que o destino para mim, na verdade, é o mundo subjetivo do sujeito, ele vai moldando o seu destino através dos seus objetivos, onde ele acredita se encontrar. As suas imagens sobre si própria, os lugares e as pessoas com as quais ele quer se enturmar, se desenvolver. O destino vai se criando, se moldando.

No começo, padre Carlos falava num tom religioso, de clérigo, mas depois o tom da voz dele parecia o de um amigo.

E não é que a autoajuda ajudou mesmo?

Padre Carlos parecia saber das minhas angústias e necessidades, era muito estranho, como poderia? Seria uma intuição de padres? Eu era distante daquela religião, era uma pessoa dentro do credo das flores e das pétalas, da natureza — e essa poderia ser uma religião de verdade. Frequentava sem falha as missas dos domingos apenas para ter algum programa que me fizesse sair de casa, sem ser para a entrega e trieiro das rosas. Para ver todos os autores dos cartões por lá — eu os conhecia melhor do que as suas mulheres. Era divertido, um bom e único programa, antes de conhecer a Vila Morena, é claro. Depois da vila, tudo era pouco saboroso. Tinha tempero lá, pimenta, não havia tempo desperdiçado, eu saía sempre em estado refeito e respirado. O padre me deu um remédio que seria melhor, ou equivalente, do que as cápsulas dos doutores. Talvez ele pudesse ser mesmo um reconstrutor das inteirezas e interioridades, um doutor do espírito. Por fim, e até que enfim, a religião me mostrava para que servia: acalmar a alma. Conversar com ele foi muito bom, pois apesar da minha desconfiança, tive uma surpresa: afinal os padres são crias de Deus, quase como santo Antônio. Além disso, foi também bom porque soltei, por uns minutos, o pobre coitado do palhaço amarrado bem longe dos olhos dos outros — até o padre perceber e amarrá-lo de novo.

Olhando padre Carlos, que saía do quarto, me lembrei dos últimos homens que o frequentaram, como eram diferentes, e do meu antigo pensamento sobre o órgão mais significativo dos seus corpos, que nos diferenciava. Quando menina, ao ver um mole-que, filho de um dos peões do jardim, urinando em uma moita de begônias, me agarrei à ideia de que a sua genitália era um órgão muito estranho, um dedo morto nascido no lugar errado. Procurei pelas mãos dele para ver em qual faltava, me parecia ser o dedo mindinho, e pensava que o pobre menino era aleijado, fiquei com pena dele durante anos — ter aquele troço tão feio, meio mangueirinha desmilinguida, que tristeza. Uma ideia total-mente diferente daquela que Freud descreve naquele assunto da castração, de que quando as mulheres veem os mindinhos pen-durados no sítio errado, ainda meninas, se sentem muitas vezes capadas, com a sensação de que falta alguma coisa, e procuram saber por que elas não têm o seu para fora, criando, por vezes, uma sensação de inferioridade. Eu sempre achei os homens menores, ainda mais tendo as titias como exemplo de supermu-lheres. Vovô era grandioso, mas vovó era absoluta e luminosa, competia com as flores. A sua grandiosidade era do mundo da Lua, ou de Marte, mas nunca deste. Daí poderíamos imaginar as suas filhas, como eram raras na beleza física. Os homens da vila, mas principalmente Tito e o padre, me fizeram entender que o gênero masculino tem muito mais do que um dedo morto pendurado — tirando o Grilo, marido de titia Margarida, é claro, que para mim continuava a ser por inteiro algo reto e morto.

18. Cara de um, voz de outra

A minha saúde estava ótima e eu já podia sair quando quisesse. Obtive alta dos dois médicos mas nenhum sorriso do dr. Tito, apenas do dr. Heitor, cada vez mais galante e sedutor, olhos saltando para fora, arregalados, escorando o estender das peles dos muitos anos. Os dois foram cuidadosos ao me liberar, disseram que precisavam acompanhar a anemia e a pneumonia, ambas tratadas, mas era preciso continuar cuidando para que não regressassem.

O estado rico em saúde me afligia, significava em parte a fome sem tamanho que Tito me provocaria — significava a sua partida. Eu andava por todos os lados da casa, não me sentia mais como antes, mas parecia dona de um respirar fraco, apenas de uma narina. Respirava metades. Nos últimos três dias já tomava café com os dois doutores, e com as minhas titias a tiracolo. Florinda sempre esfregando olhares nele, peitos roçando o vestido. A fraqueza que me prendia à cama tinha desistido de mim.

Tito me dirigia poucas palavras, mas os olhos que me encontravam ultimamente o mostravam mais carinhoso do que antes, quando estavam mais arredios. O meu comportamento era o de uma mulher respeitadora, fiz o que ele havia me sugerido nas últimas palavras. Achei que ele não gostava mais de mim — que eu precisava respeitar e reservar o que ele me desse.

A primeira coisa que fiz ao sair de casa foi ir ao cemitério. Vesti uma roupa colorida e saí a pé, esperei muito tempo no leito do quarto por isso, nos últimos tempos era só no que pensava. Afastado da grande parte das casas, à beira e no começo da estrada para a Vila Morena, um amontoado de moradias de defuntos, limpas e organizadas, um conjunto habitacional de causar inveja a qualquer ser que luta para ter a sua casa. Fui com o meu livrinho de anotações e segui direto para a ala dos túmulos com datas coincidentes. Peguei o corredor que levava a elas e passei pela tumba da minha família, olhando o rosto dos meus avós. Fiz o máximo de anotações — datas e nomes. Eram mulheres, velhos, crianças, de todas as cores e tipos, de diferentes classes sociais e culturas. Gostei da ideia da investigação, me entusiasmei, estava excitada com as possibilidades e histórias que poderia vir a conhecer, para além da minha, tão pobre em fatos. Mesmo assim, tudo me causava arrepios, eu não entendia como tantos poderiam dividir o mesmo espaço de tempo para morrer, que coincidência era aquela? O que teria sido? Rubéola, tifo ou febre amarela? Eu não conseguia deixar de me procurar, a minha curiosidade estava desenfreada. Precisava, urgentemente, de uma descoberta, me demorei por lá durante horas, não tinha atinado do tempo, e só fui embora quando achei que havia terminado. Ao sair, regressando pelo mesmo corredor pelo qual tinha entrado, percebi que as datas continuavam. Datas de natalidades diferentes parando em uma mesma semana de morte! O corredor não era uma ala do cemitério que se distanciava da parte em que eu suspeitava dos outros mortos apenas por status, as datas eram as mesmas, e a morte era causada possivelmente pelo mesmo motivo. Enquanto eu anotava os nomes de uma família inteira, notei que uma sombra e passos se aproximavam — coisa que em um cemitério se torna terrivelmente assustadora; mesmo assim, tudo era tão instigador e importante que não consegui me virar — pensei que, qualquer que fosse o fantasma, ou curioso, eu ficaria intacta se a ele não me pronunciasse.

— O que está fazendo aqui?

Era Tito, mas me assustei como se ele fosse um fantasma!

— O que eu estou fazendo aqui?! E você? Moro nesta cidade, tenho o direito de ir e vir. Além do mais, tive alta, posso fazer o que quiser, não é mesmo? — senti e falei com raiva, talvez pelo amor que ele não me dera ultimamente, talvez pelo amor que eu lhe quisera dar para sempre, mas não era aceito. Pela rejeição se responde na rejeição.

— Estou falando sério, menina. O que está fazendo anotando todos esses detalhes sobre esta tumba?

Parei um pouco e fiquei olhando os seus olhos, estavam um pouco diferentes dos do meu quarto, faziam parte de uma face tensa e acompanhavam uma voz inquisitiva.

— Estou anotando todos os nomes das pessoas que faleceram ou foram mortas entre datas iguais, de três a cinco dias.

— Sei, e por que se interessou por isso agora?

— Para conseguir responder àquilo que ninguém pode ou não quer me dar resposta. Não consigo entender o porquê deste segredo todo, me sinto muito mal por ter tanta curiosidade sobre esse assunto. Desconfio que todos sabem menos eu, e não entendo este silêncio, é como se estivessem escondendo um segredo meu. Ora, se é um mistério do qual faço parte, tenho que investigar para esclarecê-lo e me tranquilizar.

Tito olhou para o nome do túmulo que acabava de anotar e leu os nomes de todos os outros.

— Fernando Rosa de Medeiros e Antônia Maria Rosa de Medeiros. Mortos no intervalo de dois dias.

— Você os conhecia?

— Deveria, se não fosse o atropelamento dos fatos.

— Eram amigos, parentes?

— Foram tirados do meu convívio muito drasticamente, foi terrível para mim.

— Mas quem eram eles?

— Meus pais.

Quem tinha aspecto de fantasma agora era eu, por uma surpresa dessas eu não esperava.

— Então os seus pais morreram desta peste? Eu sinto muito.

Fiquei consternada, coisas como estas não são possíveis de consolar. A paz para esse tipo de acontecimento se traduz em uma busca eterna, achada com o tempo, ou não.

— Não foram apenas eles, morreu a cidade quase toda, isso ficou deserto.

O sol era de afugentar qualquer um, nenhum cachorro ou passarinho era capaz de sair à rua conosco. Estávamos apenas eu, ele e algumas moscas no cemitério.

— Este sol está muito quente, você não deveria estar aqui, pelo menos agora. Deveria se resguardar mais, vamos embora.

Tito foi me levando pela mão, gostei e deixei. Achei que poderia adiar os meus planos por aquele dia. Era uma delícia ter o seu braço passando em volta do meu, tê-lo finalmente falando comigo sobre assuntos distantes, de uma maneira terna, cuidadosa.

— Está bem, vamos tomar um sorvete. Amanhã eu volto para terminar o que comecei.

— Faremos então o seguinte, menina, eu tomo um sorvete e você um suco, e sem gelo. Certo?

À medida que andávamos para a porta, entendi que Tito tinha alguma coisa trancando o seu semblante. Ele estava comi-

180

go, mas a testa estava franzida, e dentro dela havia um problema a ser resolvido que o tirava do nosso assunto de agora.

— Você está bem? Parece preocupado.

— Sim, estou bem. Apenas preocupado com a minha volta, de quando será enfim. Estou aqui há muito tempo, o meu consultório está funcionando sem mim, com os meus colegas tentando mantê-lo. Mas a minha vida está suspensa, tudo o que tenho e o que me tornei está no Sudeste, não faço parte desta cidade, me sinto um estranho nela.

— Os seus pais morreram desta peste? Que doença era essa?

— Esse assunto não me diz respeito, não gosto de me lembrar dele, não falo e não o relembro.

— Por que é que ninguém pode me dizer? Por que fui eu escolhida para ser a ignorante e ignorada desta cidade inteira? Não consigo entender.

— Procure por você mesma. No dia em que souber, vai entender todos esses porquês.

Fiquei surpresa com a resposta de Tito, queria então dizer que tudo aquilo que se passou era apenas um segredo para mim? Todo mundo sabia?

Saímos do cemitério e na entrada dele estava seu Tenório. O nosso vizinho de rua faiscava olhares inquietos e curiosos para nós. Tito e eu o cumprimentamos, mas não paramos, seguindo em direção à sorveteria. Cada quarteirão se acendia quando passávamos, as fofoqueiras de plantão, dona Arlinda e dona Cícera, quase caíram quando nos viram, tamanha era a comida para a fome ardida daquelas fofoqueiras. Tiveram um ímpeto cru de correr atrás de nós, mas depois de três passos uma delas segurou a outra. Não falamos sobre o passado, parecíamos dois conhecidos totalmente desconhecidos, quase amigos, não fosse a vontade que eu tinha de grudar o meu corpo no dele. Ele não me estendia a mão, não tocava nos meus cabelos ou beijava-me o rosto. Trombamos por algumas vezes os nossos corpos no caminho, em direção à sorveteria: a atração que tínhamos um pelo outro se manifestava. Ele sempre me pedia desculpas, e eu quase agradecia pelo toque, mas me segurei, afastando da lembrança qualquer momento do passado. Ele parecia à vontade comigo. Sentamos na mesa da sorveteria, eu de costas para o balcão e ele à minha frente, olhando para a decoração. Atrás de mim, ouvi a voz de dona Luísa:

— Boa tarde, Tito e Giza. Pois não, o que desejam?

— Por favor, dona Luí.... Nestor?!

Dei um salto da cadeira e me larguei de tanto rir, disfarçando o máximo que pude. Olhei de novo para Nestor para ter certeza de que era ele e para apagar a imagem que construí de dona Luísa. Se não fosse a calvície, ele também seria confundido, não apenas pela voz, mas também pela semelhança física com ela.

— Veja um sorvete de nata para mim, por favor.

— E eu quero um suco de pitanga, por favor, Nestor.

— Por que o susto, Giza?

— Desculpe, pela voz, pensei que era dona Luísa. Suas vozes são idênticas.

Tito deu uma sonora gargalhada.

— Tomei um susto quando te vi, Nestor. Mais uma vez, me desculpe.

— É, Giza, não vem aqui há alguns meses, não é? Mesmo antes de adoecer. Vou lá tratar do seu pedido.

Continuei conversando com Tito.

— Verdade, antes de adoecer eu não vinha aqui, ou a qualquer outro lugar. Não consigo mais achar graça neste povo, não consigo ter prazer em andar pelas ruas, olhar as pessoas que conheço desde que nasci e que não falam comigo mais do que um bom-dia. As caras são as mesmas e os pensamentos, pequenos e estreitos. Os mesmos endereços, pouca coisa a acrescentar, um jeito ranzinza de ver a vida e uma escolha enfadonha, pesada de andar pelos dias. Larguei os meus pesos há muito tempo, não consigo mais entender essa maneira de viver. As fofocas, os julgamentos, a falta do que fazer, entrego e cuido das flores e, de vez em quando, quando consigo, vou à vila e dou boas risadas, volto e vou dormir. As flores e a vila são o que me dão prazer.

— Você vai lá com frequência?

— Vou de vez em quando, sempre de dia, quando dá. Geralmente à tarde, depois do meu expediente de trabalho. Nunca tinha conseguido ir à festa da Rainha, pela qual, admito, tenho muita curiosidade. Nem sei como consegui entrar nela, ao que parece há uma rixa séria entre a vila e esta cidade. Não podem se visitar e não se olham, deve ter havido qualquer coisa entre eles no passado. A mim me tratam muito bem, com muito cuidado e respeito, nunca questionaram o fato de eu estar lá e nunca me julgaram. Com eles me sinto bem, fico à vontade, "falo a mesma língua", como diriam Major, Salada e Juliana.

— Não, Giza, não falam a mesma língua. Você é uma menina sofisticada, pode gostar das pessoas, estar à vontade por lá, mas me parece bem diferente deles.

Finalmente ele decidiu como me chamar, escolheu Giza. Parecia então ter aceitado a minha verdade e esquecido o personagem forte que o provocou alguns meses atrás. Será que tinha esquecido tudo aquilo que se passou lá?

— Nunca me perguntaram de onde sou, por que apareci ou continuo aparecendo, e me acham bonita, ao contrário desta cidade. Lá me sinto bem, querida. É assim, é outro mundo, do qual parece que faço mais parte do que do meu de nascimento. É estranho mas, ao mesmo tempo, bem-vindo, tranquilizador.

— Esta cidade não a acha bonita?

Parei os meus olhos nos dele e nesse momento chegou Nestor com o sorvete e o suco, os estacionou à nossa frente, entre os nossos olhos, e ficou parado depois de nos servir, não nos deixando continuar a conversa. Nestor depositou o corpo na vaguinha que havia entre uma cadeira e outra e pôs as mãos na cintura, repousando em uma das pernas. Escorou o corpo confortavelmente para assuntar o papo, como se tivesse sido convidado, como se tivéssemos insistido para que ele ficasse, se juntasse a nós. Tito rematou:

— Obrigado, Nestor, você pode continuar o seu trabalho. Não queremos atrapalhar.

Nestor foi saindo, mais devagar do que deveria. Se eu fosse um cachorro, latiria em uma das suas orelhas, grave e amedrontador, para ele desconfiar da invasão que cometia e ir mais depressa. Senti raiva pela inconveniência de Nestor e talvez por isso me lembrei dos dias em que queria casar com ele. Passar a vida toda aqui, imagine! Que bom que Deus parou de nos ouvir havia muito tempo, ou talvez ele tenha ouvido, mas não nos levou a sério. Nestor era incrivelmente feio.

— E então? — exclamou Tito, esperando pela minha resposta.

— É isso. As pessoas aqui não me acham nada, são difíceis. Não me olham nos olhos, não são amigas.

— Você mudou de assunto, estávamos falando de como não se vê bonita nesta cidade, ou como na Vila Morena notam a sua beleza. Acho que você não percebe uma coisa, Giza, isso não seria possível. Você é muito bonita.

Fiquei quieta e surpresa.

— Você pode achar tudo isso porque tem uma visão mais detalhada da vida, variada. Viajou, estudou e vem de fora deste lugar, saiu da visão de que uma mulher bonita tem apenas algumas formas e não outras, de uma estética aprisionada e premeditada.

— Não, eu estou falando para você. Pode não perceber, mas aos olhos de todos você é vista como uma mulher muito

184

bonita. Só não sei como não consegue perceber isso. Desde a primeira vez que te vi, de ver mesmo, no seu aniversário de dezoito anos, quando ainda se parecia com uma adolescente, você já era uma menina incomparável, de beleza cruel e esmagadora.

— É, mas preferiu zombar de mim e ficar com a minha titia ao fundo do salão.

Ele sorriu, era um sorriso lindo.

— Você era linda, mas me parecia muito menina, acabava de fazer dezoito anos e parecia ter muito menos. Não tinha corpo de mulher e o rosto era de adolescente, puro e casto. A sua titia estava um bocado insistente, não só naquela época, sempre esteve. Confesso que, por muitos anos, ela soube disparar qualquer coisa em mim que me fazia querer estar com ela, mas havia coisas para fazer, gente para visitar. Naquela noite eu não soube desapontá-la, ela sempre foi muito bonita. De toda forma, você não era apenas uma beleza para mim, era uma companhia também, combinava comigo. Parecia um alguém instigante, inteligente, com atitude. Um dia depois, mandei um bilhete à sua tia deixando bem claras as minhas intenções vazias: não queria namoro ou casamento, apenas agradeci pela noite inesquecível e pela companhia, me despedi. Apesar de eu não ter tido tempo maior com você, quando tornei a vê-la em outro lugar, anos depois, já crescida, maquiada, senti a mesma coisa que antes, talvez ainda mais instigante. E era o mesmo sentimento, exato na grama, largura e proporção dos sentidos, uma tonelada de coisas, uma continuação de sensações, a mesma excitação.

O meu rosto quis chorar mas não tive tempo para isso. O bilhete veio à minha cabeça e me lembrei do papel com palavras complicadas, nítido. Era isso mesmo, eu sempre desconfiei dele, mesmo com titia Florinda me tentando despistar, agora eu confirmava — o bilhete era dele. Ela estava lendo a revista e despistando a minha inquietação, mas o bilhete entregue em casa no dia seguinte ao meu aniversário era de Tito. Foi o papelzinho que a deixou em ares trocados, cochichados e estremecidos, apesar de ninguém ter me contado o que estava acontecendo, o conteúdo dele deveria ser grave, gravíssimo.

— Eu achei um tal bilhete jogado no escritório, um estardalhaço enorme se abateu naquela casa quando esse bilhete chegou.

— Esse bilhete talvez seja o meu, uma despedida. Você fez dezoito anos, um dia depois eu o mandei, foi exatamente assim. Foi uma despedida de maneira branda, sem maiores sofrimentos para Florinda. Cheio de elogios, apenas uma maneira de não magoá-la e de lhe dizer que sentia muita admiração, mas não era verdade o bastante.

— Lembro bem das palavras: "Você é realmente a mulher mais exuberante e maiúscula que já visitei. Estou tonto e sem qualquer sentido obediente... A terra da sua cor me chama como se o seu corpo fosse ela, qualquer curva no deitado horizonte é sua... Pena que o ofício é maior do que eu. Sinto que tudo isso vai com ele outra vez, mas a vida tem os seus limites". Fiquei muitos anos achando que os sorrisos e palavras que vocês trocaram eram para me ridicularizar, me esnobar. Titia dava a entender, com os olhos e o canto da boca cínicos, que vocês estavam se divertindo às minhas custas.

— Você tinha conceito, usava um vestido de fitas acima dos joelhos e prendia os cabelos com certo desdém, era diferente. Olhava detalhadamente o lugar, as pessoas e os seus comportamentos, como uma estudante. Falava de acordo com a poesia, eu me surpreendi em encontrá-la nesta cidade cheia de limites e xucra, pobre de beleza humana. Gostei de você e tive necessidade de conhecê-la, queria tê-la por perto, que dançasse comigo a noite toda, mas Florinda me dissuadiu. A sua titia tentava jogá-la para fora de onde eu a havia posto, em lugar de atração e elogios.

Quando me encontrei com você na vila, anos depois, nos conhecemos de outra forma, outro momento, referência e lugar. Sítio proibido para as meninas recatadas e comportadas — Tito disse a última frase em um tom irônico e brincalhão.

— Então o meu aniversário poderia ter sido o melhor de todos eles e, em vez disso, por causa da minha titia Florinda, foi o pior. Eu não entendo de onde vem todo este desprezo que nos últimos anos elas têm me oferecido, esse rancor. Sempre tentei reverter essa raiva que elas sentem por mim, nunca o entendi nem consegui reverter. A tristeza que sinto por causa disso é a pior possível, me sinto culpada pelo que não provoquei. São as únicas parentes que tenho, são a minha família, e mesmo assim elas não são confiáveis e não gostam de mim. Vivem de conchavos pela casa, tratam de coisas às escondidas e me mantêm longe de um negócio que eu tomo conta. É pouco generoso.

— Não está exagerando? Elas cuidaram tanto de você. Tiveram e têm a sua porção de desentendimento, são duras, mas não é tão drástico assim.

— Ah, Tito, não existe afeto da parte delas, confiança, aproximação ou relação de parentesco. Não é possível que isso tenha vindo sem motivo, à toa, apenas por eu ter crescido e elas também. Quando éramos mais novas parecíamos companheiras e amigas, como irmãs.

— Quando crescemos, mudamos, Giza.

— Eu não acredito que seja apenas isso. Elas eram afáveis, tínhamos segredos e muito amor umas pelas outras. Foi alguma coisa muito grave e eu não posso fazer nada sem saber do assunto, fico angustiada, mas ao mesmo tempo não tenho culpa, nunca fiz mal a uma mosca.

— Então se livre das angústias. É melhor não levar o que não te pertence, um dia isso tudo será desfeito.

Tito terminou o sorvete e eu o meu suco, fiquei o observando ir ao caixa. Deu o dinheiro a dona Luísa, disfarçada de seu Nestor, ou vice-versa, e enquanto esperava o troco se virou para me espiar. Nesse momento, olhei-o também. Aí sim, pelo vão e buraco dos olhos, na parte do cérebro de onde ele se encontrava agora, eu via sentimentos sérios por onde ele me enxergou, onde achei que não mais houvesse. Eu me derreti com um sorriso largo, apesar da boca pequena, que quase não conseguiu me acompanhar.

— Vamos? Eu te deixo em casa.

A Tiradentes nunca fora tão gentil. Os buracos nunca serviram tanto, Tito estava atento e me cuidava a cada um que aparecia. Quando pensei que já tinha visto todas as belas surpresas da tarde, olhei ao longe as buganvílias do lado de fora de casa e reparei que elas estavam mais floridas do que nunca. As suas flores como sinos coloridos, dobraduras de papel-manteiga, se confundiam com os tons diferentes. Como não pude percebê-las? Cachos inteiros se deitavam sobre o parapeito dos quartos das titias, delineavam as suas vistas ao longe, emoldurando a cidade. Deviam estar assim havia algum tempo, elas eram perceptíveis demais para não ser notadas. Na verdade, eu não estava condizente com elas. O mundo era outro, tinha se mudado de mim. Poderia notar apenas aquilo que não se parecia com o meu estado? Quando a beleza não se instaura? Eu estava me tornando um ser de vistas para a negação. Não era possível perceber o que não era meu. Sininhos balançavam com a brisa delicada da primavera, soprando a cortina da janela de titia Florinda e, para a minha surpresa e susto, revelando-a por trás dela, vigiando e tomando conta dos nossos passos.

— Chegamos, está entregue.

Titubeei em dar um beijo no seu rosto, fiquei no meio do caminho e voltei atrás. Disse apenas com um meio sorriso:

— Obrigada pela carona.

— Imagine, a saliva e as solas dos sapatos que gastei com você foram bem gastas — ele sorriu.

— Sabe quando vai embora?

— Vou a qualquer momento, preciso resolver algumas coisas burocráticas, mas depois disso vou.

A sensação estranha de estar sendo monitorada nos mínimos detalhes continuava, mesmo ao pé das buganvílias, na parte de baixo das varandas dos quartos, onde os olhos de titia Florinda não podiam nos ver. Olhei acima e não havia nada senão o teto, mas, olhando para a frente da casa, por debaixo da fresta da porta havia pés, e acima deles uns olhos estatelados — os de titia Margarida, deixando claro que não se escondiam de nós.

— O que foi, Giza?

— Precisamos ir, estamos sendo vigiados como pequenos sapos em emboscada de cobras-corais.

— Entendo. E você se incomoda?

— Muito, você não?

— Não, me acostumei. Estive vigiado durante todo o seu tratamento. Não me deram um movimento livre sequer, as suas titias não só pregaram os olhos em mim, como as mãos. Eu não conseguia ficar a sós para examiná-la, sempre com os bolinhos deliciosos de Odézia, que colaborou muito para isso.

— Estão aí há muito tempo, é? — Titia Margarida veio nos encontrar, como se nada acontecesse, como se nos visse por coincidência. — Por que não entram?

— Eu já estava indo embora, Margarida. Não se preocupe, apenas trouxe Giza em casa. Ela não precisa mais de mim. Até logo, Giza.

Ele beijou a minha mão e se foi.

Olhamos alguns passos de Tito, nós duas, ela com uma face tensa e eu com a face lambida, feliz. Estava aliviada, mas titia Margarida não parecia nem um pouco contente.

— Onde estavam? — disparou em tom afetado.

— Tomamos sorvete no Nestor. Quer dizer, Tito tomou sorvete, eu um suco.

— Não foi isso que me contaram. Vocês estavam pelos lados isolados da cidade, está mentindo para mim. Olhe bem, menina, não vai manchar a imagem desta família, construída por tantos anos, com uma das suas aventuras de poucas horas, ouviu? Eu a proíbo de se encontrar com esse homem.

— Não me resta outra opção a não ser desobedecê-la, titia. Coisa que nunca pensei que fosse precisar dizer ou fazer.

— Não queira me ver furiosa, Adalgiza, não me provoque. Você não sabe como eu fico, nunca me viu furiosa.

Realmente aquela face fora do comum me surpreendeu, mas me proibir de encontrar com quem eu mais queria era injusto e impossível. Eu era adulta e ele também. Já tínhamos feito o que não se aconselhava fazer antes e sem um casamento. Nos conhecíamos fazia algum tempo, antes mesmo de eu saber toda a verdade sobre as vontades de titia Florinda em relação a ele. Ainda que titia o quisesse, ele não a queria. Florinda havia se tornado uma desconhecida.

Subi. No meu quarto encontrei Florinda, andando de um lado para o outro, com o rosto costurado em uma face amarrotada, de muito travamento e vermelhidão.

— O que está tentando fazer, menina?

— Do que está falando?

— Seu Tenório esteve aqui, nos contou por onde tem andado com Tito.

— Por onde eu tenho andado com Tito?

— Pelo cemitério, por lugares desertos.

Pensei como é incrível por onde andam os fofoqueiros à procura das suas carniças.

— Apenas hoje encontrei Tito no cemitério, e apenas hoje fomos à sorveteria de seu Nestor.

— Sabe que não pode andar por esses lados sozinha, acompanhada por um homem como Tito. Um forasteiro dado a aventuras, que chega a esta cidade em um dia e vai embora no outro.

— Ele é o meu médico, lembra? Esteve aqui nos últimos meses, comeu um bolo novo, obrigatoriamente, todas as tardes que aqui passou. Já se esqueceu dele, ou com você ele pode estar e comigo não?

— Menina, não me afronte — disparou ela como se nunca mais fosse voltar à calma. — Estou te dizendo que não vai mais encontrar Tito, e também não vai se exibir por aí, provocando comentários e inflamações a esta cidade, entendeu?

— Florinda, querendo ou não, eu vou encontrar Tito. Não fiz nada de errado. Se esta cidade precisa de um primeiro movimento para passar desta idade de fofoca e aprisionamento, então eu serei a sua ponta de lança. Prefiro isso a não viver e não ser feliz, prefiro ser diferente de todos vocês.

— Não será uma perdida, Adalgiza, apesar disso se parecer com você. Não na minha família. Terá que andar na linha, mocinha, não está lidando com uma família qualquer, não nos jogará no lixo como fez sua...

Provoquei, irritada:

— Diga, sua o quê? Fale! O que tanto me escondem? Talvez agora consiga ser sincera, finalmente! Vamos, fale!

Havíamos passado do bom senso, discutíamos alto e sem limites, pelo menos até ali.

— Não interessa, não poderá sair da linha.

— Que linha? Como pode falar de linha? Em que linha você andou no meu aniversário de dezoito anos? Que tipo de comportamento exemplar alguém dá agarrando um forasteiro nos fundos do salão paroquial e continuando logo depois, aí sim, por caminhos mais desertos que os meus? Está nervosa por causa da minha moral perante esta cidade, ou porque posso estar interessada em Tito? Ou pior, porque ele pode estar interessado em mim?

Não sei como vieram, mas sei que os tapas no rosto foram mais doloridos por causa daquilo que significavam. A humilhação que eles causam muitas vezes acorda e outras tantas adormece. No meu caso, o tapa que titia me deu serviu como a certeza do meu pensamento, e me adormeceu: foram cerca de dez segundos que duraram muitas horas. Quando o ouvido recebe o tapa, recebe também um derramamento de sentimentos, um estoque guardado de confusões. Pode ser duro, mas me arrumou, apertando e afrouxando umas gotas aqui e umas raspas ali. Senti que era um fantoche, se organizando para se levantar outra vez. Eu disse apenas:

— Saia do meu quarto, agora!

Florinda chorava, nem andar direito conseguia, e eu me ergui. Nunca um tapa me fora tão necessário. O que eu disse a ela foi mais forte que a força do tapa que ela me deu. Para ela, era apenas uma maneira de descarregar em mim um desespero e uma vingança, uma concorrência que parecia perdida. Ela saiu e eu fiquei, na tranquilidade de quem apenas pensava em tomar um banho. Tirei as minhas roupas e, enquanto me lavei, pensava em Tito. Era preciso um pouco mais de cuidado, quem seria da minha inteira confiança dentro desta casa? Eu chamaria titia Florinda agora de "ela", era assim que titia havia se tornado para mim: terceira pessoa, triângulo, sombra de dois — um desdobramento.

Olhei pela janela do quarto e a lua grande me fez lembrar os meus amigos da vila. Com eles eu poderia falar, quem sabe eu não conseguiria ver a lua cheia e a festa da Rainha? Então, saí do banheiro e, na cabeceira da cama, estava o suco de lima de que eu tanto gostava. Odézia sabia me fazer um agrado. Tomei e não pude resistir ao sono, quase imediato.

19. Os olhos têm ouvidos

— Bom dia, Giza.

— Bom dia, Dedé. O suco de lima que me deixa à noite sempre me faz ficar imprestável, com muito sono. Ainda estou um pouco lenta por causa dele.

— Que engraçado, por que se lembrou disso agora? Está sentada na mesa de café da manhã. Sonhou com isso, por acaso?

— Não, apenas tomei o suco e adormeci, imediatamente. Estou com tanto sono que poderia dormir o dia todo.

Odézia me olhou como se estranhasse o assunto, como se ele não se encaixasse em qualquer lugar, mas continuou servindo a mesa. As titias e o Grilo estavam chegando. Eu continuei como se nada tivesse acontecido. Titia Margarida estava com o rosto seco, mas me disse bom-dia e eu respondi. Já ela, tinha o rosto baixo e enraivecido.

— Estão batendo à porta, alguém ouviu? — disse titia Margarida.

Arregalei os olhos e titia Florinda também. Podia ser Tito.

— Deve ser seu Antônio, ficou de vir cedo trabalhar.

— O cedo dele é o meu tarde — disse Florinda.

— Quem é este homem, seu Antônio? — perguntei.

— É o marceneiro que virá dar um jeito nas escadas e portas. Estão rangendo e precisando de ajustes. Se for tão bom como dizem, vou contratá-lo para refazer o assoalho de alguns quartos. Vá, Odézia, e mostre a ele todo o serviço temporário.

Olhei para dentro de uma das salas e vi o homem tirando o chapéu e se apresentando a Odézia, que, sorrindo sem graça e rubra, o conduziu.

— Bem, vou para o meu quarto, com licença — nenhuma das duas me concedeu a licença, fui. No caminho, Odézia me alcançou.

— Você vai dormir?

— Acho que sim, por quê? O seu Antônio vai precisar olhar o meu quarto?

— Não é isso, gostaria de falar com você.

— Claro, Dedé, venha.

Entramos e Odézia, meio sem ter como dizer, começou a trazer o assunto baixinho e esparramado:

— Se este suco te dá tanto sono, por que ainda o toma? Deixe-o ao relento, jogue no vaso. Isso não deve fazer bem.

— Está bem, quando eu tiver alguma coisa para fazer depois dele, não tomarei. Mas você não fique triste. Se é apenas isso que veio me dizer...

— Acha que sou eu quem faz os seus sucos de vez em quando, não é? Giza, faço apenas quando você me pede.

— Então quem faz?

— Às vezes Florinda, outras, Margarida.

— Como?

— É isso que estou dizendo.

— Muito estranho, elas não me fazem um carinho, mal falam comigo, e me deixam este suco depois da discussão que tive ontem com elas? Você deve ter ouvido, não foi uma discussão discreta.

— Ouvi, e preciso te dizer uma coisa que não me diz respeito, mas como nós falamos sempre sobre tantos assuntos, quero ter a liberdade de poder conversar com você, que conheço como a uma filha.

— Você pode falar quando quiser, Dedé, tem carta branca para isso. É a única pessoa em quem confio nesta casa.

— Obrigada. Por que está saindo com Tito? Sabe que Florinda tem grandes intenções com esse moço, não sabe?

— Sei de tudo isso, não tive culpa. Quando fiz dezoito anos, conheci Tito na festa de aniversário da cidade, onde comemorei o meu. Ele ficou encantado comigo, ele próprio me disse isso ontem, e me contou que quando ela soube disso tentou dissuadi-lo. Eu também me encantei por ele imediatamente, mas achei que os dois tinham alguma situação, pensei que eu chegara atrasada. Eles tiveram mais do que beijos naquela noite, mas no outro dia ele mandou um bilhete a ela, deixando claro que o que tinha acontecido não acarretaria em maior compromisso, ele se despedia, dizendo que estava indo embora. Eu tenho esse bilhete guardado na minha caixa, se quiser posso procurá-lo e te mostro.

— Então aconteceu, e por um homem que não quis assumir um compromisso. Isto é muito grave, Giza. Ela deve ter sofrido, ainda deve estar sofrendo muito.

— Isso foi há muito tempo. Não tenho culpa, e eles também não. Não posso ver esses fatos como impedimento.

— Você está doente. E por que isso tudo? É apenas porque a sua titia Florinda o quer? E o outro homem por quem estava apaixonada até outro dia? Vá atrás dele, deixe Tito para Florinda. Ele pertence a ela, e deve gostar mais dela. Está conversando apenas, você esta confundindo tudo, Giza. Não está sendo fiel à sua própria tia.

— É ele.

— Como? É ele o quê?

— O homem pelo qual me apaixonei meses atrás. É ele, sempre foi ele. É Tito.

— Eu não acredito.

— Anos depois, tudo aconteceu como deveria ter acontecido na festa de aniversário. E ela se intrometeu e adiou o que estava acontecendo agora. Ela não teria deixado acontecer sequer um olhar ou sorriso dele para mim, ele me disse que nos meus dezoito anos, quando ele me viu pela primeira vez, falou para titia que tinha gostado de mim. Começou a perguntar, querendo saber mais, mas ela me cobria de senão, sempre tentando que ele me esquecesse ou desacreditasse, me ridicularizava.

— Você não pode confiar nos homens, Giza. A armadilha deles é maior, eles sabem jogar, jogo é masculino. Querem apenas o prêmio, a conquista. Quando ele conseguir, ele vai embora, e você terá trocado sua família por um canalha.

— Ele já teve o que você diz ser um prêmio, Dedé. E o prêmio também foi meu, não precisava me contar mais nada nem tomar conta de mim.

Odézia parou por alguns minutos e sentou na banqueta do meu quarto, pôs o rosto entre as mãos.

— Eu não acredito. Mas onde foi? Aqui dentro de casa? Mas como, se as suas titias nunca o deixavam perto de você?

— Você também notou. Nada aconteceu nesta casa, aconteceu em uma festa. Eu te contei quando cheguei, alguns meses atrás, você estava na cozinha, lembra? Foi maravilhoso.

Neste instante ouvi um barulho no chão do assoalho de madeira, como se alguém tivesse caído no corredor. Saímos e encontramos seu Antônio.

— O que aconteceu, seu Antônio, está tudo bem?

— Está, tudo certo. Esse barulho não foi aqui. Foi em um dos quartos.

Voltamos para o meu quarto, continuando a conversa.

— É claro que eu me lembro, você se apaixonou por ele. Era o homem com quem eu achava que você se casaria. Como você vai resolver isso?

— Como ele quiser.

— Oh, meu Deus! Estou vendo que está mais doente por este homem do que eu pensava.

— Não sou eu apenas. Há dois doentes, com "ela" três. É doença correspondida entre nós dois, eu espero. Portanto, a afetada é ela, pois está sobrando. Não posso fazer mais nada, preciso sair.

— Onde vai?

— Terminar o meu assunto de ontem.

— Que assunto?

— Não é o que está pensando, Dedé. Não vou atrás de Tito. Tenho outras prioridades neste momento, Tito virá se ele quiser. Ontem nos encontramos por acaso.

— Promete que não vai fazer nenhuma bobagem?

— Tenho mais juízo do que você pensa, Dedé.

— É, já se provou. Por isso é que fico preocupada, enfiou os pés pelas mãos.

— Até logo, Dedé.

Seu Antônio estava no meio do caminho e batia o assoalho de madeira antigo com um martelo de cabeça chata. Muitas das suas ferramentas estavam espalhadas pela madeira, desenhada entre um claro e escuro. "Cuidem dessa madeira como se cuida de um corpo", me lembrei da frase que as titias sempre repetiam, que aprenderam com o meu avô, Crispiniano Rosa. Pulei alguns dos seus instrumentos sem que o tempo de retirá-los fosse cedido, o meu era menor que o dele.

— Vou andar um pouco, sair daqui por alguns minutos me fará muito bem — disse a seu Antônio e a Dedé.

As titias não estavam em nenhuma das salas e o Grilo já tinha partido para o trabalho. Fui andando para o cemitério, era pouco tempo de caminhada. Além do mais, andando, eu teria mais chances de encontrar Tito. Ao longo das minhas passadas, reparando um pouco mais em cada casa que também passava por mim, ouvi um passarinho piando fundo. Pipilava como se o piado fosse a maneira de denunciar as suas queixas. Cada vez mais alto, o chiado sofria e chegava. De frente a uma casa simples, uma gaiola pequenina sufocava um toco de pau. O pássaro estava respirando em gemeduras, mas onde estava? Perguntei por ele dentro de mim mesma. Ele não estava lá, a olhos nus, devia estar dentro do toco ou atrás dele. Na gaiola, apenas umas folhagens, o toco seco e vasilhas de comida. Como era possível deixar em frente a uma casa um pássaro que expusesse tamanha dor e sofrimento? Como se em vez de gritar, ele cantasse, como se o piado sofrido fosse um canto que vendesse raridade. As pessoas da casa não tinham sensibilidade àquilo que era triste? Os ouvidos não funcionavam direito, ou era essa a intenção, o pássaro ardendo em fundas perdas em frente a ela? Para que dispor um pássaro aos infernos? Ele não expunha um amor no canto nem uma leveza de tentar viver, apenas prisão. Ele expunha agonias, como se cada risco das suas penas fosse feito a facadas, por cada dia de reclusão involuntária. A beleza do seu canto e plumas, talvez pela mágica que ele tinha em desaparecer, eram o motivo da sua dura vida. Nunca tinha visto realmente aquela casa, passei por ela diversas vezes, todos os meus anos, mas nunca olhei para a tristeza profunda dela. Quem sabe se o pássaro teria sido fixado ali para demonstrar o seu desagrado. Um laço sujo, quase trapo, preso aos cabelos de uma menina semimorta. No caso do pássaro, o laço era mais vivo que a menina. A casa era maltrapilha e pedia socorro aos olhos de quem a via. O pássaro talvez fosse a voz dela.

Apressei o passo para me distanciar dos gritos, afiados como facas. Para ir ao cemitério há um caminho certo, mas fiz um outro para rejuvenescer o acostumado. Chegando à sua frente, tive a sensação de que é sempre deserto, e o deserto da morte, quando encontra uma vida, assusta. O meu deserto era não fazer as minhas realizações em vida, não aceitar o sibilar dos segredos nos ouvidos, sempre se repetindo, sem conseguir entendê-los, não aceitar e ficar quieta diante de um idioma corriqueiro, pelo qual se tem uma curiosidade imensa mas há uma proibição em tentar compreendê-lo.

Fui direto ao corredor onde havia parado com as minhas anotações, em frente ao túmulo dos pais de Tito. Fernando Rosa de Medeiros e Antônia Maria Rosa de Medeiros, mortos no intervalo de dois dias. Fiquei pensando que talvez o "Rosa" deles tenha sido o mesmo "Rosa" dos meus avós. Crispiniano Rosa era o nome do meu avô, quem sabe um parentesco próximo, além da amizade que tinham. Em volta do túmulo dos pais de Tito estavam enterrados mais três casais, sobrenomes que eu conhecia e que me lembravam colegas não muito amistosos que estudaram comigo, outros que eu jamais vi. Repassei por todos outra vez, pensei e repensei no que poderia matar tantas pessoas com tamanha fatalidade. Se Tito estivesse aqui, eu poderia pegar os nomes de algumas doenças. Não adiantava o meu pouco conhecimento, a ignorância que antes me protegia agora me negava alternativas. Eu precisava pesquisar mais, ir atrás de livros especializados e procurar informações, não precisava ser com Tito, poderia ser com dr. Heitor, padre Carlos ou até com as velhas fofoqueiras, que eu sempre desprezei, mas que agora poderiam ser extremamente úteis.

— Está fazendo o que aí?

Uma voz grave soprou diretamente na minha nuca, tive um arrepio assombroso e muito medo de olhar quem era, ou o que era.

— Estou invisível ou você é surda?

Teria que enfrentá-lo, fosse um fantasma ou um ser como eu, o que é certo é que estava ficando raivoso. Se eu desmaiasse não seria bom, era melhor ficar alerta, quem sabe até correr. Pensei que fantasmas todos nós seremos um dia, se assim houver continuidade desta consciência. Então era melhor eu pesquisar e perguntar coisas.

— Será possível que não estou sendo ouvido?

Ele aumentou o tom de voz e eu me virei. Vi um homem maltrapilho, que eu parecia conhecer de algum lugar. Depois de uns segundos, percebi que ele estava completamente embriagado.

— O que o senhor quer?

— Eu é que pergunto, o que você quer aqui? Conheço a sua voz. Eu te conheço, não conheço?

— Estou dando uma volta, olhando por aí, por quê?

— "Dando uma volta, olhando por aí." Você diz isso como se estivesse passeando em um parque de diversões, em uma praça bonita ou um lugar cheio de árvores, cultura e comadres a traquinar.

— E pode ser, depende do seu ponto de vista. Este pode ser um lugar de distração.

— Ora, mulher, que ponto de vista é esse? Está me achando com cara de trouxa, o que faz aqui?

— Eu conto se você me contar também o que faz aqui.

— Eu estou visitando alguns parentes mortos. Defuntos, no caso de você não saber o que está abaixo dos seus pés.

— Ah, e onde eles estão?

— Bem na sua frente. São os nomes que você estava anotando nessa sua caderneta, eu vi.

Ele cambaleou tanto para olhar e apontar os nomes na minha caderneta que chegou perto demais e escorou o corpo no meu, se precavendo.

— Meu senhor, tome tento.

Não foi apenas ele que desmontou em mim, o seu cheiro também o fez.

— Ora, você fica rodando.

Ele falava muito lento, parava e voltava ao raciocínio.

— Só queria ver o que anotou sobre os meus pais.

— Seus pais? Eram seus pais?

— Meus pais, meus avós e meus irmãos. Apenas eu escapei. Mas, como você vê, escapei não escapando, escapei mais ou menos. Nessas desgraças, ninguém escapa totalmente. Há sempre um borrão no destino deste tipo de sortudo-azarado.

Ele deu um sorriso como se desmanchasse ironia nele, mesmo quando mencionou o "sortudo", e aliviando no "azarado". Pelo mau hálito, eu diria que estava bem mais morto do que vivo.

— Eu te conheço.

— Como eles morrerem? — perguntei quase o reconhecendo, mas tentando aproveitar a bebedeira.

— Você não sabe? Ninguém pode falar sobre isso, foi a praga.

— Praga, que praga? De quem?

— Aquela, de quando ela jogou a praga depois que a filha morreu.

Ele parecia realmente acreditar em uma praga.

— Quem rogou a praga?

— Esta cidade treme de medo dela — ele disse baixinho, e continuou como se os mortos pudessem nos ouvir: — Não se pode falar o nome, mas calma, vou tomando coragem e daqui a pouco talvez eu consiga. Eu não sou idiota, também não posso falar assim sem maiores motivos, senão amanheço com perfume da morte grudado nos cabelos, e então os ouvidos param de ouvir a música da vida.

— Mas você disse que essa mulher rogou praga na cidade?

— Sim, uma praga terrível, terrível, terrível. A cidade começou a definhar. Mas eu te conheço. É filha de quem?

— Não mude de assunto, preciso saber o que aconteceu aqui. Vamos, me conte.

— Mas por quê, você não sabe? Por que não te contaram ainda? Isso é assunto sabido. Isto aqui era rico, uma beleza só, precisava ver. Quando ela rogou a praga...

— Qual o nome dela?

— Calma, ainda não estou pronto, me deixe pensar.

O bêbado largou um traque tão malcheiroso que tive a impressão que os mortos se levantariam para correr. A Morte estaria dentro dele. Percebi que pensar, para o bêbado, seria perigoso. Teria mais cuidado: todas as vezes que ele pensava muito, punzava.

— Quando ela rogou a praga, começou pelos bichos, depois pelos mais fracos, os meus avós, as crianças, os mais pobres, e então o desespero tomou conta deste lugar, a cidade ficou quase toda morta. Aqueles que sobraram não eram líderes nem patrões, isso aqui ficou muito pobre, morreram mais e mais de tristeza, depois de ver tantos em óbito doído. A morte que veio levar a todos era horrível, as pessoas tremiam, babavam e gritavam de dor. Isso os enlouqueceu. Os que sobraram abriam covas e rezavam com medo, alguns deixavam as suas próprias covas prontas. As crianças que sobreviveram estavam sem pais ou qualquer outro familiar, foram entregues a qualquer um para serem criadas. Mulheres e homens que não cabiam nesta cidade e podiam atrair a ira e mais pragas dela foram expulsos. Ainda hoje se ouve o choro de todos aqueles que sobreviveram, assombrados com o terror. Se você prestar atenção, é possível ouvir os soluços da cidade e o seu pavor.

— Mas por que é que essa pessoa rogou a praga?

— Uma das suas filhas desobedeceu às leis desta cidade e a invadiu. Trazia no colo um bebê para que o seu pai, que estava nesta cidade, o conhecesse.

— A mulher não era daqui?

— Não. Vinha de longe. Se dizia filha de...

— Diga!

— De Yade.

— Yade? Quem era Yade?

— Fale baixo, é o tal nome que eu não podia dizer agorinha. Tomei coragem, e te digo mais — ele falou mais baixo, só lhe restavam cuspes e murmúrios. — Você não sabe de nada mesmo, hein, nossa Senhora, por onde andou? Esteve escondida em um buraco por todos esses anos?

— Foi mais ou menos isso, sim. Continue, por favor.

— É o nome de uma força primitiva, muitas vezes imatura. Todos os acontecimentos são estabelecidos por ela, é instintiva, aleatória, não é como a Igreja, por exemplo, que é elevada, dizem — ele ria debochado. — Tem por todos o amor e o perdão. Essa outra ordenou que todos morressem, dos velhos indefesos aos adultos e pais de muitas crianças. Eu fiquei sozinho no mundo, ela não teve pena de mim, e ainda me deixou para contar essa história, mendigando um restinho de vida aqui e outro saborzinho acolá. Nunca consegui morrer, tentei muitas vezes. Parece uma desgraça determinada por ela, conversei pessoalmente com a própria Morte. A doida me enganou e não me matou.

Então me lembrei dele, o bêbado que se jogou na frente do fusca quando eu estava a caminho da vila, ele achava que eu era a Morte.

— Sinto muito.

Por um momento pensei em Tito e em como ele deve ter sofrido. Também ficou só, mas tinha sobrevivido melhor do que o bêbado. Por que uns sobreviveram e outros não? O alvo parecia indiscriminado.

— Já sei quem você é! É a irmã daquela mulher.

— De quem? Não sou, o senhor está enganado.

— Não estou, não. É irmã dela.

— O senhor está me confundindo. Não tenho irmã.

— Essa também sabe matar, mas não precisa se preocupar, você não tem nada com isso, ou tem? Eu acredito na sua inocência.

Ele me pareceu um pouco perdido nos próprios delírios, e ainda por cima retirou do bolso uma pequena garrafa de pinga, suja, cor de terra, e a meteu na boca. Nunca vi ninguém querendo tanto morrer.

— Você se lembra de tudo, ou era muito pequenino?

— Lembro das mulheres chorando e rezando e dos homens xingando um outro que havia feito uma coisa que não se devia fazer, não sabia o que era, mas acho que foi por causa disso que tudo aconteceu. Lembro do mau cheiro que ficou na cidade e de como depois, quando o caos se instaurou, era impossível respirar. Até hoje sinto falta do cheiro e de tocar nos cabelos da minha mãe, da sua voz e do seu colo, que me acalmava. A paz que eu perdi e nunca mais pude ter de volta.

Acho que ele precisava era sentir o cheiro dele e tomar um banho. Sacudiu a cabeça e mudou de assunto, dentro do mesmo.

— Lembro também das pessoas da seita indo embora, e logo formando a vila. Todos os que ficaram xingavam os outros que foram.

— Entendi, a vila surgiu depois disso?

— Mulher, a vila é só isso! São todas as pessoas da seita de Yade que foram banidas daqui. Ai, meu Deus, me perdoe, me perdoe, não posso mais falar o nome dessa uma, ela pode me matar amanhã.

— Então esse é o grande segredo desta cidade. E o que aconteceu à filha dessa Yade para ela ficar tão ferozmente revoltada?

— Foi assassinada por este povo, foi assim: ela veio atrás do pai da criança, mas umas mulheres que já estavam revoltadas com a abundante saliência da seita viram uma maneira de aquietar a todos. Não acreditaram que poderiam enfurecer aquela sua deusa, nem tampouco que ela fosse real. Mataram a mulher, lincharam-na de uma maneira horrível. Depois disso, uma outra jovem, que veio recolher o corpo da moça morta, ordenada por Yade, rogou a praga. Ela disse: "Preparem-se para a grande morte. Todos deverão sofrer a dor da perda dos seus filhos, e os filhos a morte dos seus pais. Todos perderão". Foi assim que aconteceu. Ai, meu Deus, como posso repetir isso! — continuou, baixinho. — Cada família teve, pelo menos, duas mortes entre os seus. Todos pagaram pela fúria dela, mesmo os que não concordavam ou não estavam na hora em que lincharam a filha dela.

— Então Tito foi um dos que ficaram sozinhos — pensei um pouco alto demais.

— Sim, esse doutor foi um dos, mas não foi apenas ele. Muitos e muitos ficaram, você não sabe a quantidade. Esta cidade é feita de órfãos por todos os lados. Órfãos de filhos, de pais, de amigos, de irmãos, de paz, de calma e de perdão. É uma cidade que se reergueu sob culpas, recalques, mágoas e ódio. Não se pode esquecer o que aconteceu, ela não deixou que ninguém esquecesse.

— Mas você disse que as pessoas morreram logo depois da praga, e o que aconteceu a elas?

— A filha de Yade apareceu com aquela criança à tardinha. Antes da vila nascer, havia por aqueles lados apenas algumas casas. A principal, que era onde aconteciam as manifestações de

Yade, e algumas outras casas de alegria, quatro ou cinco. Tudo aconteceu muito rápido, as mulheres se organizaram com pedaços de paus, sapatos, socos, facas, o que estava ao alcance da mão, e os homens ficaram olhando a revolta delas e nada fizeram. Reagiram tarde demais para impedir a sua morte. O tal homem, aquele que ela veio procurar, chorava muito. Dizem que ele era o pai da criança. A moça estava indo em direção à sua casa.

— E aí? Continue...

Ele falava e parava, o meu desespero aumentava.

— Do que estava falando mesmo? Ah, sim, ela morreu em um final de tarde e à meia-noite desse mesmo dia veio a mulher pegar o seu corpo. Elas entraram na mata e desapareceram.

— "Elas" entraram? Outras mulheres estavam ajudando?

— A mulher morta se levantou como um zumbi, passou o braço pelo corpo da outra, abraçando-a, e elas entraram na floresta. Ai, meu Deus, me arrepiei inteiro. O povo disse que quando a mulher chegou e rogou a praga, a que estava morta — a filha — abriu os olhos, como se estivesse dormindo, definhada em uma tristeza de rejeição do mundo, toda machucada, mas andando, e entrou no mato como se ele fosse a sua casa e o seu conforto. E que quando os homens tentaram entrar no mato ele era tão fechado, mas tão fechado que não havia jeito de alguém entrar.

— Mas onde foi isso? Não existia mais nenhuma outra pessoa ajudando?

— Não, já disse.

— Mas isso não é possível.

— É possível. Não duvide de nada neste mundo, mulher.

— E onde ela morreu? Em que lugar? Na frente de onde?

— Aí eu já não sei. Dizem que na frente da casa do tal homem.

— Que história enorme. Como pude ficar tanto tempo sem saber dela? Como ninguém da vila nunca me contou isso?

— Você conhece a vila?

— Sim.

— Então é realmente impressionante que você não saiba. As pessoas lá falam sem segredos. Daqui a pouco vão te contar, com certeza. É uma questão do assunto chegar à boca.

Sentimos um movimento atrás de nós, um vulto e, por fim, uma mulher... Depois outra. Dona Arlinda e dona Cícera.

— Eu não acredito! O que estão fazendo aqui? — disse a frase a todo volume para os ouvidos delas.

— Ora, a mesma coisa que você — disse Cícera, a de cabelos cacheados e a mais alta das duas.

— A mesma coisa que nós? Como sabem o que estamos fazendo? — perguntou o bêbado. Ele até que pensava sem ralentar. Os pensamentos não vinham na velocidade lenta, igual àquela com que ele falava ou andava. — Eu estou bebendo! — ironizou, de pé, tentando fazer um quatro, e prosseguiu: — Vocês não conversam embriagadas com a Morte, conversam? Deveriam conversar, estão perto de se encontrar com ela, velhas caquéticas inúteis.

— Cruz, credo! — ambas se benzeram.

— Sim, vocês não estão vendo, mas a Morte está conversando comigo. E é melhor vocês não falarem disso por aí. A mim, que não vejo um banho há muito tempo, que não falo mais direito e sou carne de pescoço, ela não quer, mas a vocês, duvido! Só essas línguas já dão muitas histórias interessantes. Se falarem dela, ou que estávamos aqui, ela vai enterrar vocês e deixar suas línguas para fora da terra para os bichos comerem de miudinho em miudinho.

Dei uma risada dentro de mim, o homem era bêbado, mas não burro. A pinga ainda não havia corroído todos os seus neurônios e as suas sinapses eram perfeitas. Apesar de misturar a realidade com a fantasia, ele sabia sacudir o medo das velhas. Mal ele disse o nome da Morte, elas me olharam como se vissem um fantasma, e foram andando para trás, até o começo do cemitério. Viraram-se para a frente, indo mais rápido em direção à porta, onde permaneceram nos olhando.

— Então você se lembra de mim?

— Sei tudo sobre você. Todos aqui sabem, e têm muito medo.

— Mas eu também tenho medo. Eu não sou a Morte, homem, não gosto que se refira a mim dessa maneira. Sou apenas mais uma pessoa ignorante desta cidade.

— Você é a Morte, tenho certeza disso.

— Está bem, é hora de ir. Obrigada pelas histórias. Por favor, pare de tomar esse troço, isso foi feito para desinfetar e curar feridas fora do corpo, não dentro. Até mais ver, preciso chegar em casa.

— Onde você mora? Algum tipo de templo ou caverna?

Fui saindo e respondendo de longe, facilitando a minha saída.

— Não, moro em casa mesmo. Em uma casa ótima, com água quente, uma cama boa, confortável.

O bêbado já não parava mais na claridade do dia, estava misturado às sombras das suas escarnações, e eu não conseguiria ter uma conversa sã com ele. As informações não seriam certeiras depois de toda a garrafa suja tragada em poucos mas grandes goles. Além do mais, daqui a pouco ele estaria pedindo para que eu o matasse, como da outra vez.

— Está bem, mulher morte-vida. A Morte me concede a vida e ainda me dá conselhos de como viver melhor e não beber, pelo amor de Deus! Essa é uma ótima história, mesmo para um bêbado. Nos encontramos aqui qualquer dia, essa deve ser a sua casa confortável, logo me trará para este lugar. Cuidado com as velhas, estão montadas na vida alheia, e não apenas elas. Cuidado com a cidade inteira. Os olhos têm ouvidos.

Parei na frase que ele me disse, o bêbado era um morador de construções de versos, de desvios tontos que davam direções a novos significados. Lá, os olhos realmente tinham ouvidos.

20. Rosas no telhado

Carininha, sonhei que você tinha ido embora. Que não pensava mais em mim e que, sem você, esta cidade me enterrava nas suas frustrações. Será que os meus pesadelos estão certos? Será que os meus medos me avisam de uma realidade que se molda e está por vir? Preciso que você me entenda, me mande um qualquer instante de esperança. Carininha, não me maltrate com as suas dúvidas, nunca suportei esperar e nunca deixei que ninguém estivesse sofrendo por desespero, a ansiedade por causa de um silêncio meu. Sei que está sofrendo como eu, talvez mais ainda, mas a mim me resta esperar, e esperar é pior do que decidir. Essa resposta é talvez a que mais me pertence, e eu acho que é a que mais vai denunciar a sua renúncia ao sofrimento. Quando você adotar a minha vida, e for viver comigo, vai perceber que decidiu pela liberdade de ser feliz. Te amo.

Fazia sentido a aparência de casal perfeito de Carina e o seu marido. O bilhete de seu Maurício era, pelo menos da parte dele, verdadeiro. Agora que eu sabia dos mistérios da cidade e o valor de se ser, aparentemente, perfeito, a realidade era outra, a de descontentamento e infelicidade. Mas ela sentia tristeza pela aparência que mantinha, ou pelo amor secreto por Maurício? Será que ela realmente sentia tudo aquilo que ele falava?

Seu Maurício veio cedo ao jardim encomendar as suas rosas vermelhas, para a sua "Carininha". Tratei logo de embalá-las como ele sempre pedia. Papel de seda branco, amarrado com finas palhas secas.

— Vá às três e meia da tarde, nem mais, nem menos. Por favor, esteja atenta à hora e não deixe que ninguém a veja. Não mencione este ramalhete a qualquer outra pessoa, siga estas instruções e faça como sempre fez. Não mande que ninguém o leve, confio essa tarefa a você, entendeu?

— Calma, seu Maurício, está tudo bem. Conseguirei ir nesse horário, não se preocupe.

— Está bem, vou esperar pela resposta dela. Meu Deus, minha Rainha, me ajudem.

— Minha Rainha? De quem o senhor está falando? É seguidor de Yade?

— Quem disse isso, você está louca?

Ele me olhou como se eu estivesse ficando transparente, parecia procurar a curva dos meus olhos para fisgá-los, tentando desmentir.

— Desculpe, ouvi errado.

Quem teria sido a rainha que ele mencionou? Se não era ela, quem era? Virgem Maria? Não era comum, pelo menos eu não conhecia essa reverência de tratar Maria por Rainha. Seu Maurício estava além dos exageros normais, parecia angustiado a ponto de um enfarte. O seu bilhete era a sua imagem, querendo correr por umas palavras, como se essa maratona fosse produzir uma resposta de dona Carina. Eu que pensava escapar para uma visita à vila, depois de tanto tempo, com este compromisso agendado para o meio da tarde percebi que seria difícil. Mas nos próximos dias, com a lua cheia e a festa para a Rainha, eu não poderia deixar de ir.

Três da tarde. Esperei na esquina de dona Carina pela hora combinada, foram tantas as recomendações que achei melhor me adiantar um pouco. Era um vaivém em frente a casa. Passado algum tempo, já deviam ser três e meia, fui lá. Quase chegando a sua porta, olhei o relógio pelo vão do vitrô e este acusava três e vinte e cinco — voltei. Entrei no carro e esperei... Enquanto estava dentro do fusca, vi apontar na esquina o marido de "Carininha". Três e vinte e nove e ele entrou em casa! Não podia entregar o ramalhete enquanto seu Ramiro estivesse lá. Deixar o cartório no meio da tarde seria comum? Se fosse, eu teria que tomar mais cuidado, seria uma emboscada de seu Maurício? Esperei vinte minutos até o marido sair. Depois disso, mais uns quantos, para margem de segurança até que ele chegasse ao cartório, e passei em frente para me certificar de que ele estava no balcão.

Toquei a campainha. Dona Carina olhou pelo vão do vitrô, resmungando qualquer coisa e abrindo a porta. Pegou o ramalhete por um buraco incapaz de engoli-lo — despetalou algumas rosas, como sempre — e fechou a porta com toda a força que conseguiu. Voltei despencando ao fusca e, quando me preparava para arrancar, vi dona Carina a sair de casa e a jogar o ramalhete na lixeira, sem nenhum sinal de arrependimento — mas nem tudo se repetia. Desta vez, antes disso, tirou uma das rosas e a jogou no telhado. Cinco minutos depois, seu Maurício apareceu, olhou a rosa no telhado e se sentou na calçada a vislumbrá-la. Pegou o ramalhete da lixeira e arrancou uma delas, jogando-a também para o telhado. Foi embora, saltitando e abrindo espaço com a barriga e a bunda brisa afora, sacolejando-as pelo passeio da rua. Tive que segui-lo. Ele chegou em casa serelepe, e pela sombra projetada na cortina da sala vi que ele dava à sua mulher as flores recolhidas da lixeira. Dei marcha a ré no fusquinha e fui em direção ao nosso cômodo, feito escritório, na parte da casa virada para a rua. No caminho, vi e ouvi o pássaro invisível entristecendo o restante da tarde com o seu canto. Não sei por quê, fui enxergar demasiado aquele pássaro; mesmo não aparecendo, ele estava visível para mim.

Subi a caminho da nossa casa e vi de relance, em uma das calçadas, Tito, conversando com titia Margarida. Parei o carro, desci e cheguei bem perto deles. Tito parecia com travas na mandíbula. Conforme me aproximava, titia me notou e baixou a voz.

— Olá, Tito, tudo bem com você?

— O que está fazendo aqui? Este assunto não te diz respeito — titia Margarida estava muito zangada comigo havia dias, mas a surpresa dela ao me ver, e a forma como reagiu, confirmaram que a conversa que ela jogava para cima dele deveria estar contra mim, e a favor de titia Florinda.

— Estou voltando para casa depois do trabalho, nada demais. E vocês, o que fazem em uma tarde ensolarada como esta no meio da rua? — perguntei muito levemente, talvez querendo livrar Tito de algum constrangimento demonstrado no seu rosto duro.

— Já terminamos o nosso assunto, volte para casa e termine as entregas de hoje.

— As entregas acabaram, titia. Fiz a última ainda agora.

— Duvido! Não voltou a casa depois dessa. Volte lá, agora mesmo, tenho certeza de que achará o que fazer por lá, mais do que aqui. Tito, até mais ver. Pense no que eu disse. Vamos, Giza, eu vou a pé.

Ela me viu indo embora, mas não me viu virando a esquina. Achou que eu estava a caminho de casa e apenas por isso se despediu e ficou dando um último recado. Parecia cuidar para que eu não ficasse e destruísse os seus conselhos jogados com força para dentro da cabeça de Tito. Dei a volta no quarteirão, parei o carro, e vi Tito entrando em casa.

Os pedidos de entrega tinham aumentado exasperadamente, o que me fez lembrar a descrição do Major sobre a lua cheia: estávamos na sua véspera, quando todas as sensações derramam os seus limites e transbordam pelo tampo da cabeça.

21. Marmelos do velho Antenor

O dia começou como se estivesse emendado no de ontem. Era de madrugada ainda, umas cinco e meia, e seu Antônio estava tomando café com Dedé. Quando cheguei à cozinha, ele tomou um susto desnecessário.

— Bom dia, Dedé e seu Antônio.

— Bom dia. Muito sono, Giza?

— Muito, Dedé. É como se eu não tivesse dormido, ou se ainda estivesse dormindo, como se o meu cansaço fosse precisar de mais uns três dias para ser retirado.

— Tomou algum suco ontem? — perguntou Dedé, lavando a louça e não olhando para mim.

Antônio saiu, se despedindo.

— Tomei. Acha que os sucos estão me fazendo mal? Podem ter algum sonífero, é?

— Olhe, Giza, eu penso que não deveria tomá-los por um tempo, apenas para sentir o que eles fazem com o seu corpo.

— Ainda mais não sendo feitos por você, não é mesmo?

— Isso.

— Você também não confia nelas, não é, Dedé?

— Giza, não é isso. Você sempre reclama de uma sonolência e cansaço depois de tomar esses sucos. Apenas acho que eles devem te causar alguma alergia ou má digestão antes de dormir.

— O seu Antônio estava cismado, ele não me pareceu muito à vontade. Aconteceu alguma coisa?

— Ele é muito tímido, um homem simples, de muito bom coração e muito sozinho. Nos damos bem, precisa ver, ele gosta de conversar comigo.

— Sei, sei o que isso está me parecendo... Você, por acaso, está querendo me dizer alguma coisa?

— O quê? Não estou querendo dizer nada — ela tinha a face rubra e os ombros levantados.

— Está salgando a comida ultimamente, Dedé. Está apaixonada! É isso.

— Ah, essa menina. Você já xeretou demais, já te disse o que queria dizer, vamos parar com esse assunto.

— Que felicidade, Dedé! Viu só? Você nesta idade, com todos os anos dependurados na barriga e mais um pouco nos seios, com a cor dos cabelos esbranquiçando, conseguiu...

Ela me parou, com uma voz muito urgente.

— Menina, você é terrível. Da próxima vez vou eu preparar os seus sucos, você vai ver só o que vai te dar, terá dor de barriga, para aprender!

Tudo era dito em tom de brincadeira, mas fiquei muito feliz por Dedé ter encontrado, quando menos esperava, um bom companheiro.

— Precisa agarrar esta oportunidade com todos os ganchos que ela te oferecer. Ele pode ser alguém que traga a sua juventude outra vez, os seus sonhos e cuidados, a sensação de uma família sua e tantas outras coisas mais — ri e dei uma piscadela para que ela entendesse as "tantas outras coisas mais".

— Pare com isso, você está me deixando nervosa e muito envergonhada, menina. Quanto aos cuidados, você tem toda a razão. Ele me parece ser alguém que pode me dar tudo isso. Ele se parece comigo, combina em mim.

Tomei o meu café e fui para a lida recolher as rosas vermelhas com os homens da lavoura. Rosas e mais rosas despejadas em tachos de cobre enormes. Com os anos, descobri a duras penas que em todos os primeiros dias da lua estufada, como diziam os homens que trabalhavam nas nossas roças, tínhamos que estocar o maior número possível de rosas vermelhas recolhidas. Isso se não quiséssemos perder a sua venda e deixar muitos clientes chateados. Nós as lavávamos e separávamos por centos, em diferentes baldes, com pouca água no caule para que eles não apodrecessem. Não existiam luvas na nossa cidade, improvisávamos com panos amarrados nas mãos, mas sempre um ou outro espinho atropelava o braço, costas ou pernas. As titias tinham um pozinho poderoso, capaz de prolongar a altivez das rosas, ficavam lindas e saudáveis por vários dias.

Como entramos muito adentro do jardim, mais do que o trecho em que normalmente íamos, vi que os homens estavam bem adiantados desde a última vez que estive com eles. Também aprenderam a identificar as ervas daninhas e as pragas para as flores. Antes de adoecer, ajudei-os a limpar dezenas e dezenas de metros, sempre parando e mostrando cada mato indesejado ou cada flor rara — mesmo sendo uma das mais simples e das minhas preferidas, as marias-sem-vergonha.

Não tive muito tempo enquanto roçava as rosas, mas era nítido como as outras espécies delas, flores desconhecidas, apontavam metro adentro dos alqueires, na parte mais silvestre, nunca mais visitada depois da nossa infância. Se criavam sozinhas, sem o aguaceiro alcançado pelas mangueiras. Um dos homens, o velho Antenor, me ofereceu uma fruta chamada marmelo. Tive uma vontade tremenda de rir.

— Marmelo não é um doce que compramos enlatado? Vem pronto.

Ele também riu baixinho da minha observação de voz presunçosa e ignorante. Falou que o doce de marmelo vinha da tal fruta. Mordi, um pouco desconfiada, depois de olhar as mãos sujas dele e o aspecto da fruta, pequenina, arroxeada e mole. O doce, para a minha boa surpresa, não era senão o do marmelo amassado e enfiado na lata. A fruta era bem mais saborosa do que a sua transformação enlatada.

Mal o dia começou, percebi que o trabalho seria como em todos os outros dias de lua. Na salinha do escritório, ou atrás do balcão, era quase tudo em tom vermelho, apenas um cantinho distante dos olhos recolhia as outras cores. Muita gente se amontoava à nossa frente, logo pela manhã. Se vigiavam, para não pedir rosas ao mesmo tempo, e se controlavam perante a ansiedade visível. Era comum estarem por lá maridos e amantes para encomendar ramalhetes para a mesma mulher. Alguns davam a desculpa de ser para a mãe, para as tias, tentavam disfarçar, mas na mão, escondido, entregavam o dinheiro e os bilhetes indecorosos com os endereços escritos neles. Eu os atendia na parte da manhã e de tarde fazia as entregas. Para as titias, sobravam alguns poucos atendimentos em dias mais cansativos como este e, claro, as finanças.

O amante de dona Tereza mandou mais rosas do que de costume e o carteiro resolveu de última hora, irritando muitas pessoas pela espera, deixar dentro do ramalhete costumeiro uma joia para a sua esposa. O seu vizinho de casa, que estava ao lado, e o olhava fumegando ódio e ciúmes pelos olhos, também mandou flores para a mesma mulher — deu o endereço do trabalho dela — e vendo que o marido, ao seu lado, mandava a joia, tratou de aumentar o agrado, e em vez de uma dúzia, enviou várias para a amante. Mesmo assim, saiu do escritório resmungando da vantagem surprcendente em que ficara o esnobe concorrente. Um dos funcionários da prefeitura mandou, pela segunda vez, para a sua distraída colega de departamento, um ramalhete de lírios brancos, com um bilhete não identificado. O açougueiro voltou e também comprou rosas vermelhas, para as suas três conhecidas mulheres: a companheira, a amante e outra apaixonante, mas antes de terminar a compra ele separou ainda umas orquídeas com mais um bilhete.

A noite chegou sem se anunciar, não se viu o subir das galinhas nos poleiros nem se notou o acordar das corujas, o cheiro do sereno, nada. Fiquei desconfiada de que cada ser, nas cidades escondidas como a nossa, tem o seu tempo apropriado. Antes pensava que o tempo de infância era enorme como os quintais, agora penso que o de adulto depende daquilo que ele decide fazer. Quem garante que todos o têm por igual?

Sei que trabalhei muito e a noite aconteceu como se eu trabalhasse apenas para que ela chegasse. Sabia que não poderia faltar à festa da vila, não deixaria a festa da Rainha passar outra vez sem que eu a visse. As minhas esperanças faziam força para encontrar Tito e, além dele, os meus amigos. Não jantei, disse às titias que estava muito cansada e que iria dormir mais cedo. Quando se aprende a mentir, é difícil contar as verdades. A mentira encobre atritos; no meu caso, ela era extremamente necessária, e foi descoberta e usada muitas vezes para me oferecer favores, alívio e conforto na minha própria casa. Como se ela fosse um ser dentro de mim, pronto a intervir sempre que eu necessitasse de proteção. Era isto: sempre que eu sentia que ia cair, a mentira se transformava nas minhas asas.

— Posso entrar?

— Sim, Dedé.

— Está tudo bem? Você não quis comer, fiquei preocupada.

— Estou bem. Um pouco ansiosa talvez.

— Muito trabalho hoje, não foi?

— Sim, muito, mas confesso que estou ansiosa por outro motivo.

— Ai, meu Deus, quando você me diz alguma coisa com essa cara fico logo com o coração nas mãos.

— Vou à festa da Rainha, Dedé.

— Como?

— Vou à vila esta noite, quero ver a festa de perto.

— Você não pode ir, Giza. Aquela festa é pagã, você não pode fazer isso.

Dedé ficou do vermelho mais espetacular que eu havia visto em toda a minha vida, transtornada. Combinava com uma toalha bordada que eu tinha, e que por acaso estava forrando o meu criado-mudo.

— Está decidido.

— Não pode ir por vários motivos. Um deles, e o mais importante, é que vai acabar com a reputação da sua família. Você está louca?

— Dedé, não contará isso a ninguém, ouviu? Eu já fui à festa e nada de anormal aconteceu. A não ser ter encontrado Tito.

— Então você está indo para encontrá-lo de novo.

— Estou indo por uma vontade de tudo, de ver muitas coisas, mas a Rainha é um dos motivos fortes. Tito também, claro. Mas quero saber um pouco mais sobre ela.

— Está querendo ver uma aberração? Você não está bem, Giza. Esse seria um motivo forte para toda esta cidade te odiar, sabia?

— Eu imagino.

— Eles a expulsariam daqui, com toda a certeza.

— Talvez seja por isso que não vejo ninguém desta cidade por lá.

— Sim, e os de lá também não são aceitos aqui. Como pode?

— Não acho nada demais, já fui muitas vezes. Tenho, inclusive, alguns amigos lá. Adoro conversar com eles, você gostaria muito deles, Dedé. Eles são engraçados, divertidos, comunicativos e não julgam nem se importam com a sua classe social.

Achei, por poucos instantes, que ela poderia se desprender dos preconceitos e ir comigo.

— Pare com isso, eles são todos degenerados, prostitutas e assassinos, pessoas que deveriam estar muito mais longe daqui. Deveriam estar mortos.

Tomei um susto com a força que Dedé imprimia na fala. Estava salivando, quase babando como um animal raivoso, doente de fúria, tomada pelo ódio.

— O que é isso, Dedé? Ataque de moralismos agora? Sempre nos divertimos com os bilhetes, com a vida dupla das pessoas daqui. Por que isso?

— Você não sabe o que se tornou esta cidade por causa desse diabo.

— Não estou entendendo mesmo. Está tudo muito mal contado, por isso é que tenho que saber mais. Não existe esse tal poder.

— Você nunca acreditou em nada, e isso é porque não viu essas atrocidades todas acontecerem à sua frente. Se tivesse na memória a catástrofe que se abateu aqui, que matou centenas de pessoas conhecidas, amigas, parentes, seria outra. Teria, pelo menos, o respeito pelos mortos, e não passaria perto dessa vila nojenta que deveria ter desaparecido.

— Dedé, tenho que tomar um banho para me arrumar e sair. Licença.

— Não acredito que vai mesmo ver esse ultraje. Você não pode ir, por mim, pela sua família, não pode. Pelos mortos dela.

— Estou indo, Dedé.

Tive que pegar Dedé pelo braço, com carinho, e levá-la para fora do quarto. Tomei um banho demorado, daqueles que distraem os da casa e os levam para a hora do sono, e vesti as roupas que tinha usado da última vez, roupas que me confundiam com a noite — lenço na cabeça e maquiagem forte nos olhos. Em cima do criado-mudo, um suco caprichado em uma bandeja especialmente decorada. Algumas angélicas, no vaso pequenino, perfumavam a noite que tinha chegado. Por certo, Odézia o deixara como pedido de desculpas ou para desfazer a vergonha que ela deveria sentir por ter falado tais coisas. Passei pelo corredor lentamente, mas mesmo assim o assoalho de madeira era incapaz de guardar segredo. Andei arrastando os pés pelas salas e, quando estava fechando a porta, reparei que seu Antônio ainda estava na casa.

— O que faz por estas horas no trabalho, seu Antônio?

— Dedé me pediu que estivesse por aqui, ela tem medo da lua cheia, disse que acontecem coisas estranhas nesta casa, senhorita.

— Ah, coisas estranhas, e o que seriam?

No momento em que ele me disse isso, me lembrei dos barulhos que sempre ouvi, e que todos negavam.

— Acho que são barulhos, ela sempre os ouve.

— Eu também, e o meu erro foi falar sempre com as titias e não com ela, será que nunca falei sobre isso com Odézia? Bem, vou falar amanhã. Seu Antônio, vou te pedir um favor, pois já estou aqui fora e não gostaria de subir outra vez. O senhor pode fechar a minha janela? Eu a esqueci aberta. Aproveite e repare bem se consegue ver quem faz o barulho. Começa sempre do lado de fora da casa, nas primaveras, e depois continua por dentro dela. Boa vistoria, amanhã quero saber o que ouviu.

Empurrei o fusca e desci de banguela. Olhei pelo retrovisor e reparei na sombra de alguém que não consegui identificar na escuridão.

22. "Seiscentos e sessenta e nove nonilhões de desgraça"

Passando pela Tiradentes, vi a luz ainda acesa na casa de dr. Heitor, mas, com exceção dele, toda a cidade parecia dormir.

Estacionei o carro no mesmo mato que da outra vez, atrás de uma das casas da vila, e entrei pelos fundos. Apenas um cachorro estava preso a uma cordinha pequena, não havia sinal de alguém em casa. O varal cheio de roupas íntimas, até demais, dava a entender que a dona da casa era larga como o capô do fusca; pela animação das costuras — enfeites e cores que eu jamais fui capaz de imaginar —, se entendia que ela era mais do que uma moça alegre, era felicíssima, com toda a certeza! Tive um ataque de riso ao levantar a cabeça e dar de cara, quase boca, com uma delas, uma calçola com um buraco nos fundos tão grande que eu poderia passar a mão por ele sem esbarrar nas fitas que ligavam as duas partes. Sacudi as roupas e retirei os carrapichos, segui caminho como se sempre tivesse morado ali, rebolando e recuperando a mulher em mim, de quem eu muito gostava e que aparecia, ou estava autorizada a viver, apenas na vila.

Logo vi Major e Juliana e me juntei a eles, esfuziante.

— Menina! Você sumiu demais, por onde esteve todos esses meses?

— Juliana, você não sabe como foi difícil ficar tanto tempo sem vir aqui.

— Eu imagino, sentimos a sua falta, guria — disse o Major, sorrindo um pouco esquisito, meio seco por causa do mel na cara endurecida.

— Está pronto, Major?

— Sim, e desta vez o Salada noivou com a Rainha sem que eu insistisse. Acho que ele está pronto também, se tornou um homem. Estou muito feliz pelo meu amigo.

— Eu acho que vocês são é loucos, mas desta vez eu não perco essa festa.

— É, porque da última vez ela perdeu esta festa mas fez outra — disse Juliana animada, falando alto.

Fiquei envergonhada.

— Cala a boca, Juliana. Isso é muito delicado para sair falando por aí.

Mas ela continuou provocando a minha timidez.

— Essa menina já não é menina não, Major. Perdeu a inocência com um homem, o cabaço, os gritos, os pensamentos, aqui na festa da Rainha, da última vez que veio. Aliás, se prepare, Flor, pois ele está aqui. Veio para a festa.

Estremeci, já não ouvi mais o que Juliana dizia, apenas queria encontrá-lo.

— Ele está bonito e se lembrou de mim, me cumprimentou e ficou investigando à minha volta, como se procurasse por você — disse Juliana, me atiçando.

— Vamos para o pátio, Juliana. Preciso ver todos os detalhes desta festa. Hoje nada me fará perdê-la.

— Pode ir se acalmando, mocinha, ainda é cedo — disse

Major pelo canto da boca. — Você veio com vontade, hein? Está agarrada na ideia da Rainha. Será que ela está se convertendo sem saber, Juliana?

— Pode ser, tomara! Salve, minha Rainha — disse Juliana, totalmente religiosa.

— Juliana, você acha que quando alguém diz: "minha Rainha", isso é uma saudação a Yade?

— Claro que sim, por quê?

— Outro dia ouvi um homem da cidade dizer "minha Rainha". Achei que não se tratava da Virgem Maria, porque ele teria se referido a ela de outra maneira. Acham possível alguém que more lá ter se convertido a Yade?

— Isso seria muito difícil, mas não impossível, aquela cidade é louca, distorcem tudo. A Virgem Maria é linda, mas lá eles fazem dela um ser que ela não é — explicou Juliana.

— Podemos esperar tudo daqueles lados. Lá, nada é o que parece ser — disse Major. — Eu já vi cada coisa!

— O que você viu?

— Tudo na cidade é pelo nome, pela imaculada folhagem da árvore genealógica, mas longe dos outros pode-se fazer tudo. O que importa é a imagem perante a sociedade, que deve ser imaculada, a inveja é enorme. Uma gente presa, sem se deixar errar um minuto, nenhuma vez, quem desacerta é massacrado e não se solta do erro nunca mais, carrega-o como a um peso enorme, normalmente bem mais pesado do que ele é. Qualquer erro acarreta uma crítica e uma cobrança além do que é possível suportar, é muito recalque que gera gente doente. Bando que se torna infeliz, histérico e alcoviteiro. Pessoas mal-amadas, venenosas e, por consequência, invejosas e mentirosas.

Por um momento pensei que, se não tivesse cuidado, eu poderia me tornar tudo isso, mas por enquanto usava apenas a mentira.

— E quando as mulheres são doentes, a sociedade toda também fica moribunda — continuou Major. — Porque quem a equilibra e a coordena, desde a maternidade à velhice, são vocês. A mulher a solidifica, alivia e estrutura. O milagre pertence à mulher, ela é a criadora desta nossa reunião por isso. A natureza é toda feminina, o homem é o seu servo. Nós servimos às mulheres em todos os quesitos.

— Inclusive no sexo — disse Juliana. — Na hora do vamos ver, nós temos a boca e eles têm a bandeja. Nós somos quem come. Entendeu, menina?

Juliana fez a afirmação com o maior humor possível, mas sem destruir o ar de veracidade.

— Na sua religião, Eva é feita de uma costela de Adão. Mas todos viemos de debaixo de uma costela, e nem é bem de uma costela, não é mesmo? Se costela lhe chamarmos, ela é de uma grande mãe. É justamente o contrário, certo?

— Estou totalmente de acordo, mas tudo isso é simbólico. Eu já pensei e falei sobre isso, muito interessante vocês pensarem o mesmo, mais amplo do que tudo isso. Mas Major, me responda uma coisa que está me incomodando há muito: se o senhor, quer dizer, se você for o escolhido desta noite pela Rainha, o que vai fazer depois de estar encantado?

— Não sei, mas viver do que aconteceu me bastaria. Reviver todas as noites a melhor de todas elas.

— Mas como? Não conseguirá sair dela nunca mais?

— Sair para quê, Flor de Laranjeira? Todos querem estar nela, é o melhor de todos os remédios e de todas as religiões. Muitas pessoas acham difícil viver, se cercam de ajuda, outros de terapia, de diferentes drogas, de amantes, fazem esportes todos os dias, estocam comida no corpo, sonham e choram com o que não têm e se entregam aos cuidados da vida dos outros para fugir da própria realidade difícil. Há pessoas que fogem de si ocupando suas cabeças com assuntos sem pé nem cabeça, criam obsessões. Se internam em trabalhos. Eu terei tudo o que um homem gostaria de ter. Você vê estes homens e mulheres que vêm para a nossa vila só para ver a Rainha? Muitos vêm do ponto mais distante do país, lá no cu do mundo. Homens de todas as classes sociais, jovens ou velhos, olhe bem, repare, eles têm um único pensamento, uma única curiosidade, um único desejo: e se eu tivesse que servi-la, como seria? Todos sonham com ela, senhorita. Todos precisam dela. Pedem por sua saúde e sorte.

— Essa senhorita caiu, hein?

Juliana era terrível.

— Está na hora, vamos indo — disse Major depois de ouvir um toque de instrumentos de sopro que logo cessou.

Parecia realmente um chamado, todos os que estavam por perto, ainda na ruazinha principal, se viraram para a viela da direita e se organizaram em direção ao pátio. Enquanto andávamos, ouvi dois homens conversando alto na nossa frente. Não me surpreendi com a conversa, parecia que os conhecia de algum lugar.

— Seiscentos e sessenta e nove nonilhões de desgraça.

— Você é que é. Você-é-que-é.

Um dizia para o outro a todo volume, cara a cara, mas sem usar os dentes ou os punhos.

— Não se preocupe com eles, Flor. Isso é o cotidiano deles, não vai além. Todos estão acostumados e gostam disso. São irmãos, apesar de parecerem inimigos — explicou Major.

E eles continuavam:

— Canaaaalha, espanta rodinha. Seu chato, nem padre te aguentaria.

— A Rainha nunca vai te escolher, seu besta. Quando você morrer, vai ser uma guerra de empurra-empurra entre Deus, o Diabo e a Deusa. Ninguém vai te querer por lá.

— Domingos e Aníbal. Domingos, o branco, e Aníbal, o preto — nomeou Juliana.

— Já ouvi falar muito deles na cidade, dizem que são engraçados e acabam com o velório triste de qualquer um.

— É isso mesmo. Serão expulsos do meu, eu já disse a eles. No meu velório eles não entram! Se eu morrer antes deles, claro, o que seria muito difícil pela nossa diferença de idade.

— Quem é aquela mulher que está no canto direito da varanda da Rainha? Está me olhando desde que chegamos.

— Ah, é a principal serva da Rainha, se chama Ruth. Você já a conheceu. Não se preocupe, como você não é daqui, ela deve apenas estar assuntando.

— E se ela souber que eu sou da cidade, o que pode me acontecer?

— Não se preocupe, você é minha amiga. Aqui ninguém te fará mal.

A mulher continuava me olhando, mas o olhar não era de desconfiança, ou tampouco um sentimento de desagrado por me ver, era de cumprimento, de carinho e de sorrisos. Não entendi, e não fiquei muito à vontade para continuar olhando. Ela me perseguia onde quer que eu fosse. Quando mudei os olhos de lugar, vi Tito. Dessa vez eu o vi primeiro. Ele estava com uma camiseta branca, cabelos penteados, mas não inteiramente arrumado, olhando para a casa da Rainha com olhos de estudo. Como eu, ele também deveria estar curioso em saber sobre ela.

— Cinco minutos para começar — informou Juliana.

Vi que as casas, transformadas em vendinhas, pararam os serviços. O pátio parecia mais cheio do que da última vez e a banda começou a tocar uma música de ritmo estranho, metais e tambores apenas tocavam firulas, e era difícil não se contagiar. Saíram cinco mulheres da casa da Rainha, todas extremamente enfeitadas, diferentes do estilo do povo, também vestido com trajes típicos para a festa. Ruth olhava a pequena multidão com calma e serenidade…

— Ela vai chamar o escolhido.

— Ruth?

— Sim.

As outras mulheres pararam e esperaram que ela o chamasse. Ruth apontou para Tito.

Não podia ser, não era possível. O meu coração disparou e o meu corpo quase desfaleceu.

— O que ela está fazendo, Juliana?

— Ora, ela escolheu o homem.

— Não pode ser.

— Por quê, o que foi?

— É Tito.

— Pode sim, e se for?

— É ele sim, não está vendo?

Ele era o escolhido e, se aceitasse ir, não voltaria mais, não teria escolha em voltar. Talvez ele não soubesse da loucura que era esse pacto. A multidão se abriu, cantando aos berros e dançando, em total catarse, uma música em um dialeto que eu não conhecia: "Yade, Yade, *maiadésaina* Rainha. Saúda amá, *maiodésodé* Rainha".

Eu não conseguia ouvir mais do que os tremores do meu corpo e a confusão mental que me cercou com a pronúncia em massa daquelas palavras. Não sabia o que elas queriam dizer, mas me atiravam sensações de quase domínio, como se eu tivesse outro dono para além da minha consciência. Quando milhares se encontram em um mesmo encantamento, o seu poder toma conta de nós — como em um jogo de futebol, ou uma maratona. Gritei o nome dele várias vezes. Larguei Juliana e, no desespero, corri atropelando as pessoas e tentando chegar antes que ele decidisse ir. As pessoas à minha frente estavam catatônicas e imóveis. A urgência era total e o grito berrava para fora de mim. Então, entre a vaga da música de todos, ele me ouviu e se virou.

— Tito.

Ele olhou para trás, me procurou e me achou, abrindo um sorriso. Mas continuou no mesmo lugar, e se virou para ver. Ruth chegava cada vez mais perto, a população abria caminho e demonstrava que a minha sensação estava certa. Até que, na frente de Tito, ela puxou outro homem que, do ângulo onde eu estava, não tinha visto. Foi como se Tito tivesse sido salvo de um afogamento.

— É Salada! É Salada! — gritou Major, comemorando e batendo palmas.

E era. Salada estava mais pálido do que nunca. Quando vi a sua face tensa, tive pena, e percebi que alguma coisa estava errada. Achei que ele talvez não quisesse ir tanto assim como Major dizia. Quase não conseguia andar, o seu rosto paralisou. Ruth o levou para dentro e a banda tocou outra música enfurecida. A população dançou descontroladamente. Os homens que estavam noivos da Rainha, e tinham na lapela as rosas, as tiraram e jogaram no telhado da casa dela, como se a homenageassem — como fazia seu Maurício à porta de dona Carina! Tito me alcançou e me deu um beijo, como se nada e nenhum intervalo tivesse se passado desde a última vez que nos vimos na vila. Como se lá fôssemos uns, e na cidade outros. Não me importei, fui com ele e repetimos tudo dentro do carro. Repetimos com as mesmas sensações deliciosas. O carro ficou um pouco mais afastado de onde estávamos da última vez, quase fora da vila, como se estivéssemos num cinema a céu aberto.

— Desculpe por tentar ignorar tudo isso.

Enquanto Tito procurava as palavras para falar exatamente o que sentia, ouvimos, do lado contrário ao de onde estava o carro dele, na entrada da pequena viela, umas pisadas fortes. Falações aturdidas, nervosas e, por fim, uma correria que se assemelhava a um estouro de manada. Quando consegui entender o que estava acontecendo, vi um homem correndo desesperadamente diante do estouro de uma boiada de bichos que, ferozes e famintos, levantavam poeira até os olhos. A boiada estourada era de pessoas.

— Peguem esse maldito! Matem esse inseto! — gritavam. Eram muitos correndo atrás de apenas um pobre.

— O que é isso? O que vão fazer com ele? — perguntou Tito. Quando entendi o que estava acontecendo, vi que o homem que corria à frente de todos era meu conhecido, apesar de já estar pintado de sangue.

— É Salada. Não!!! — este foi o maior grito que já dei em toda a minha vida. — Não é possível! Ele deve ter fugido, vão acabar com ele.

Tentei sair do carro, Tito me segurou e trancou as portas.

— Não vai adiantar, será pior. Você não pode contrariar uma multidão como essa. Não está armada, se estivesse daria um tiro para o alto e pronto, jogaria água. Mas não, eles são como bichos. O ser humano neste estado é completamente animal, inconsciente e feroz. Tape os olhos e não veja, fique comigo, venha.

Salada corria como um leitão que sabe que será abatido na primeira traição das pernas. E assim foi, traído por elas, assim como pela sua cabeça quando se deparou com a Rainha. Foi massacrado por uma população enfurecida e devota. Não pude ver, fechei os olhos e os ouvidos enquanto Tito me segurava apertado, como se suturasse os sentidos estancados em pura dor. Muitos minutos consumidos em puro desespero.

Ao final do feito, vi Juliana e Major sentados ao relento, chorando em frente ao bar do eterno carnaval, onde nos conhecemos, sem poderem se aproximar de Salada, caído no meio da rua, de pernas deslocadas e tingido de sangue — morto.

Um casal mais velho e choroso o pegou e o levou para dentro de uma das casas. Tito foi comigo até Juliana e Major.

— Ele rejeitou a Rainha, saiu depois de algum tempo lá dentro, em pânico — disse Juliana aos prantos.

— Como é que um homem que se preparou para esta ocasião, que teve a tranquilidade, como ele teve, de pôr a rosa na lapela, untar o rosto de mel, na hora em que consegue o feito, se rebela? Ele sabia dos riscos. Por que é que ele fez isso? Ele estava se matando quando o fez, ele sabia — disse Major.

Eu fiquei enfurecida.

— Que Rainha é essa? Que tipo de deusa vocês escolheram para seguir que não consegue ouvir um não? Não consegue entender que um homem pode ter medo e poderia escolher não ficar, não querer. Qual a diferença entre esse povo e o outro? Nenhuma.

Eles baixaram a cabeça e Tito foi examinar Salada. Quando voltou, soubemos que ele estava realmente morto, nada mais podia ser feito.

Me despedi de todos, peguei o fusca e fui embora. Tito me acompanhou com o seu carro, logo atrás do meu, até bem perto da minha casa. Fez sinal com o farol se despedindo e virou na sua rua. Quando cheguei, subi ao meu quarto, que estava estranho, e percebi sem me importar que alguém tinha entrado nele e que o copo de suco, deixado no criado-mudo quando saí, agora estava vazio. Alguém, além de seu Antônio, mexeu no meu guarda-roupa e nos meus livros de poesia. Por certo Dedé não o tinha feito e, vendo o suco lá, se preveniu e o jogou fora, com medo do sono estranho que ele me causava.

Não consegui dormir. Cada vez que a vigília se descuidava, as imagens do sacrifício de Salada e do ódio no rosto dos homens apareciam de novo. A minha respiração gaguejava.

23. "É isso sim"

Dedé invadiu o meu quarto, que estava em silêncio, e parou com o rosto em frente ao meu, demonstrando que estava furiosa.

— Por onde esteve durante toda a noite?

— Por favor, Dedé. Depois falamos. Tive uma noite horrível, não quero falar sobre isso agora.

— Não quero saber se não está podendo me contar ou não. Eu te esperei a noite toda, não dormi até agora de tão preocupada. Quero saber onde esteve.

— Está bem, vou te contar, então. Sente.

Contei quase tudo, menos a parte que se referia a Tito. Disse que fui à vila e contei sobre a escolha da Rainha, sobre a revolta e a morte de um rapaz, e como ele fora linchado por não ter conseguido ficar e obedecer aos desejos dela. Dedé ficou furiosa com a minha ida à vila. Logo a seguir, baixada a raiva, talvez por perceber a minha tristeza, começou a perguntar como eram as casas, as senhoras, os homens e a festa, se alguém tinha visto a Rainha. Depois de tudo respondido, Dedé saiu do meu quarto.

Tomei um banho, e quando fechei as torneiras ouvi soluços no quarto ao lado. Talvez uma das minhas titias conhecesse Salada? Será que souberam da tragédia? O choro não deveria depender desses fatos, seria sobre outros assuntos. Troquei de roupa e olhei por um buraco que descobri na minha infância na porta de madeira velha, vi Odézia saindo do quarto de titia Margarida. Fui atrás dela.

— Dedé?

— O que foi?

— Está tudo bem?

— Sim, está tudo bem, por quê?

— Ouvi uma das titias chorando. Em seguida você sai do quarto com um copo vazio, pensei que elas precisassem de alguma coisa. É titia Florinda?

— Se precisar de alguma coisa eu digo, não se preocupe. Não vá até lá, Florinda está triste e você bem sabe por quê.

— Você contou a elas o que eu te contei agorinha, não foi?

— Não, não foi. Ela está chorando por um motivo simples: a briga que travaram por causa de um homem. Uma família em ruínas por causa de um macho.

— Não é por nós que ela deve estar chorando, Dedé. Ela não choraria assim por mim. Nunca chorou, nem ficou triste quando adoeci, pelo contrário, parecia uma festa. Deve estar chorando por Tito, por saber que ele não a quer. Por saber que, entre as duas, ele tinha a mais bonita, a mais mulher, cheia de formas, a mais educada, e a quem todos os homens sempre quiseram, e ele preferiu a mais feia, a desprezada da família e ignorada por toda a cidade.

— Não é nada disso, Giza. Você sempre se sentiu ignorada, mas nunca foi. Você se metia pelos cantos da casa, não manteve amizades, sempre se isolou. Não conversava com ninguém e agora inverte tudo. Às vezes, você deveria olhar à sua volta.

— Eu já olhei e sei. Realmente me tornei uma mulher de cantos excluídos e pouca conversa, mas me tornei assim porque também fui moldada a ser dessa maneira, nunca fui incluída nas conversas desta casa. Nunca fui chamada a ficar depois do jantar, tomando chá de hibiscos, enquanto os da família conversavam. A única amizade que tenho aqui é a sua.

Dedé baixou a cabeça e entristeceu. Tomou o caminho da cozinha e não disse uma vogal. Eu estava pronta para o jardim, mesmo pensando na morte de Salada, assassinado pela raiva de quem nunca conseguiu o que ele teve, inveja e desprezo. Os homens me levaram, depois de eu tomar um café preto, a uma parte do jardim onde eu nunca tinha estado. Era o último quarteirão, ainda virgem. O lado mais extremo e comprido, que não era mais jardim, mas sim uma densa floresta.

Seu Antenor, um jardineiro capinador velho e antigo na nossa casa, me levou para um caminho que passava por dentro da mata sem dificuldade, eu nunca tinha estado por lá. A princípio, tive medo de entrar, mas o velho me parecia indefeso e a "caminho do matadouro", como diriam os da vila, dele eu não precisava ter medo. Depois de algum caminhar, e de abrir uma estradinha nova em momentos dificultosos, chegamos a um lugar feito de pedra, como se fosse uma gruta. Caminhamos um pouco e vi, por entre o mato em volta do lugar, que se tratava de uma construção antiga, deixada no esquecimento da nossa família. No meio da construção havia um símbolo que eu conhecia, que já havia me intrigado antes e estava presente nas casas da vila. Então tive a certeza de que aquele era um templo de Yade: havia flores vermelhas frescas, vasos brancos e água limpa em jarros.

— Sabe o que é isso, senhorita?

— Acho que é um templo de Yade.

— É isso sim, a senhorita acha?

— Você está afirmando ou me perguntando? Sabe ou não sabe?

— É isso sim. É um templo de Yade.

— Não tem medo? Todas as pessoas desta cidade correm se alguém pronuncia este nome.

— Eu não, senhora.

— Por que não? Por acaso é um seguidor de Yade?

— Sinto que posso confiar na senhora. É isso sim, senhorita, posso dizer que sou um homem velho, que não tenho medo de nada e que já viveu muito e já viu demais. Não tenho medo do que não posso lutar contra; e, daquilo que não está contra mim, apenas aceito.

— Então acredita e confia nisso tudo? E por que me trouxe aqui se sabia o que era?

— Queria saber se a senhorita acredita, se podemos deixar esta parte intacta. As suas titias nos pediram para destruir este lugar. Não podemos, não conseguimos.

Ele me olhava paralisado, como se esperasse por uma reação de total devoção. Será que ele tinha me visto na vila algum dia?

— Elas sabem que ele existe? Sabiam há muito tempo?

— Sim, e não gostariam que você soubesse. Eu peço à senhorita que não conte a elas, a nossa desobediência poderia tirar o nosso sustento, com certeza, é isso sim.

— Não se preocupe. Se elas perguntarem se destruíram o lugar, diga que os outros homens que carpiram anteriormente disseram que o fizeram. Não diga que eu sei sobre ele, porque eu também teria problemas.

— É isso sim, pode deixar, senhorita. Mas elas não viriam até aqui se certificar de que o lugar está destruído como pediram?

— Nunca, jamais. Elas não saem daquela casa e, se saem, vão à cidade, à igreja. Não gostam deste jardim.

— Venho, de vez em quando, trazer um agrado a Yade. Ela já me trouxe muitas honras.

— É mesmo? Quais?

— Eu fui muito amigo do seu avô. Um amigo do peito mesmo, um irmão de consideração, com muito orgulho. Devo muitos favores a ele, e Yade tem muito a ver com a nossa aproximação. Ele confiava em mim, me contava coisas que ninguém sabia, apenas o seu companheiro aqui, é isso sim, e, se estivesse vivo, jamais permitiria que muitas coisas nesta cidade tivessem sucedido.

— O meu avô?

— É isso sim. Ele pegava na enxada e vinha trabalhar conosco. Não gostava de gente sem coração.

Enquanto seu Antenor falava, eu andava em volta do lugar. Estranho, era como se ainda fosse usado e frequentado, como se fosse limpo e enfeitado constantemente. Havia uma grama em torno dele, e quando cheguei atrás percebi que estava lá outro caminho, limpo e cuidado, com marcas de passos recentes.

— Você sabe onde vai dar?

— O quê? — disse ele sem ver onde eu estava.

— Este caminho. Há uma outra trilha aqui atrás.

— Senhorita, deve ser perigoso andar por aí, esse caminho está deserto há muitos anos. Vamos embora, muita cobra caninana.

— Não, pelo contrário. Este caminho está novo, muito mais novo do que o outro pelo qual viemos. Quero dizer, está sem impedimento, como se estivesse sendo usado, assim como este templo.

— Acho difícil. As pessoas da vila foram proibidas de usá-lo.

— As pessoas da vila vinham até aqui? A vila não foi formada depois das mortes?

— Você tem a mesma curiosidade do meu amigo. O seu avô era assim também, era preciso um motivo bem motivo para fazer aquele homem desistir. Existia uma vila de meia dúzia de casas. Depois da praga, tudo cresceu por lá. Daqui a pouco, a vila estará maior que aqui.

— É, daqui a pouco a vila realmente estará maior. Que bom que me pareço com o meu avô, é bom saber, pelo menos me pareço com alguém desta família.

— É isso sim. Ele andou por esse caminho muitas vezes. Seguiu adiante. Ia e voltava, mesmo com a cidade toda falando muito mal de Yade. Ele era devoto dela.

— O meu avô, devoto de Yade?

— É isso sim, o seu avô, como muitos homens desta cidade. Mas daí, a igreja e as mulheres começaram a ter medo das suas famílias se perderem, porque os homens começavam a preferir a vila, por muitos motivos.

— Ah, eu imagino quais. Continue, por favor.

— É isso sim.

— Realmente, eu não sei nada sobre esta família. Cada vez me surpreendo mais. E a minha avó, era devota?

— Não, a sua avó não suportava Yade nem a vila. O seu avô frequentava de ladinho, na base da fugidinha.

— Como assim, de ladinho?

— É isso sim, meio rabichudo, debaixo de um quieto.

— O senhor quer parar de dizer "é isso sim"? Está me irritando profundamente. Não consigo ouvir o resto das coisas que o senhor diz. Fico presa neste "é isso sim" e não sei o que veio depois.

Aquele troço estava me deixando realmente louca. Fiquei um pouco nervosa e o homem se assustou.

— Vamos, diga!

O homem ficou mudo. Não sabia andar sem a muleta. Percebi que o tal "é isso sim" era que nem para outros o "então" ou "assim", ou "veja bem", e ainda "sabe o que é", ou tantas outras

238

palavras costumeiras que servem como gatilhos para se começar uma frase. Ele não sabia começar uma frase sem pensar que não podia dispará-las com o gatilho dele.

— Tudo bem, o senhor pode dizer o seu "é isso sim", eu não vou ligar. O mais importante para mim é a história, pode continuar, me desculpe.

— É isso sim.

Ai, meu Deus, para certas coisas, tal como os olhos, os ouvidos deviam se fechar.

— Ele era um dos homens mais queridos por lá, conhecia todo mundo, era amado. Quando chegava, era aplaudido, como um verdadeiro rei. Criou este caminho da sua casa até aqui para chegar mais rápido à vila. Abrimos juntos, me lembro de muitos detalhes, como se fosse hoje.

— Como disse?

— É isso sim, sim, senhora.

— Não posso acreditar. Então este caminho vai dar na vila?

— É isso sim.

— Por isso as minhas titias o deixaram no esquecimento. Talvez para que ele fosse naturalmente fechado. O senhor me deu um dos maiores presentes que eu poderia um dia sonhar em ganhar, um atalho importante. Mal posso esperar para usá-lo.

— É isso sim. Senhorita, vão me despelar quando descobrirem que fui eu quem lhe contou sobre ele. Estarei jogado na boca dos infernos.

— Não se preocupe, jamais contarei que foi o senhor.

— É isso sim, elas vão adivinhando que fui eu que contei essas coisas, e que a senhorita vai usar o caminho que elas tentaram esconder durante toda a vida. Vão me matar.

— Imagine, você não precisa ter tanto medo. Elas não passam de duas irmãs que, de vez em quando, rosnam como dois cachorros, apenas isso. Fique calmo, ninguém vai saber.

— É isso sim, então vamos embora daqui. A senhorita depois vê o que fazer.

Ele sorriu e fomos em direção à casa, mas logo que percebi que estava deixando a nova situação longe dos olhos, voltei o meu corpo para trás, involuntariamente, como se ele fosse atraído pelas descobertas.

— Eu não posso ir para casa, preciso seguir a trilha.

— Amanhã eu vou com a senhorita, hoje já está bom demais. A gente já andou muito terreno, capinei muito, estamos cansados além da conta.

— Eu tenho uma coisa muito importante para resolver na vila. O velório e o enterro de um amigo.

— O velório de um amigo? Na vila? Não dará tempo, quando ele morreu?

— Ontem à noite, quase amanhecendo.

— E foi uma morte enferidada?

— O que é isso, meu senhor? O senhor tem um idioma próprio.

— A morte dele fez buracos?

— Ah, sim. Esta fez sim.

— E foi feia?

— Como todas, sim, senhor, essa foi mais exposta que muitas outras.

— E foi dependurada na dor? Assim, depenaram o homem, arrancaram o couro dele?

— Sim, mas o que quer o senhor com isso?

— Então ele já deve ter sido enterrado, senhorita. Quando o corpo está muito esmigalhado, assim mastigado, vêm os bichos loguim, loguim e começam um fufum que ninguém aguarda até o futum ser enterrado. Antes dos vivos irem embora, eles enterram o morto, que ele não sabe se enterrar sozinho mais, né? Precisa de ajuda.

— O senhor acha? — quis rir com a maneira dele falar. Mas o homem era tão sério que não me senti no direito.

— É claro. O povo vai indo embora, ninguém quer ver como é que se pode ficar quando a morte monta na saliva dos outros, não. O cheiro da morte assusta muito a gente. A gente já é feio tomando banho de vez em quando, imagina com o futum da morte e as salivas brotando da boca, dos ouvidos e do nariz. Parece que a alma sai espirrada a qualquer momento pelos olhos e o bicho vai gritar por um banho, pelo amor de Deus! Fora que os coitados ficam duros, e a senhorita sabe que até as partes de baixo ficam durinhas com a morte, né?

— O quê? Oh, seu Antenor, tome tento.

Ele tocou no assunto sem perceber que estava falando com uma senhorita. Devia estar tão acostumado com os homens da lida que, quando o assunto tomou a boca dele, nem percebeu. Mudei completamente de ideia quando o vi encabulado.

— Acho que pode ter razão quanto ao horário do enterro. Se já não o enterraram, devem enterrá-lo daqui a pouco. Está bem, vamos andando. Amanhã acordamos logo cedo e vamos até a vila pelo caminho que o vovô abriu, e o senhor vai comigo.

O velho arregalou os olhos e passou a mastigar o vácuo dentro da boca. Deve ter afivelado a língua para não me falar mais sobre partes baixas, mas resmungava uma culpa surripiando o corpo ao que a mente trancava antes de chegar ao pé dos lábios.

Quando cheguei em casa, tomei um suco gelado de pitanga que estava sobre a mesa do jardim e parecia que me esperava, e subi para o quarto para um banho. Tirei a roupa, tomei o meu banho e voltei para apanhar roupas novas no armário. Notei que havia um bilhete no criado-mudo.

Giza, preciso vê-la. Por favor me encontre hoje, sem falta, na casa de Yade, no caminho novo. Meia-noite.

Quem poderia ser? A intimidade parecia vir de Tito, mas como ele sabia sobre o caminho? Seria seu Antenor tentando uma aproximação, querendo me contar mais alguma coisa? Como eu poderia ir à meia-noite a um lugar deserto, um templo de uma rainha a quem eu não dava muito crédito? Diabo de encontro macabro, estranho aquilo. Mas, se existia alguma possibilidade de não ir, eu não a enxergava. Escrevi um bilhete, dizendo que eu estaria como combinado, no templo de Yade, à meia-noite. Logo que conseguisse sair, o deixaria por baixo da porta da casa de Tito. Ouvi a voz de padre Carlos na sala, conversando com as titias sobre os próximos eventos da igreja e dando conta do comportamento de algumas pessoas da cidade, depois falaram sobre o possível noivado de Odézia com seu Antônio, que a pedira em casamento. Senti que Odézia devia estar muito feliz. As titias queriam saber o que acontecia e pareciam não se importar em saber através de quem mais o povo confia as suas intimidades, pelo contrário. Gostavam de saber por ele, parecia mais permitido, menos pudico. Em troca davam gordos donativos à igreja.

Desci para cumprimentá-lo, mas na chegada ouvi titia Florinda dizer baixinho: "Tem que apanhar Giza, apenas no confessionário saberemos. Anda fazendo atrocidades, tenho certeza, e escapando aos nossos olhos".

Parei antes de abrir a porta, completamente gelada, sem o sangue que sempre me pertenceu, como se tivessem me roubado. Que planos seriam esses? Então elas me mantinham controlada através da confissão. E como eu não me confessava havia algum tempo, elas não sabiam o que estava acontecendo, apenas podiam desconfiar. Subi as escadas sem nenhum barulho e tranquei a porta. Não me importei muito com a reunião, mas sim com aquele bilhete. Antes de terminar o dia, as titias me chamaram para entregar dois ramalhetes de flores: um para padre Carlos, e outro para dona Carina. Fiz uma cópia do bilhete romântico de seu Maurício no mimeógrafo do escritório, com todo cuidado, e o guardei:

> Carininha, não perdoo o seu desprezo. Esperei, como combinado, e você não foi ao meu encontro. Não suporto mais a sua falta. Não me empenho mais pelos nossos segredos, tenho saído do meu próprio controle. Ou você está comigo essa noite, ou o que nos resta será o meu desespero, e o abandono de mim mesmo.

Fui primeiro à casa de Tito, tomando todo o cuidado, e passando diversas vezes em sua rua até que ela estivesse deserta, para que ninguém me visse. Enfiei o bilhete por baixo da porta e fui embora. Chegando à igreja, padre Carlos insistiu para que eu me confessasse. Quando as titias me deram o ramalhete de flores brancas para ser entregue diretamente na paróquia, com total urgência, achei que qualquer possibilidade do assunto confissão deveria surgir, mas não com tamanha veemência como impôs padre Carlos, que só faltou subir nas tamancas. Armou uma cena imensa, teatral e exagerada, que questionava a minha religião e promovia a minha ausência dos assuntos de Deus. Tentei manobrar a conversa de todas as maneiras. Fui falando com ele em zigue-zague, veloz e sem palavras soltas, para que nenhum intervalo possibilitasse uma brecha por onde ele pudesse entrar com a sua voz. Mas uma respiração foi o equivalente e ele foi esperto e me cercou, se impôs, e me fez jurar que eu voltaria depois dos trabalhos que eu tinha a cumprir, e assim eu jurei. O que seria pior: jurar a um padre salafrário e não cumprir o juramento de voltar, ou jurar em uma confissão falsa que não interessava a Deus, aliás, onde ele era usado, assim como eu, apenas para servir aos interesses de duas bisbilhoteiras? Fui para o meu outro compromisso pensando nisso.

Na entrega das flores de dona "Carininha", como era chamada por seu Maurício, fiquei olhando a cena toda. Como eu gostava daquele ritual: ela farfalhando as rosas por um buraco espremido da porta, para depois tirar uma flor e jogá-la para o telhado, como sempre fazia. Mas, antes disso, jogava o ramalhete no lixo com todos os nervos tremendo, parecia ódio ou fricote, talvez excitação, se livrava do volume e da prova que poderia comprometê-la. Isso devia ser um "sim".

No meio de tantas belezas jogadas como lixo, uma para o telhado deveria significar esperança, como nas flores jogadas a Yade.

Parei o fusca no caminho, pensei bem e fui à igreja. Me senti em uma situação na qual eu poderia devanear e tripudiar deles. Parecia que Deus ria comigo das histórias que eu inventava, divertido que não acabava mais. Contei de como eu era bem-comportada e como me sentia uma virgem recusada pelos homens, vítima do mundo, rejeitada em casa. Esses últimos assuntos eram bem verdade, e eram contados com riqueza de detalhes, principalmente como eu me sentia uma virgem para sempre. Dei um tom mais dramático na confissão. Padre Carlos embeveceu a voz e se inclinou de carinho no confessionário.

— Não fique assim, minha filha, não existe apenas um lado dos olhos para se ver, é preciso vasculhar os cantos.

Tive um acesso de riso. Essas frases me matavam, ouvir os panfletos e conselhos clichês de um velho padre ensebado, falso, Deus havia de ver aquilo tudo. Fui embora para casa na hora do jantar, como se realmente tivesse me livrado de um peso nas costas, até comi com mais fome. Jantei bem, perto das titias, que apenas falavam entre si e me direcionavam possibilidades de trabalho. Me despedi de todos, do Grilo inclusive, coisa que nunca me lembrava de fazer.

Uma cristã em dia com a sua igreja, gente que honra com as

suas obrigações, vive uma felicidade imensa. Onze e meia saí de casa. Em punho, uma lanterna e pilhas extras no bolso. O meu corpo não se sentia empilhado e seguro, parecia que alguém o tocaria a qualquer minuto e ele se desmontaria e cairia no chão, indefeso, um monte de ossos. No começo, perto da casa, apenas sentia calafrios e sustos com os galhos das árvores, deixados por um pássaro ou outro, tão assustados como eu. Olhava para trás e enxergava as luzes da casa ao longe, se distanciando. A sombra da mesa do jardim e as buganvílias fazendo o contorno do telhado. O meu corpo se assentava e eu me recuperava. Depois, fui percebendo que a casa desaparecia, e no horizonte apenas uma luz dela bolinava. Percebi que, tentando voltar, caso a lanterna quebrasse, não haveria luz o bastante ou referência capaz de me levar de volta por entre os caminhos abertos no interior do grande jardim. O trajeto durou mais do que eu imaginei.

De um susto, ouvi um barulho imenso, maior do que os meus ouvidos podiam engolir calados, sem disparar desespero. O pânico me fez correr por uma abertura de pernas tão grande, pelo caminho aberto por seu Antenor, que nem na infância, procurando formigas, eu talvez o tenha feito. Quando o pânico usa do oxigênio que não se alcança para tapar os ouvidos e cegar os pensamentos, para onde se olha, apenas se vê os monstros e parceiros do medo. Me sentei no chão e chorei baixo, angustiada. Depois que larguei todas as lágrimas que eu não imaginava que tinha, levantei o rosto, um pouco mais calma, e olhei em volta, vi uma mancha branca com uma vela ao fundo. Desliguei a lanterna e percebi que eu estava à frente do templo, e que o pânico me serviu para achar o caminho certo.

Fui engatinhando por trás dos arbustos de espinhos que eu conseguia prever, e ouvi vozes cochichando carinhosamente. Levantei o rosto que fuçava por respostas na escuridão e vi um casal se abraçando. Achei que os conhecia, mas não juntos.

Quem suspeitou, durante tanto tempo, que era apenas devaneio dele e que ela poderia ser uma vítima dos seus exageros imaginários fui eu. Jamais combinariam, talvez por isso combinavam, e, vendo os dois, bem que tive a nítida impressão de que eram o par perfeito. Maurício e Carina: o tal encontro que nunca acontecia, o qual ele pedia sempre e, naquela tarde, ele suplicou mais que antes. Fiquei quieta, observando. Maurício a pegou pelos braços, deu-lhe um beijo na boca e ela correspondeu sem questionamentos nem dureza; não havia economias, pouco caso, rispidez. Ela estava entregue e ele, calmo e feliz. Terminando o beijo demorado, ele a levou pela mão e foram embora romanticamente. Me sentei no chão outra vez, e pensei que quem estava marcando aquele encontro estava ainda pelo mato como eu, esperando o lugar ser desocupado. Quando eles foram, esperei até que Tito aparecesse. Olhei atentamente a qualquer sinal de presença que as velas dispostas nos quatro cantos do lugar pudessem denunciar. Pensei que, se ninguém aparecesse, eu poderia ficar no mesminho espaço onde parei, até o primeiro raio de sol, e ir embora sem desespero. Mas parada, o desespero podia também me alcançar, não seria pior?

Tito apareceria a qualquer momento, mas e se ele não chegasse? E se não fosse ele? Permaneci no mesmo lugar durante alguns vários dezoito minutos, depois saí do matinho, com a bunda não acompanhando a cabeça, a mil — estava dormindo, meio morta, amassada. Circulei o templo por dentro do mato, devagar, separando cada arbusto com total cuidado, e mesmo assim era espetada por espinhos violentos. Prestando atenção apenas aos espinhos, não percebi o buraco cheio de lama que estava parado à minha frente. Caí e gritei, achando que ele me engoliria. Mas era raso, coisa de mergulhar o pé e molhar a canela com os respingos.

— Giza?

Fiquei calada ao ouvir alguém me chamando. O medo não me deixou perceber quem poderia ser.

— Giza?

Era Tito.

— Que bom que está aqui. Pensei que não encontraria o lugar no meio desta escuridão maldita. Estou toda lambrecada, essa lama imunda e este mau cheiro, os espinhos acabaram comigo...

Eu não conseguia parar de reclamar, como em um acesso de loucura histérica. Tito me agarrou, calando a minha boca da melhor forma que se pode calar uma mulher, enfiando a língua no recheio das minhas palavras, entupindo-me a boca das melhores e mais extremadas sensações, destruindo as outras que nem me lembro mais. O que sucedeu depois disso eu me lembro em detalhes, inclusive do cheiro e da textura do ar. A noite pode ser provocadoramente transparente como o dia.

Estávamos deitados no chão de um templo cujos ensinamentos diziam que o sexo com amor e entrega de ambas as partes era um lugar permitido, de acesso e de direito facilitado para se conhecer o outro na sua mais farta generosidade. Ao primeiro raio de sol, perguntei a Tito como ele havia conseguido pôr o bilhete no meu quarto.

— Que bilhete?

— O bilhete que me mandou!

Tomei um susto com a surpresa dele.

— Ah, sim, o bilhete, claro. Eu te explico depois, vamos andando.

Lá pelas tantas, no caminho de volta a casa, perguntei novamente, e Tito disse que não poderia me dizer, apenas pela proteção da pessoa que lhe fizera o favor.

Fomos chegando da maneira mais sorrateira, ele me deu um beijo e me deixou na porta da cozinha, que era a maneira mais escondida de entrar na casa. Entrei e dei de cara com seu

Antônio e Odézia, abraçadinhos um ao outro na cozinha. Quando me viram deram um pulo, ela fez cara de vergonha e depois se aprumou.

— Onde estava, Giza?

— Dedé, não venha tentar disfarçar o que vi. Vocês vão se casar quando? Está na hora. Seu Antônio, é preciso pedir uma mulher em casamento, o senhor sabe como se faz, não? Chame a família dela, que no caso somos nós, e faça o pedido de uma vez, que tal?

Antônio balançou a cabeça consentindo, e Dedé, com muita vergonha, acabou concordando comigo, com um sorriso satisfeito. Foi assim que me livrei do meu flagra, me aproveitando do deles.

Odézia e Antônio estavam apaixonados, isso estava claro. Dias depois, eles ficaram noivos e, um mês e meio depois, se casaram. Odézia pôs um vestido azul céu que eu dei a ela de presente de aniversário, seu Antônio estava muito feliz e só sorria, não se importando se faltavam alguns dentes àquela comunhão, celebrada no jardim de casa, para poucos amigos dos noivos e das titias. Eles morariam conosco, no quarto de Odézia, até conseguirem construir sua casa. Eu estava um pouco estranha, não tinha paciência para coisas poucas, assuntos rançosos, repetitivos. Tito estava presente, os olhos sempre me procurando, junto com ele estava uma ou as duas titias. Elas o vigiavam por todos os cantos que ia, até quando ia ao banheiro elas se revezavam e ficavam em torno, como urubus. Mas nós tínhamos o nosso lugar preferido. Tito sempre me mandava o bilhete por vias misteriosas, e eu não me importava, contanto que ele viesse. O bilhete aparecia com palavras cada vez mais graúdas, e mais sentidos encaracolados.

Onde se tem rococó, tem romance. As letras caprichadas, pensadas, a caligrafia mais bem desenhada, e os olhos resplandecentes, denunciavam que ele se importava cada vez mais comigo.

24. E tudo a cachaça contou

Os bilhetes chegavam cada vez com menor intervalo de dias. Primeiro, um por semana, depois foram aumentando para dois, três, mais e mais. Até se tornarem diários.

Eu ia e vinha pelo atalho para ver e rever os meus amigos da Vila Morena o quanto queria. Escapava dos afazeres e, correndo, ou em uma caminhada rápida, em poucos minutos eu chegava. Não me tomava mais que quinze minutos. Às vezes, seu Antenor me fazia companhia, ainda estava terminando o final do último quarteirão.

Um dia, chegando em casa de madrugada, depois de me encontrar com Tito, percebi que alguém me esperava do lado de fora da casa. Era Dedé. Ela estava furiosa, e viu que Tito estava comigo.

— Vá, Tito, depois falamos. Não deixe que ela o veja, isso não será bom.

— Não me importo mais com esses assuntos. Somos adultos, é bom sentarmos e conversarmos com todo mundo logo. Não faz sentido ficarmos nos encontrando como fugitivos.

— Entre agora, Giza, ou vou chamar as suas titias. Você está me pondo em uma situação que eu não gostaria de estar. O que vou fazer agora? Sr. Tito, vá para a sua casa e deixe essa menina em paz. Esta cidade não permite esses comportamentos. Depois, quando for embora e largar Giza aqui sozinha, o que será dela? Já pensou sobre isso? Sabe que aquilo que está fazendo trará a maior condenação que ela poderia ter nesta cidade? Já bastam as outras, não acha?

Dedé estava descoordenada. Não conseguia sequer engolir a saliva que lhe brotava pelos cantos da boca. Tito baixou a cabeça e eu entrei, fui para o meu quarto, mas antes me despedi de Tito com um beijo na boca que fez Odézia tapar a dela com as mãos, como se segurasse xingamentos que não poderiam sair, ou talvez a tapasse para que ela também não tivesse vontade, como se a boca fosse um outro tipo de olho e visse o próprio desejo.

Semanas se passaram e tudo continuava igual entre mim e Tito. Diminuímos o número de vezes e não a intensidade dos nossos encontros, apenas para aliviar a tensão de Odézia. Ele sempre me mandava bilhetes se dizendo com saudades. Então, em um dia qualquer, sem maiores pudores, troquei de roupa na frente de Odézia, que estava limpando o meu quarto. Me olhei no espelho e percebi que a minha cintura havia se esvaído, e que uma circunferência maior aumentava os meus quadris, os seios pesavam. Odézia se sentou na cama, lívida e trêmula.

— Giza, você está grávida, menina!

Odézia levou a mão aos olhos e pensei que o que ela dizia era possível: o meu corpo era outro, e as mãos nos olhos dela significavam que ela não podia arcar com o que estava vendo, não queria ver. Odézia me pressionou para que eu contasse às titias, dizia que elas saberiam cobrar de Tito uma responsabilidade que ele não assumira até o momento. Reforçando que ele

250

agiria covardemente se eu lhe contasse e que não estaria agindo com honestidade com a minha família.

Tocar no nome da família quando o que se mostra é que família, no meu caso, era sinônimo de traição e inimizade, não me fazia uma cócega. Seu Antônio estava cada vez mais dentro da nossa casa, perdera a timidez, mas não o respeito por nós, e se revelava simpático, e muitas vezes engraçado. Sempre tirava bons assuntos com seu Antenor e, pelo volume das conversas, sobrava para os meus ouvidos. Lá fora, o som da voz dos dois rindo de assuntos menores não me distraía do susto em saber que, dentro de mim, havia alguém morando fixo por alguns meses. Como eu nunca acreditei em milagres, a gravidez que estava me pertencendo parecia não ser minha. Eu precisaria ver para crer, e tinha bastante tempo para isso. Imediatamente entrei em atrito com a nova experiência.

Tito não era um homem que eu esperava que vivesse comigo pela obrigação que uma situação como essa impunha. Eu jamais me sentiria em vantagem com uma gravidez. Talvez outras mulheres gostassem e tomassem vantagens disso, mas eu era sedenta por querer um relacionamento natural, alguma coisa que fosse crescer ou não, mas da maneira mais natural possível, sem nenhuma pressão.

No dia seguinte, acordei e fui tomar café. Quando subi ao quarto, vi na minha escrivaninha um bilhete de Tito marcando um encontro. Pensei em não ir, eu não estaria bem, não me manteria natural por muito tempo. Se ele me perguntasse qualquer coisa eu não mentiria, não para ele. Ao constatar isso, achei melhor não ir. Vários bilhetes chegaram nos dias seguintes, perguntando por que eu não tinha ido, o que estava acontecendo. Mais e mais, dizendo que ele queria, que precisava falar comigo, e eu não mandando resposta, nem ao menos indo ao seu encontro. Até que Odézia contou às titias sobre o meu drama.

Me lembro bem, na ocasião eu vestia um vestido amarelo-claro, comprido e solto, que eu havia ganhado de uma delas. Florinda tinha me dado havia muitos anos e eu o adorava.

— Tire o meu vestido agora! Você não tem o direito de usá-lo mais, em hipótese alguma. Você não tem o direito, nunca teve direito a nada, nem de existir. Você veio a este mundo para nos dificultar a vida, a minha principalmente, veio para nos punir.

— Cala a boca, Florinda. Se acalme. Se não conseguir, volte ao seu quarto e só venha quando estiver sóbria dos sentidos — disse titia Margarida em tom baixo e controlado, olhando no fundo dos olhos dela e os prendendo, de modo a trazê-la de volta.

— Você tirou todos aqueles de quem eu mais gostava. Você é maldita! Maldita, apenas isso! Não tem o direito, nunca teve, de se apossar das coisas que eram mais minhas. Você não tinha o direito.

Ela gritava coisas que eu não conseguia deixar de sentir no ressoar do estômago profundo e magoado. Achei que ela me diria mais do que eu estava preparada para ouvir. Fiquei esperando que ela me revelasse mais frases incompletas e gordas, cheias do que o ódio dela por mim significava. Ela falaria quem eu era, de quem era filha, se de vovó com outro homem, ou se de Odézia.

— Vá imediatamente para o quarto, Florinda — interrompeu titia Margarida. — Agora! Estou ordenando!

Eu não sabia que titia Margarida era capaz de ordenar com tamanho dessilêncio. Odézia pegou Florinda pelo braço e a puxou com carinho até o quarto, fechando a porta. Mesmo no seu quarto, ela nos alcançava com soluços do choro largado, em grande volume de desespero e desventura.

— O que pretende fazer a respeito dessa gravidez? Não pretende ter esse bebê, pretende? Esse homem jamais vai te assumir, sabe? Ele ainda não te assumiu, e não irá fazê-lo. Jamais! Não tem a grandiosidade para ser mulher dele, ele pertence a outra estirpe, a uma outra classe para sustentar o seu prestígio, e não a uma mulherzinha qualquer.

— Por que acha que ele não poderia me assumir?

— Porque ele não vai fazer isso. Você não está à altura de Tito. Ele é um homem elegante, um médico conceituado, um homem de cidade grande. Jamais ficará ao seu dispor pelo resto da vida, falando sobre assuntos de roseiras e época de lua, tenha dó, Adalgiza.

Sentei no chão e comecei a chorar. Titia se assustou, mas o rosto não melhorou, ela nem disfarçou o desprezo que sentia por mim e pela situação em que eu me encontrava. Eu, ao contrário dela, não sabia o que fazer, não chorava por ela, eu estava acostumada ao desprezo. Apenas não queria estar com a má sensação de que a criança não significava muito, e sim a situação. Isso eu podia separar. Não deixar que a criança seguisse um rumo natural, para mim, não era possível. Se dependesse de mim, ela existiria, com toda a certeza, porque eu simplesmente não faria nada.

O que eu não gostaria era ter que arcar com uma resposta de Tito, assumir um relacionamento, ou pior, perceber que na verdade o meu medo estava ligado ao que eu acreditava, não só eu como titia Margarida, que ele jamais me veria como alguém que se deve levar para casa. Depois de uma longa conversa, sem nenhuma conclusão, fui para o meu quarto. As luzes apagadas, os cômodos silenciosos. Achei que ninguém dormiria, e ainda estavam perturbadoramente alertas. Entrei no quarto e, em cima do criado-mudo, havia um suco de lima adoçado com mel de laranjeira. Pensei em tomá-lo imediatamente. Fazia tempo que eu não sentia o cheiro da lima, mas quando peguei o copo e o senti mais próximo, o larguei em cima do criado-mudo e fui me escorando pelas paredes aos vômitos até o banheiro, executada por um enjoo que achei que não passaria mais, e que poderia me revirar do avesso. Era como eu me sentia: do avesso, com as carnes e vísceras, fígado, tudo exposto. Quando terminei de jogar para fora de mim a minha existência inteira, inclusive todas as lembranças de que eu um dia gostei de lima, fui a um lado do jardim onde deixei a minha infância e nunca mais voltei a admirá-la.

A lua estava clara e pude ver mesmo sem lanterna, apesar de ela estar em punho. Fui ver as baianas centenárias, as mangueiras, de saias rodadas e frutos com fartas carnes, e me vi depois do que eu não poderia deixar de me assemelhar. Deitei no chão de terra e pensei que fosse derramar o meu corpo nele, queria ser engolida pelo solo, precisava entender como procriar na maneira mais terna, e perceber como elas sabiam ser mães, como era simples a aceitação de todas as criaturas e como deixar existir além de si, a partir de si.

Vindo de um espirro! O pinto apenas espirrou um jato salubre, que não precisou de mais ou menos esforço para existir, que me faria maior nas estruturas e me traria inúmeras incertezas, mas estava me usando como sua fôrma, e precisava ser aceito. Aceitação de alguém que não conhecia a aceitação, que não fora aceito, nunca. Era mais difícil do que eu imaginava. A repulsa, para mim, era simples e só.

— O que há com a menina Morte?

Eu estava tão dentro dos meus problemas que não percebi o bêbado caído e colado em uma das mangueiras, a boca avermelhada com o sumo de manga, lambrecada, as mãos imundas, cercadas de garantias de nojo, rodeado por moscas que o adoravam.

— O que foi?! Vai começar a me confundir outra vez?

— Menina, não estou te confundindo. Você é a menina Morte.

— Detesto isso, as crianças me xingavam nestes termos quando eu era criança. Você estudou na mesma época que eu? Não, você é muito mais velho, imagine.

— Como você está? Às vezes, a Morte parece que vai morrer, não está suportando a vida, não é?

— Estou péssima. Eu poderia morrer agora realmente, seria um alívio.

— Nossa, deve ser um problema ser filha da Morte. Como vai convencer a sua mãe de que precisa ir? Ela não levará a própria filha.

— Olhe, você me desculpe, mas não estou bem, preciso ficar sozinha. Preciso pensar em soluções para a minha vida, não estou bem para conversar com um bêbado cheio de delírios.

— Para uma menina como você não estar bem, deve ser algum problema muito sério, não é mesmo?

Parecia que ele, finalmente, tinha entendido que eu precisava de seriedade.

— Você quer me contar?

— Não, esse é um problema que apenas eu posso resolver.

— Então deve ser um problema secreto, bem problemático. De problemas problemáticos eu gosto muito, muito, muito. Vá, me conte.

— Não tenho como contar, na verdade não tenho nada para dizer ao senhor. Tudo o que senhor tem na cabeça está no sobrenatural, só conversando com os mortos, entende?

Eu tinha saído do sério fazia tempo. Ele não desconfiava.

— Você deve estar apaixonada, não é mesmo? Ou mais, você deve estar tentando reaver uma história de amor antiga. Está com problemas com ele, não é? Isso é dor de cotovelo.

— Deve ser assim que tarólogos leem cartas. Se eu estou aqui, com uma cara de choro, é porque vim tentar solucionar um problema. Então qual o maior problema para a minha idade? "Macho", como diz Juliana. Sei, o senhor errou.

— Então o que tem uma menina como você?

— Não tenho nada, bêbado inútil. Você mal sabe o seu

nome, sabe mais das bebidas do que dos dias da semana. Não consegue enxergar o mundo há muitos anos, não tem coragem. Eu o conheci bêbado, nunca soube de você sem a bebida saindo pelos seus poros. Você não passa de um estoque imperfeito, um alambique, esse cheiro horroroso que me dá nojo. Me deixe em paz.

Eu realmente o enxotei, ele deveria ir embora, mas reagiu de uma maneira estranha. Abriu os braços e disse:

— Eu estou preparado, ela pode vir. Eu a espero por muito tempo.

Depois de alguns minutos em silêncio, e de olhos fechados, ele riu e disse certeiro:

— Você não vai me matar mesmo, não é? É porque está com um grande problema e isso deve ter tomado as suas forças. Eu já sei o que é.

Veio em minha direção, um pé enfiado na bota, outro solto e encarniçado, cambaleando como um porco esfaqueado. Pôs o braço sujo abaixo do meu nariz, levantou as calças com a outra mão, e eu, sentindo o cheiro monstruoso que se mesclava com a manga e um odor que parecia uma bosta de gente no pé descalçado, bambeei vomitando dentro da bota dele. O bêbado não teve nenhuma reação além de gargalhar.

— Eu ainda sou alguma coisa, sirvo para enojar as pessoas. Isso significa, sabia? Você está grávida. Que coisa, como pode a Morte gerar vida? Esse negócio pode se repetir outra vez?

— Você está delirando de novo. Cale a boca, pelo amor de Deus.

Me sentei do lado contrário do tronco onde ele estava sentado. Depois de uns minutos, ele veio para o meu lado.

— Você sabe de quem é?

Eu o olhei seriamente, não acreditando na pergunta e na petulância, que continuou.

— Me desculpe, você tem cara de quem levou a sua Brigitte para passear por vários lugares.

Brigitte? Ah, meu Deus.

— Olha, eu sei que o senhor é obcecado pela Morte, e delira mais do que qualquer pessoa que pude imaginar, mas não vou te contar nada sobre a minha vida. Está indo longe demais. O senhor é uma pessoa completamente mal-educada.

— Mas por isso mesmo você deveria me contar. Se eu falar por aí, ninguém vai saber de quem estou falando. Vou contar o que por aí, que a Morte está grávida? Alguma pessoa acreditaria ou tentaria investigar uma história dessas? Eu sou a pessoa em quem deve confiar. Sou um poste em segredo, justamente porque se ele me escapar ninguém vai levá-lo a sério.

Ele tinha razão.

— Está grávida de quem?

— De um homem.

— Não, de uma jaguatirica!!! Vai me contar ou não? Você mesma disse que ninguém confia em um bêbado delirante!

— Não posso te contar, me desculpe, não me sinto à vontade.

— Você tem gênio, hein, menina, pare de frescura. Só podia ter essa função mesmo. Matar.

Ele veio se aproximando como se fizesse uma chantagem com o seu odor e o assunto.

— Ai, meu Deus, está bem, mas não quero essa bobagem de morte. Jure que não vai falar mais sobre isso.

— E se eu jurar mesmo?

— Eu prometo te contar tudo.

— Está ótimo então. Sou todo ouvidos.

Ele se sentou, caindo no chão em frente a mim, ajeitou umas folhas secas e tirou de baixo da bunda uma manga amassada, a furou beliscando com os dentes caninos, e começou a sugá-la ao mesmo tempo que os olhos não saíam de mim.

— Não sei se vou conseguir me concentrar com você engolindo essa manga como se fosse uma vaca. Estou ficando enjoada outra vez.

— Então é verdade mesmo, você está grávida?

— Já disse que sim, quer dizer, você já tinha entendido isso, esqueceu?

— Ah... é. Achei que não era possível, sabe?

— Por quê?

— Bem, você é a Morte, como pode criar uma vida?

— Já tínhamos combinado que o senhor ia parar com isso, não tínhamos?

— Ave Maria, tudo bem. Parece matraca com esse negócio repetido.

— Estou grávida. E acho que ele não vai gostar de saber, acho que vai embora.

— Eu também acho.

— Como? Nem sabe de quem estou falando.

— De Tito.

Tomei um susto enorme.

— Como sabe?

— Sei de muita coisa, mulher. Sei que se encontraram outro dia no cemitério, vi como se olhavam, eu estava encostado lá perto, acha que sou uma planta, né? As pessoas acham que eu não existo, não vejo nem escuto, que já morri, há muito tempo que estou anestesiado e não percebo nada. Pensa que bêbado está anestesiado para tudo, é? No meu caso, são apenas as dores que acabam, mas, graças a Deus, as sacanagens eu vejo — ele gargalhou.

— E então, o que acha?

— Acho que ele não pode se casar com você. Nem poderia ficar com você. Mas ele é doutor, não deve acreditar na crendice do povo, nas lendas, não deve ser muito certo da cabeça.

258

— Por que é que o senhor fala apenas coisas que eu não entendo?

— O quê?

— Essas frases não fazem sentido para mim. O senhor não está dizendo coisa com coisa.

— Estou falando de você. As pessoas acreditam que você é a criança que a filha de Yade trouxe nos braços.

— O senhor está louco!

— Não, eu não estou louco. Sou bêbado, louco não!

— A criança que trouxeram não era um menino? O senhor mesmo disse isso no outro dia!

— A criança era você, me lembrei outro dia que não era um menino coisa nenhuma. Além do mais, assuntei por aí. As fofoqueiras me contaram, achando que eu era um poço de segredo. Foi trazida pela mãe para conhecer o pai, a quem você chama de avô, o coronel era seu pai. Quando as mulheres souberam que a sua mãe havia invadido a cidade, pois a mulher do seu avô tinha fechado a passagem para a vila havia alguns meses, quando soube da gravidez, tratou de arranjar a encrenca com as outras mulheres e se revoltaram para cima da sua mãe. Uma segurou o bebê, a enrolou em uma blusa e foi embora. Tudo aconteceu depois, a peste, tudo, tudo. Centenas de pessoas morreram, não se sabe ao certo quantas. Essa cidade é conhecida por aí como cidade fantasma, cidade do agouro, por causa da sua mãe. Você cresceu sendo odiada, sendo a responsável, mas ninguém poderia tocar em você ou xingar, ou fazer qualquer mal. Você era a protegida da Morte.

As coisas que o bêbado me dizia faziam muito sentido. Eu conseguia explicar a minha situação de todos esses anos angustiantes. Toda a infância solitária, os falsos e ralos amigos que nunca se aproximavam, os homens que nunca me deram um olhar que me notasse além daqueles comentários baixos e cochichados. Tudo fazia sentido.

— Você cresceu e sobreviveu até agora porque foi suportada pela cidade inteira. Por causa da ameaça e prevenção da sua mãe, que, antes de morrer, disse ao ouvido de uma das mulheres que, se alguma coisa acontecesse a você, se você tivesse o mesmo fim que ela, essa cidade acabaria em total morte e sofrimento. Depois que ela morreu, um bilhete de Yade chegou à cidade. Então começou a peste. Os pais de muitos morreram, irmãos, avós. Os pais de Tito também morreram. Os seus avós, ou melhor, o seu pai e a mãe das suas irmãs.

— Os meus avós? As minhas irmãs? Que história mais absurda. Não, não é possível. Os meus avós morreram em épocas distintas. O meu avô foi por qualquer coisa no coração, depois da morte de um amigo, e a minha avó uns meses depois dele, por tristeza, saudade.

— Isso é mais uma mentira, mulher. Historinha para esconder a verdade de você.

— A vida toda fui ignorada por este povo?!

— Nunca pudemos fazer o contrário. Nem te beijar, nem te surrar ou matar.

— Você acredita em tudo isso?

— Depois de você não me matar e eu te infernizar tanto, tantas vezes, estou começando a achar que tudo isso não vingou. A praga foi gasta com o tempo.

— Yade é minha avó?

— Mais ou menos. Ela é um ser, não se pode dizer que é uma mulher normal. A mulher que morreu e era sua mãe, essa sim era uma mulher inacreditável de bonita, nem parecia humana, e sim uma deusa. As mulheres tinham ódio dela porque não podiam ter uma parcela qualquer da sua beleza.

— Como Tito pôde esquecer tudo isso? Como ele conseguiu estar comigo durante todos esses meses se ele acreditava nessas histórias? Ele não deve acreditar, do contrário não conseguiria sequer me beijar.

O bêbado deu uma risadinha cínica.

— Não sou filha de nada disso. Como é possível provar o contrário do que diz a cidade? Por que não fui embora daqui logo, por que não corri para bem longe daqui antes dessas histórias todas me calejarem a cabeça? Se eu fosse corajosa, teria fugido há muito tempo.

— Você nunca foi criada para ter reação. A sua coragem sempre esteve debaixo da vontade das suas titias. E aquela lá, a falsa, a mentirosa, a mulher de ninguém, deve ter conseguido te destruir, porque ela é capaz de tudo.

— Está falando da minha titia Margarida?

— Sim, a sua querida titia. Não consigo falar o nome, preciso de uma bebida.

— Pare com isso.

— Por que acha que eu bebo tanto?

— Achei que era por causa dessa tragédia, a praga. Foi o que disse que era, quando conversamos no cemitério.

— É também, mas o pior que me aconteceu, já adulto, depois de ter me reerguido da peste, foi essa mulher, essa mulher é uma peste e tanto. Primeiro, a morte de todos os da minha família por causa da sua maldita mãe, depois por causa daquela mulher ordinária.

O bêbado começou a babar de raiva e choramingar.

— Ela estava comigo, estava combinando de se casar, estava noiva. Grávida!

— Grávida?

— É, é isso mesmo, que nem você. Tínhamos tudo combinado, íamos fugir para o norte. Aí ela, de um dia para o outro, veio com uma conversa fiada, de que teríamos que adiar, que ela estava pensando muito em outro homem. Se casou com um homem rico, que não era rico nada, e que, tempos depois, desmentiu sua riqueza: deu o golpe nela, coisa boa, coisa muito boa. Deus é justo muitas vezes. Se encontrava comigo na lua cheia, enchia o coitado de sonífero e vinha me encontrar na estrada do jardim. Mas ficava com ele antes, apenas com ele. Só vinha me ver depois que soube que ele era pobre. Ela vem ainda, de vez em quando manda recado e eu não aguento, vou encontrá-la, tento ficar sóbrio, tomo banho, ponho a minha roupa mais bonita. Depois do encontro, ela diz que vai ficar comigo para sempre, e então descubro que ela está mentindo outra vez. Tudo pela riqueza que não veio, pela falsidade de me usar e mentir para mim. Ela tem prazer em me fazer de bobo, eu sei disso. Tem um mal dentro dela que faz com que se divirta com isso.

— E a criança?

— Que criança?

— Você não disse que ela estava grávida?

— Além do mais perdeu o bebê. Eu acho que, na verdade, ela o abortou. Ela ficava assim como você, vomitava por qualquer coisa. Ela sabe de ervas medicinais mais do que todas as velhas desta cidade. Ela é uma puta enrustida, e das piores. Ela esconde, mas o que sempre pensou foi em dinheiro, que elas não têm mais.

— Mas você acha que as titias não têm mais dinheiro? Acho que elas ainda têm muito dinheiro.

— Duvido! Elas fazem pose, mas esse jardim não dá mais como dava. Se quisessem poderiam vender uma parte pequena, apenas para quitar algumas dívidas que dizem que têm, mas não querem.

— Dívidas?

— É, dizem que têm muitas dívidas.

— Eu realmente não sei de nada desta vida.

262

— Agora sabe de tudo.

— Quase tudo. O que tentei descobrir a vida toda, que era de onde eu tinha vindo, me provoca alívio por me confirmar o sintoma que eu achava ser real, e ninguém jamais confirmou, sobre esta cidade ou as titias… As minhas irmãs.

Agradeci ao bêbado e fui para a casa de Tito. Na entrada, encontrei seu Antônio, com os olhos vermelhos e inchados, tossindo muito, gengivas pretas, batendo na porta desconjuntado, sentado no chão.

— O que o senhor está fazendo aqui? O senhor está bem?

— Preciso de um médico. Estou ficando estranho, dona Giza.

Dedé estava chegando esbaforida pela rua. Desesperada.

— Tito não está em casa, fiquei sabendo agora que está no cemitério desenterrando um corpo.

— Que história é essa, Dedé?

Fomos atrás dele. Na porta do cemitério estavam quase todos os homens e mulheres da cidade, aos berros, protestando contra a exumação do morto, o pai de Tito. Estavam todos rezando em companhia do padre, correndo em volta do cemitério para ver alguma coisa, mas nada conseguiam.

— Eles não querem voltar ao passado, têm medo de que aconteça novamente a tragédia — disse Antônio, um pouco desfalecido. — Pode ser o que está acontecendo comigo. Um anúncio da morte desta cidade.

Os homens e as mulheres me olhavam com ódio e medo. Foram se aproximando de mim e se olhando entre si, como se eu fosse a responsável por uma segunda leva de mortos que viria a seguir. Me lembrei de Salada, as cenas me vinham à cabeça, e a população continuava se aproximando. Enquanto Tito exumava o passado, a raiva se focava em mim. Tive a nítida sensação de que seria executada em frente ao cemitério.

— Acho melhor procurarmos dr. Heitor. Do jeito que a porta do cemitério está apinhada de gente, até chegarmos em Tito, vai dar amanhã. É melhor seguirmos — disse Dedé assustada, me puxando pelo braço.

Dr. Heitor estava descendo a esquina da sua casa. Passos lentos, rasteando o solo, como uma tartaruga na areia.

— O que ele tem?

Já dentro de casa, dr. Heitor arregalou os olhos quando viu os de seu Antônio. Apertou algumas partes do corpo, lhe perguntou milhões de coisas, e a última me fez mais sentido.

— Eu conheço esses sinais, espero que esteja errado, mas já vi esses olhos antes, muitas vezes, e essa baba grossa que não para de descer. O que o senhor comeu ou bebeu nas últimas vinte e quatro horas? Precisa se lembrar de tudo, qualquer detalhe é importante. Vamos!

— Comemos juntos, tudo o que eu comi ele comeu — disse Odézia, aflita.

— Tem certeza, Antônio? Tente se lembrar de tudo, água também é importante. De qualquer lugar diferente que tenha bebido, um poço no meio do mato, um bife na casa de um amigo, um biscoito que alguém na rua tenha te oferecido. Lembre-se de cada momento do dia.

Dr. Heitor tentava alcançar o moribundo Antônio, que ia distante da voz e reparos.

— Comeu abóbora com carne, arroz, feijão, farofa. Isso no almoço. No jantar, arroz, feijão, ovo, que ele gosta, mas esse estava cheiroso, não estava perdido não. Ele adora arroz, feijão e ovo — Odézia chorava como se sentisse a desgraça sendo montada no corpo que estava à sua frente.

— O suco — me lembrei. — Ele sempre toma o suco, é isso. Seu Antônio, o senhor tomou o suco que estava no meu quarto, não foi?

264

— Não é possível, Giza. Ele só entra no seu quarto para deixar alguma coisa ou arrumar o assoalho, mas nada além disso. Não o acuse dessa maneira.

— Fale-me desse suco, Giza — dr. Heitor se interessou instantaneamente.

— As titias deixam sempre esse suco no meu criado-mudo. Às vezes, para que eu durma rápido e bem, elas devem misturar alguma coisa nele, já suspeitamos, eu e Odézia também, porque em seguida eu desmaio de sono, e no outro dia demoro muito a me sentir revigorada outra vez. É um suco de laranja-lima, adoçado com mel de flor de laranjeira. Ontem à noite havia um copo cheio no meu criado-mudo e hoje, pela manhã, quando voltei do café da manhã, ele estava vazio. Não fui eu quem o tomou. Então, se não fui eu nem você, Dedé, quem pode ter sido? Tenho reparado que isso anda acontecendo. Não tomei mais esse suco desde a última vez que dormi dois dias inteiros.

— Não, você está enganada, Giza, ele não entra em quarto que não é dele, isso não seria possível — Odézia não conseguia admitir.

— Acha que as suas titias estão pondo sonífero no suco para você tomar, Giza?

— Acho — respondeu Odézia, firme, me atropelando e finalmente admitindo.

— Está bem, mas isso não me parece sonífero.

— E o que o senhor acha que é? — perguntei.

— Eu já vi muitos casos assim, não quero alarmar vocês mas isso me parece, sinceramente, e eu digo a minha suspeita apenas para que tentem se lembrar rápido, que ele foi envenenado. E é veneno respeitoso, feito não para ferir, mas matar. Coisa ardilosa, para anular alguém.

— Não é possível, meu Deus! Não o Antônio, não é possível, meu Deus — gritava Odézia, que já não era a mesma mulher.

Ela se debruçou sobre Antônio, que respirava manco das duas narinas, e destoando do bom senso Odézia falava no ouvido dele coisa qualquer, como se quisesse pescá-lo, resgatá-lo de volta ao buraco onde estava. Pegou-lhe o rosto entre as mãos, de modo que Antônio não visse mais nada, apenas o dela em sua frente. Assim o homem não respirava uma faísca, ficou catatônico. Tentamos cobrá-la por alguma razão que fosse, depois a seguramos, ela nos bofeteou algumas vezes, até o doutor ordenar que se calasse e se controlasse. Dedé dava mais trabalho que o moribundo.

— Gritar, tentando se espatifar no chão junto com ele, não vai trazê-lo à consciência. É preciso recuperar a memória e nos ajudar a entender o que está acontecendo. Acorde!

— Eu tenho certeza de que foram elas. Só não entendi o que Antônio estava fazendo dentro do seu quarto. Mas agora que está acontecendo todo esse terremoto nesta família…

— Do que estão falando?

— Não podemos contar ao senhor, é caso de vida ou morte.

— É, eu sei. Este caso, por exemplo, o do seu esposo, está mais para a morte do que para a vida. Se não me contarem logo, ficará difícil ajudar.

O doutor nos pôs contra a parede, com total razão.

— Giza está grávida.

— Giza?

O médico olhou no meu rosto e foi descendo para a barriga, procurando evidências. Parecia não acreditar na possibilidade.

— Sim, e Florinda e Margarida estão com ódio dela. Florinda mais do que pode controlar ou digerir. Ela não está sendo capaz de suportar a troca, porque, na verdade, ela é quem gostaria de estar grávida. Eu tenho ficado com Florinda nos momentos mais tristes, e ela realmente não consegue mais ter um minuto brando. Está com raiva de Deus, de viver.

— Mas ela não seria capaz!

O médico parou a sua indagação no meio, talvez tenha se lembrado dos tantos casos ao longo da sua experiência na medicina.

— O senhor sabe, não sabe?

— Do que está falando?

— Sabe do que elas seriam capazes pela honra, pela raiva, pela falsa moral...

Antônio agora gemia mais alto, e mais alto, babava maior, dava piripaques. Odézia grunhia. Antônio abriu os olhos e a fitou. O médico tirou o seu pulso, viu o coração acelerado além daquilo que o peito poderia aguentar. Antônio balbuciou um não sei o quê, que apenas Odézia ouviu, e virou os olhos para dentro, como se mergulhasse para um outro mundo, e se despedisse do mundo de fora. Alargou o pescoço e o revirou para trás, achando um caminho contrário ao do feto, e se largou sem nada mais torto. Descarregou as carnes despregadas dos ossos, finalmente calmas, sem socos nas pernas, sem músculos prontificados nem ativos, sem pose ou vaidade. A bermuda levantada nas virilhas apontava as intimidades. A morte deixava de lado todas as vergonhas, menos a de quem vivia.

A minha desviou o olhar das dele, como respeito a quem não podia mais se cobrir. Mesmo achando pequena a parte aparecida, puxei a bermuda, protegendo-o dos meus e dos outros olhos. As veias do pescoço foram detonando devagar, e mais devagar o sangue se aglutinando, como um rabo de lagartixa solto do corpo que seca o desespero da agonia, cessando lentamente a máquina. A sombra dos nervos assentou e os olhos endurecidos foram fechados depois de dr. Heitor ter constatado sua morte. Odézia nunca mais voltou daquele lugar.

Olhando Dedé, eu pensava: quantas pessoas, aparentemente vivas, já morreram nos seus sentimentos? Quantas já desceram dos seus lugares há muito tempo? É preciso cair para morrer?

Depois que Antônio morreu, Odézia caiu, esquecendo de morrer.

25. Urutal, o bêbado triste

O enterro foi acontecido, mas antes colheram os exames completos, Odézia autorizou que abrissem a cabeça do recém--esposo. Mostrou onde as titias guardavam os remédios e as sobras do mercúrio, da época das pepitas de ouro do seu pai, ou nosso pai, que Antônio havia revelado antes de morrer. Sem nada ainda comprovado, elas apareceram no velório, cinicamente. Estavam como em um enterro de um quase estranho, desfilando as suas roupas novas, "era apenas um funcionário novo", diziam elas, completamente frias. Odézia, mesmo dentro da nossa casa, recém-pronta, teve coragem de sair de si, recobrar a fúria e correr com elas do ambiente.

— Assassinas! — gritava.

O Grilo, mais assustado do que um bicho selvagem, se sentiu dentro dos xingamentos. A população rasgava um frango na frente do morto. Novenas aconteciam espalhadas pela cidade, todos olhavam para mim com medo, ódio e angústia.

Estava ficando difícil permanecer ou andar por lá. Tito não

mandava mais bilhetes, e então deduzi que eram enviados por intermédio de Antônio, e por isso eles não chegavam mais ao meu quarto. Dias depois os achei dentro do fusca, estavam atrasados, e já não respondi.

Numa tarde, Tito me cercou na rua, dizendo que eu tinha que sair da casa, que havia evidências de que Antônio realmente fora envenenado, e que dr. Heitor tinha contado toda a história a ele, inclusive sobre a gravidez. A exumação do corpo do seu pai também acusava mercúrio. Apenas o meu avô comprava e vendia o mercúrio; de onde quer que ele tivesse saído, seria da nossa casa. Ele começou a pensar que o envenenamento através da água da cidade deveria ter partido de dentro dela. Começaram a fazer acusações soltas, apontando qualquer um.

Delegações de investigadores foram chamadas por Tito e dr. Heitor. A cidade fora envenenada e eu não era culpada pelo poder sobrenatural que eles julgavam ser de uma descendente de Yade. Algumas mortes foram seguidas daquela, e a cidade voltou a ter medo de fantasmas.

Uma era a de seu Ramiro, o de Carina. Uma morte sem pé nem cabeça. Logo depois, a mulher de Maurício, dona Cândida, começou a ficar desfalecida, vegetativa, mas não morreu totalmente, ficando em estado de samambaia, e foi mandada para uma clínica de velhos.

Casaram-se Carina e Maurício, e confesso que os velórios foram mais animados e soltos que o casamento. Os velórios misturavam as carnes, piadas, risadas, todos pareciam entregues ao máximo, como se fosse a última chance às bebidas e aos excessos, como se estivessem com a última oportunidade de diversão.

Busquei um advogado da cidade maior, cem quilômetros para dentro, em direção ao sul, com a intenção de ir embora e apenas saber se o meu pai havia deixado alguma possibilidade de testamento lavrado em cartório, para que desse conta da minha ida. Nunca recebi um tostão pelo meu trabalho, e nunca pensei que tivesse direito.

Fui embora na época das chuvas, enquanto a cidade dormia. Quando o riozinho cobra se amasiava com os beiços da terra e dobrava de tamanho, ficava largo e bravo. Molhei as canelas e rezei pelo meu futuro. Mas antes abri a minha caixa de segredos, que escondia por baixo de uma das tábuas soltas no assoalho do quarto. A lama da chuva levou os bilhetes em cada canto dela, por todas as costelas, os segredos de toda a cidade.

Do primeiro bilhete de Tito para Florinda ao do velho palhaço, e do bêbado para Margarida. Os amantes e amores da cidade, todos seriam vistos agora. Havia uma maldade em mim incapaz de calar os bilhetes. As aventuras não foram totalmente oprimidas. A chuva daria o recado.

Peguei algumas roupas, documentos, e parei na casa do pássaro de voz triste que nunca havia enxergado. Abri a gaiola e o deixei escolher entre sair e ficar. Em seguida, fui à vila. Juliana me deu um abraço enorme, ajustado junto com Major. Os meus amigos de toda a vida me contaram que a vila fez festa no dia seguinte à minha primeira visita. Sabiam quem eu era e que quando eu aparecia era como um presságio de boa aventurança. Insistiram para que eu me mudasse para a vila.

Peguei o fusca, abasteci no posto fora da cidade, e nele, sentado em uma das bombas de gasolina, como se fizesse parte dela, estava o bêbado, me sorrindo.

— Está indo embora, Adalgiza?

— Finalmente diz o meu nome. E você, não vai?

— Como é que eu vou viver sem a sua irmã? Eu gostaria, seria uma liberdade imensa. Mas tenho medo de morrer, essa morte pode ser muito cruel, a morte desse tipo, de fome, é devagar.

— Não está vivendo essa fome há muito tempo?

— De vê-la, e esperar por ela, eu ainda me alimento.

— Eu te daria uma carona para bem longe das suas dores, mas… Acha que depende delas, não é? Ela não sabe que você existe, vamos?

— Ela não sabe existir. Existir de verdade seria comigo. Ela escolheu viver pela metade, apenas pela segurança da vestimenta e comida, do status do casamento com um personagem rico de mentirinha. Isso eu não posso dar a ela.

— Eu sinto muito.

— As pessoas têm nojo e raiva das prostitutas da vila. Mas veja, a Vila Morena é feita de gente feliz, que soluciona os seus problemas. Muitos outros se prostituem muito mais por dinheiro do que as putas. Verdadeiras prostituições hediondas. Muitos matam, roubam, casam com quem não gostam, tudo pela segurança mentirosa do dinheiro, veja os assassinos de aluguel, essas mulheres, a sua Margarida. O corpo morre sem o seu alimento verdadeiro. Onde há dinheiro, mas não amor, logo aparece uma doença qualquer e a pessoa acha um buraco para se enfiar. Ela vem quando não existe plenitude. Ela vem do que falta.

— Muita gente acha que com o dinheiro nada falta. Qual é o seu nome?

— Me chamam Urutal.

— Nossa, que nome… diferente.

— É o nome de um pássaro, o pássaro pau, pássaro triste. A cidade me chama assim porque tenho um pássaro desses em frente à minha casa. Apenas ele mora lá, eu não.

— Ah, sei. Eu conheço essa casa.

Engoli seco e me lembrei que soltei o pobre. Deixei a gaiola aberta, pelo menos.

— Você não está tão afogado no álcool assim, sabe voltar para a sua casa, não é?

— Imagina, vim aqui para me despedir de você — brincou, com rosto sério.

— Está bem, até um dia. Quem sabe?

— Até logo, Giza. Cuide do seu filho.

Ele me sorriu como quem sabia o sexo do bebê. Segui rumo à cidade grande e, pouco tempo depois, fui embora para mais longe. Outros idiomas, outras culturas. Um dia parei, finalmente.

26. Para a minha filha, Adalgiza

— Bom dia.

— Olá, doutora, como vai?

— Vou bem, e vocês?

— A antropologia lhe fez bem. Que belo caminho seguiu. Vamos bem, doutora, é muita bondade da senhora nos perguntar.

Todos olhavam fixo o meu anel, aquele que encontrei muitos anos antes na revirada do rio, quando ele desdobrava o seu tamanho por causa das chuvas, e revirava o leito a lembranças e raridades antigas.

A cidade continuava do mesmo jeito, no mesmo lugar em volta, e às voltas com o nada. A mata pequena, sem saliência. As árvores retorcidas na aridez. O mundo em que nascemos pode se prolongar para onde formos, mas eu tinha deixado este aqui, me atirado em um novo.

Entrei pela porta da frente, parei no caixão e beijei a testa de Odézia, que estava quase do mesmo jeitinho como a tinha deixado na minha despedida. Pela mão eu trazia Crispiniano, o único passado com o meu pai, doze anos, meu filho.

Em volta, todos tocavam e cantavam para enterrar Odézia. A casa ainda servia às minhas irmãs, apesar de o nosso pai ter me deixado tudo o que lhe pertencia em testamento, absolutamente tudo. O jardim, que continuava me mostrando o pôr do sol mais bonito que eu já veria na minha vida; a casa, que eu achava ser mais delas, e que acabei doando na minha saída. Estava tudo intacto, como da última vez.

Vinham os curiosos, passando os olhos e me sorrindo. Cumprimentavam, e reparavam nas nossas posições, nos nossos sotaques, em como me comunicava com meu filho. Nas nossas roupas diferentes das de lá. O carinho exposto, sem vergonha, na cara de todos.

— Onde vai que não conhece mais os antigos?

Um rosto, que eu não me lembrava mais, apareceu na minha frente, e eu senti simpatia. Era Antenor, o antigo amigo do meu avô que sempre começava as frases com "é isso sim", ou qualquer coisa do gênero.

— Por que as pessoas estão me olhando dessa maneira, seu Antenor?

— É isso sim, elas não sabem o que fazer com as suas informações novas. Sentem culpa por terem te tratado tão mal. Essa cidade mudou um pouco, depois que você foi embora.

— Quero muito ir ao templo, Antenor, gostaria de mostrar ao meu filho o túmulo da sua avó, sei que ela está enterrada lá. Será que pode me ajudar? Acho que não conseguirei acertar o caminho depois de tanto tempo.

— Com todo prazer, menina.

No caminho do templo, Antenor contou do que se lembrava.

— O seu pai não queria mais viver com a sua mulher oficial, ele estava apaixonado pela sua mãe. Ela era como você, cabelos, olhos amendoados, doces, corpo bem-feito. Tamanho, voz, tudo. O seu pai me confessou preocupado, certa vez, que o mercúrio que ele guardou por anos havia desaparecido logo depois da briga final com a sua mulher. Então, aconteceu a tragédia. Setecentos e muitos mortos, recaídos sobre Yade e você. A cidade cheirava a corpos desfeitos, a muito mau cheiro provocado pelos vômitos, disenteria e vertigem. Os dentes das pessoas atingidas caíram, as gengivas ficavam pretas. Isso sim, uma desgraceira.

— Ainda bem que tudo isso acabou, seu Antenor. Está tudo bem. Não procuro pensar mais no passado, não desconfio das pessoas, não tenho medo do mundo, pelo contrário, larguei o medo todo aqui, aquele, e construí outro bem melhor. Me desamarrei do destino amarrado em mim com unhas e dentes. Fiz outro bem melhor. Eu venci, isso tudo serviu para eu ser maior que elas.

— É isso sim, Giza. É o melhor a fazer. Não morar no passado. Venceu. Quem morreu está cercado e preso pela morte de todos, enterrada com elas. Aqui se faz, aqui se paga, mesmo embaixo da terra.

— Estou melhor na escuridão das ruas de qualquer lugar do que estava aqui. Me sinto segura longe.

Chegamos ao altar.

— Que bom que trouxe o seu filho para visitar os antepassados. Por baixo desta bonita pedra, com essas escritas, que eu infelizmente não entendo, eis o símbolo que está no seu anel, e a sua mãe.

— O senhor pode me dar licença por um minuto?

— Sim, claro.

Seu Antenor se afastou por um tempo, esperando que eu e o meu filho estivéssemos sentados a sós, no silêncio do lugar. Vimos flores brancas e vermelhas, jogamos algumas no telhado,

276

apostando quem jogaria mais alto. Acendemos velas, pensando em como ela seria.

Ficamos um pouco.

Antenor voltou e conversamos mais, contou sobre a condenação das titias, ou as minhas irmãs. Que eram presas domiciliares, depois de terem pago parte da pena na cadeia municipal, com o meu dinheiro. Cris achou um gato de cor mesclada, que apareceu e brincava com ele com uma pequena figura feita de manga e palitos, que quando eu era criança chamávamos de vaquinha. Algum tempo depois, Cris me chamou apontando para um canto do templo, onde estava um formigueiro gigantesco: nem na época de infância, caçadora profissional deles, eu me lembrava de um daquela magnitude. Talvez tenha sido este o pai de todos os outros que achávamos, eliminávamos e tornava a ser refeito com total força.

Voltamos no pôr do sol.

Enquanto seguia em direção à casa, de vez em quando olhava para trás, pensando que, se eu continuasse a olhar, talvez não esquecesse facilmente. Fotografei com os olhos muitas vezes.

No velório, os batuques, as comidas em volta de Odézia, as gargalhadas, tudo funcionava igual. Deixei Cris dormindo na casa de Antenor e segui para a vila, para uma festa de Yade, minha avó. Lembrei da minha entrada nela, e das aventuras por dentro do alpendre das casas de desconhecidos; das noites apaixonadas com Tito, do riozinho cobrinha da entrada da vila e também no quintal de casa, do bar carnavalesco, dos amigos que logo vi, e a quem me juntei. Juliana, Major, e minhas lembranças de Salada. Fui recebida como uma rainha, ou melhor, como uma princesa. Me senti constrangida, mas logo aceitei e fiz o caminho até o terreiro, sendo saudada e recebendo chuva de grãos variados — simbolizando a alegria e a gratidão da abundância pelo regresso. Pensei que esta seria a última festa que eu presenciaria na vida. Ao cessar os batuques, a ama de Yade me trouxe uma coroa de flores, a ajeitou na minha cabeça e me levou para dentro da casa de Yade.

Ao contrário dos homens, não senti qualquer tipo de excitação, apenas uma paz que talvez nunca tinha me ocorrido. A vila chorou e aplaudiu. O meu dedo que o anel vestia pulsava um peso diferente e elétrico, completamente inexplicável. Entrei e recebi um beijo na testa das mulheres, amas de Yade, e uma sensação de abraço e carinho que na infância sempre esperei e nunca veio.

Nunca acreditei nos poderes daquela divindade. Jamais acreditei em qualquer coisa que os meus olhos não pudessem descrever. Mas o meu corpo presenciou qualquer coisa que a ciência que estudei era incapaz de rascunhar. Aquela festa deitou as minhas crenças descrentes no chão.

Voltei à cidade ao amanhecer, para o enterro de Odézia. No céu, junto aos mamoeiros, mangueiras baianas, telhados, dois casais de araras se revezavam na fartura da comida. Me lembrei das dezenas e dezenas de pares de araras, mais coloridas do que qualquer colorido pelo homem é capaz de reproduzir, e ouvi Antenor dizendo que elas são cada vez mais difíceis de presenciar.

Junto ao caixão estava Tito com o nosso filho no colo, me esperando, com o mesmo olhar de antes, mas agora desimpedido. Todos queriam tocar o anel, sem saber que, dentro dele, apenas a mim ele se refere.

— Podemos ver?

— Sim, claro.

Durante muito tempo eu não soube o que ele significava. Mandei polir para ver melhor os desenhos, e sobre o ouro puro, antigo e pesado, apareceu uma dedicatória. Todos estavam em volta, o meu filho me olhou um pouco assustado. Toquei a sua mão para deixá-lo mais calmo.

— Tudo bem, vou mostrar a vocês.

Para a minha filha Adalgiza.

Que a vida lhe traga o carinho da sua mãe e a sabedoria da sua avó, Yade. Salve a senhora da Beleza, Saúde e Prosperidade, a invencível Rainha.

ESTA OBRA FOI COMPOSTA POR ACOMTE EM ELECTRA E
IMPRESSA PELA RR DONNELLEY EM OFSETE SOBRE PAPEL PÓLEN
SOFT DA SUZANO PAPEL E CELULOSE PARA A
EDITORA SCHWARCZ EM OUTUBRO DE 2013